# 運命の証人

D・M・ディヴァイン



法廷では、いままさに審理が始まった刑事裁判をひとりの男が他人事のように眺めていた。弁護士である男がこの場所にいるのは、六年前と数ヶ月前に起きた二件の殺人の、ほぼ有罪が確定した被告人としてであるにもかかわらず。六年前、駆け出しの事務弁護士だった男――ジョン・プレスコットは、友人ピーターの屋敷である女性を紹介される。ノラ・ブラウン。ひと目で虜となったその美女との出会いから、彼の運命は狂っていった。四部構成の四部すべてに驚きが待つ、迫真の法廷戦と精妙な謎解きが合わさった、ディヴァイン中期の傑作本格ミステリ！

## 登場人物

ジョン・プレスコット……………事務弁護士、被告人
ピーター・リース……………会計士、プレスコットの友人
ハリエット・リース……………ピーターの妹
アーサー・リース……………ピーターとハリエットの父
ノラ・ブラウン……………ピーターの恋人
エドワード・ローソン……………弁護士、プレスコットの共同経営者
アリス・ローソン……………エドワードの娘
ティモシー（ティム）・レイヴン……………弁護士、プレスコットの友人
マーガレット・レイヴン……………ティムの姉
ナディーン・スミス
サンドラ・ウェルチ……………｝プレスコットの秘書
フランク・ホーンビー……………医師、プレスコットの友人
デイヴィッド・パリー……………医師、フランクの共同経営者
ジュリアス・ラザフォード……………被告人側の弁護人
ヒュー・リンパニー卿……………検察側の弁護士

ヤードリー判事……………………………裁判長
ロナルド（ロン）・ウィリアムスン……警部補
レイシー………………………………………警部

# 運命の証人

D・M・ディヴァイン
中村有希訳

創元推理文庫

# THE SLEEPING TIGER

by

D. M. Devine
(Dominic Devine)

1968

# 運命の証人

# 第一部

# 序　法廷にて

「……陪審員の皆さん、これは一時《いっとき》の激情に駆られて、思わず我を忘れてしまった犯行ではありません。それどころか何週間もかけて、細部までひとつひとつ練りあげた、血も涙もない計画なのであります。第一の殺人は六年前の一九六二年四月に行われました。証言によれば、この年の二月に……」

ジョン・プレスコットは、与えられたメモ帳に〝二月〟と書いた。さらに、〝十四日〟と書き加えてから、今度は〝ハリエットの誕生日〟と続けた。ハリエットの誕生日……メモ帳からそのページを破り取り、丸めて、ポケットに押しこんだ。

陪審員席にいる細面《ほそおもて》の女が、さっきからその様子を観察している。プレスコットは、女を視線で射抜いた。顔をそむけた女の眼鏡が光った。への字に結んだ口元は、女がすでに内心で出した評決を予告している。

とは言え、どんな評決が下されるか、もともと疑問の余地はないのだった。治安判事裁判所の審理を見守る全員が、プレスコットは有罪であると知っていた。この裁判は単なる形式であり、正義が行われたと確認するために、法にのっとって執り行われる儀式にすぎない。プレスコットの弁護人さえも、有罪を認めてしまった方がいいと助言していた。

なぜ、そうしなかったのか。希望にすがったわけではない。もはや未来には興味がない。ただの、これは最後の意地だ。

ヒュー卿の声が蜜のように流れていく。「……被告人はミス・ブラウンの部屋を何度も、深夜に訪ねており……」

一瞬、プレスコットは無関心から覚めた。嘘だ。自分は一度しかノラを訪ねていない、その時は……ああ、くそ！　好きに言ってろ。プレスコットはまたぼんやりと落書きをし始めた。〝J.W.P.〟。中学生のころに考えたかっこいいサインを、美しい飾り文字のモノグラムで綴《つづ》ってみた。それから〝J・W・プレスコット　法学士　事務弁護士（裁判事務や書類作成を行う弁護士。法廷での弁論権はない）〟と書いた。ちょっと考えて〝無職　住所不定〟と付け加えた。さらに、〝王立刑務所に滞在中〟と書き添えた。さっきの女がまたこちらを観察している。にっこり微笑みかけてやると、憤慨《ふんがい》した表情を浮かべたので、プレスコットは満足した。

傍聴席ではプレスコットの父親が灰のような顔色で、全神経をとがらせてじっと聞き入っている。まるでこの裁判の重みを両肩にずっしりとのせているかのように。宗教の熱情の炎がすべて消えたいま、父はただのしぼんだ老人だった。

ある意味、こうしたことは全部、父のせいだと思わずにいられなかった。父があんなにも心が狭くなく、厳格な清教徒気質でさえなければ。しかし、考えるだけ無駄だった。父は神があのように創りたもうたのだ。それに、宗教的な清らかさに凝り固まることより悪い欠点は、この世にいくらでもある。すくなくとも、父は忠実だ。ただひとり、父だけは信じてくれた、もしくは、信じていると言ってくれた。息子は無実であると……

気がつくといつの間にか陳述は、五年半後に起きた第二の殺人に移っていた。「……これらの事実だけでも（もちろん、のちに証拠として正式に提出しますが）、有罪の決定的な証拠たりうるのはおわかりでしょう。しかし、そもそも被告人自身の言葉によって、ほんのわずかな疑念も取り除かれるのであります。犯行当夜、警察への供述で――」

弁護側のジュリアス・ラザフォード勅撰弁護士（一定の年数を積んだ法廷弁護士が国王から任命される）は立ちあがった。絹の法服が憤《いきどお》ったような音をたててはためいた。「閣下、規則を守っていただかねば困りますな……」

殺人のあった夜にプレスコットが警部と交わした会話のことだ。弁護側は、プレスコットが正式に警告を受けていなかったので、その供述は無効であると主張した。

陪審員たちが退席し、弁論による戦闘が開始された。過去の類似のケースが次々と引き合いに出され、それぞれの違いが選り分けられ、ヤードリー判事は積みあがった参考書の陰に埋もれて、じっと考えている。法廷で聞かれるおなじみの文句が飛び交う。「博学なる我が友に申し上げる」「お言葉を返させていただくが」「真偽の疑わしい供述で」「〝裁判官の規制（勾留中の容疑者に対する警察官の行為を規制するもの）〟が」云々。

ようやく、判事の乾いたかすれ声が論争にけりをつけた。「ストレトフォード事件の判例に従うこととする」判事は言った。「異議は却下します」それでおしまいだった。ラザフォード弁護士は驚いたふりをしながら腰をおろし、陪審員たちが呼び戻され、ヒュー卿は供述の一部を抜粋して読みあげ、記者たちの鉛筆はそれを記録した。

プレスコットは、弁護側の事務弁護士エリオット・ワトソンの視線をとらえ、自嘲気味に笑みを浮かべた。ほら、ぼくが昨夜のうちに、ストレトフォード事件の先例があるからだめだと予言していたとおりになったじゃないか。

プレスコットは弁護士たちに失望していた。彼に対するクロムリーの住人の反感があまりに激しかったので、わざわざロンドンの法律事務所に依頼したのだが、プレスコットが自分でやった方が、事件の書類をもっと有利に作成できた。ワトソン事務弁護士の書類は、ただ機械的にうわっつらをなでただけの形式にすぎない。まるで依頼人の無罪を信じていないかのように。おそらくそれが真実だ。

そしてジュリアス・ラザフォード弁護士はヒュー・リンパニー卿の敵ではなかった。プレスコットが裁判の結果に少しでも本気で興味があれば、ラザフォードに弁護をまかせようとは思いもしなかっただろう。

とうとうプレスコットは話を聞くのをやめて、冷やかな目で法廷を検分し始めた。むさ苦しく、薄暗く、隙間《すきま》風が吹いている。おまけに判事席のうしろの羽目板には木食い虫の食い跡が見える気がした。心の中で法廷の模様替えをして遊んでいると、検察側の言葉の一節にふと注意をひかれた。

「……陪審員の皆さんには、プレスコット夫人の態度が手厳しい、それどころか敵意があるように思われたかもしれません。ですが、長い間苦しめられた結婚生活が皮肉にも夫の不義により壊され、かつ、夫が別の女性に心を奪われていたのをすでに知っていたことを思い出してください。もしかすると、数年前に夫の犯した恐ろしい罪にも、夫の心の中でひそかに形を持ち始めたおぞましい計画にも、うすうす気づいていたのかも……」

再び、プレスコットの無関心は突き破られた。違う、全然そうじゃない。結婚生活がだめになったのはハリエット・リースのせいではない。ハリエットと親密になったのは、自分の結婚生活が年月を経てゆっくりと崩壊し、死んでしまったからだ。

ヒュー卿は大げさに熱弁をふるっている。「……とうてい、その非情な残忍さに見合うものではありません。被害者たちが何をしたというのでしょう？　ただ彼の行く手をはばんだ、計画の邪魔をした。被害者たちのしたことはそれだけなのです。ノラ・ブラウンが彼の人生に足を踏み入れたその日、彼女自身は知らずに、殺人の舞台を作りあげてしまったのです」

ノラ・ブラウンが彼の人生に足を踏み入れたその日……一九六二年二月二十二日だ。日付を記憶しているのは、それがジョージ・ワシントンの誕生日で、ピーター・リースがそのことを口にしたからだった。そうだ。あれもピーターお得意の雑学だ。

一九六二年二月二十二日……

1

待ちかねた春の足音がようやく聞こえてきた。今朝の太陽は暖かく、先週の雪は消えて、セルウィン公園《パーク》のクロッカスが顔を出している。

ジョン・プレスコットは、天気のよい日の習慣どおりに、歩いて出勤した。セルウィン広場《プレイス》にはいろうとしたちょうどその時、エドワード・ローソンが車から降りるのが見えた。

「おはようございます。すばらしい朝ですね」プレスコットは挨拶した。

ローソンは車に鍵をかけた。「きみたち若い衆はいいねえ」彼は頭を振った。「私なんか、このごろじゃあ、春が来るたびに思うよ。これが人生最後の春だろうかってね」

そんなことを言っているが、本音ではない。六十三歳とはいえ、あと二十回は余裕で春を迎えられるに違いなかった。恰幅《かっぷく》がよく、温厚そうで、禿頭の両脇にうっすらと白髪が残り、顔の肌は歳よりずっと若くすべすべしていた。古風なゆったりしたスポーツ用ズボン《プラスフォーズ》に鳥打ち帽をかぶり、たいてい葉巻をくゆらせている。意図して、むかしながらの顧問弁護士スタイルを演出しているのだ。

ローソンは、W・B・クライド&サンズ法律事務所の上席共同経営者である。頭の切れる男で、お人よしそうなまなざしとは裏腹に、利己的だ。新しい法律や、最近の判例にはうといものの、遺言書を作成したいとか、家を買いたいとか、借金問題を解決したいといった場合には、いまもまだまだ頼りになる。

ジョン・プレスコットがこの事務所に雇われるにあたって、世話をしてくれたのがローソンだ。とはいえ、情によるものでもなければ縁故でもなく、ただのビジネス上の取引である。採用の際、徹底的にプレスコットの能力を試験したのがローソンで、雇用条件である事務所の株を買うための大金を貸してくれたのもローソンだった。そんなわけで、プレスコットはこの年かさの先輩に一生分の借りを作った気がしていた。

連れだって階段をのぼりながら、ローソンがこぼした。「いつか、このごてごてした薄気味悪い場所を出ていかんとな」

これもまた口先だけの決まり文句だ。彼は医師や歯科医が軒を並べるこのヴィクトリア風の邸宅から町の中心部に引っ越す計画を語るのが好きなのだ。三人目の共同経営者であるティム・レイヴンはその計画に賛成していた。しかし具体的な話が持ちあがるたびに、ローソンは必ずうやむやにしてしまった。そんな金はない、というのがお決まりの言い訳だった。実のところは、セルウィン館のいにしえの空気も、黒い木材も、蔵書のかびくさい匂いも、気に入っているのである。いつもはいている古風なズボン姿もいまの建物の方がふさわしい。

「そういえば、ジョン」ローソンがついでのように言った。「今夜は何か予定があるのか?」そして答えを待たずに続けた。「今夜、夕食に客を招いたんだがね。きみも来てくれれば、マッジも喜ぶと思うんだよ」

ははあ、客に断られたんだな。プレスコットはピーター・リースの言葉を思い出した。「おまえさあ、優しすぎるんだよ、ジョン。あんなくそじじいの言うことを、なんでもかんでも聞いてやるなって」

「すみません」そう答えた。「今夜は都合が悪くて」

ふたりはローソンの部屋のドアの前まで来ていた。年かさの上席弁護士は説明を待っていたが、黙ったままでいると、やや鼻白んだ口調で言った。「残念だな。アリスががっかりするよ」そして、もう行けというような仕種をすると、自分の部屋にはいっていった。

アリスががっかりするよ……ピーターはその件についてもプレスコットに警告していた。「あの夫婦は何年も前から娘を片づけたくてしかたがないんだぜ」

アリス・ローソンは二十五歳で、プレスコットよりひとつ年上だ。なかなかの美人で、やたらと陽気で、よく笑う娘だが、冗談の通じない性格だった。プレスコットは同情から、二度ほど連れ出したことがあるものの、このごろ罠の口が閉じられつつあることに気づいて、逃れようとしていた。

廊下の端の、自分の名が金文字でガラスに書かれているドアを押し開けた。はいってすぐの秘書室で、ナディーン・スミスがタイプライターから顔をあげた。

「おはようございます、プレスコット先生。レイヴン先生が部屋でお待ちです」

秘書室を通り抜けて自分の部屋にはいると、ティム・レイヴンがプレスコットの机に腰をおろして、手紙を読んでいた。

「おはよう、ジョン」レイヴンは言った。「例の洗濯屋が提示額を上げたってね」

プレスコットは、自分宛の書簡を勝手に読まれた苛立ちを押し殺した。「ああ」

「受け入れるのかい？」

「そりゃリースさん次第だろ。もちろん、そうするように勧めはするよ」ピーターの父親はクリーニング業者でシャツを何枚かだめにされて、満額の弁償を執拗《しつよう》に求めていた。

「ま、上出来だ、ジョン」

レイヴンはローソンとはまた違うタイプの先輩風を吹かす男だった。事情をよく知りもしないくせに、自分の方がわかっていると言わんばかりの、人を小馬鹿にした本心が透けて見える。レイヴン自身は主に財産関係の仕事を引き受けており、同窓生のネットワークを使って業績を伸ばし、大成功していた。

彼はパブリックスクール出身でオックスフォードの卒業生だった。エレガントな伊達《だて》男で、背の高い細面《ほそおもて》のハンサムで、髪は黒々として、服装の好みには実にうるさかった。ウィットに富んだ、気のきいた会話が得意で、ディナーパーティーがあれば引っぱりだこだった。三十四歳のはずだが、まだどの女も彼を籠絡《ろうらく》できていない。もしかすると、生涯、どの女の罠にもひっかからずにすむかもしれなかった。姉が家事を引き受けてくれているおかげで、いまの生活にまったく不自由がなく、快適そのものなのだ。

そしてまた、かなりの女好きだった。気軽に口説き、甘い言葉をささやき、気が向けばベッドに誘った。しかし、面倒なことは絶対に避けていた。そんなわけで、プレスコットの秘書、豊満な胸のナディーン・スミスが、いくらレイヴンに身体を捧げようとしても、未来はないことが運命づけられているのだ。

ピーター・リースはレイヴンを気に入っており、プレスコットの疑心暗鬼は劣等感からくるものでしかないとなだめていた。そんなものか、とプレスコットは一応納得した。この三人に、医師のフランク・ホーンビーを加えた四人組で、毎日曜日は二対二《フォアボール》のプレイをする。四人のうちでいちばん下手なのがレイヴンだが、それさえもなぜか美点に数えられた。ゴルフはただ勝てばいいというものではない、らしい。

「リースといえば」レイヴンが続けた。「あの娘《こ》は誰？」

「あのこ？」

「ピーターのいちばん新しい彼女だよ。昨夜、クラブで一緒にいたのを見かけた。ハニーブロンドで、ぼいんぼいんで、きゅっとしまってる」

「知らないな。てっきりイザベル・ナイトンとつきあってると思ってた」

「違う違う、きみ、情報が古いよ。今度のはあんなじゃじゃ馬とは全然違う。最高に目をひく美人さ」

本当にごく最近、知りあったんだろうな、とプレスコットは思った。ガールフレンドの話ならいくらでも喋るピーター・リースが、先週の日曜日はまったくおくびにも出さなかったのだから。

「ちょうど今夜、会いにいくんだ」プレスコットは言った。「訊いてみるよ」

＊

本当は、今夜、ピーターを訪ねる予定などなかった。しかし、ローソンの夕食の誘いを断った手前、どこかに出かけなければというぼんやりとした義務感がわいたのだ。

リース一家はマースデン丘に住んでいた。〝金持ち通り〟と呼ばれていたこともある、かつては富豪や特権階級の人間が居をかまえていた一郭だ。現在はそれほどでもなかった。丘が住宅地に囲まれ始めると、上流の者たちは、ヘイストンベリに近いずっと西側の地に逃げていってしまった。彼らの住んでいた屋敷は売られ、アパートメントハウスや下宿になった。丘は格を落としていた。

まだ中をずたずたにされていない貴重な数軒のひとつ、アッシュ・グローブ館は丘の中腹にあった。その庭園は実に魅力的だ。灌木《かんぼく》や果樹が点々と立つ芝生は大きく広がり、なだらかな傾斜を描いて、この館の名のもとになったとねりこの小さな森《アッシュ・グローブ》に続いている。館そのものはジョージ王朝風だった。古色蒼然として、威風堂々としているにもかかわらず、館はまわりの景観によくなじんでいた。北の切妻壁にアーサー・リースがくっつけた石造りのガレージも、当初からあったように見える。

プレスコットがアーサー・リースの三リッターのジャガーのうしろに車を停めた時には八時半だった。呼び鈴を鳴らすとハリエットが出てきた。

「あっ、ジョン。上がって！」そして声をひそめた。「兄さんが新しい彼女を連れてきたんだけど、誰だと思う？　お父さんの秘書なのよ！　お父さんたらね、もう真っ青！」くすくす笑ったハリエットは、プレスコットが居間に向かおうとすると、慌てて言った。「いいこと教えたげる。最高なんだから。兄さんったらね、うちに彼女を連れてくるのにお父さんのジャガーを借りたら、門にこすっちゃったの！　想像できる？」

ハリエット・リースは十五歳になったばかりで、背が高く、黒髪で、骨張った身体つきをしていた。はねっかえりに見えたが、物腰は優美だった。女に詳しいと自負するティム・レイヴンは、成長すればハリエットはすばらしくいい女になる、と断言していた。プレスコットにはまったく想像がつかなかった。それに、ハリエットの振る舞いも鼻についた――いちいち大げさに強調して言葉を区切ったり、わざとらしくくすくす笑ったり、つまらない冗談を言ったり、事あるごとに兄につっかかったりするのが。

「じゃあ、帰ろうかな」プレスコットは言った。

「えっ、あっ、帰っちゃだめ、ジョン、助けて！　お通夜みたいなんだもの」

ハリエットのあとについて部屋にはいった。ピーターの父親は暖炉のそばに坐り、膝にファイナンシャルタイムズ紙をのせていた。ピーター自身はピアノのスツールに腰かけている。そして、プレスコットの眼は、若い女に引き寄せられていた。

「ノラ、ジョンが来てくれた」ピーターは椅子から飛び降りた。「ジョン・プレスコットだ。こちらはノラ・ブラウン」

「お話はよくうかがっていますわ、ジョン」握手をしながら彼女は言った。

「あ、そう、ですか」いつもどおり、初めて顔を合わせた相手の前では舌がこわばって、うまく喋れなかった。

「きみの顔が真っ赤になるような話をね」ピーターは言った。「じゃ、とりあえず、お祝いの乾杯でもする？」

「何のお祝いよ？」ハリエットがずけずけと口をはさんだ。

兄はまったく動じず、けろりとしていた。「ジョージ・ワシントンの誕生日さ。二月の二十二日生まれ」

「あっそ、わたし、シェリー飲みたい」これを聞いて父親が娘を説教し始めたので、プレスコットはノラ・ブラウンをじっくり見るチャンスができた。

二十代前半だろう。ハニーブロンドの髪、青い瞳、ぽってりと官能的なくちびる。プレスコットは眼をそらすことができなかった――長く伸びた細い脚、曲線でできた身体は、ハリエットと同種の生物とは思えない。まさにプレスコットの理想像がそのまま具現化されていた。歳も、姿かたちも、声も、理想そのままだ。問題は、そういう娘と出会った時には必ず、どぎまぎしてうまく喋れなくなるか、すでにその娘は売約済みかということだ。

ノラはピーターがこれまでつきあってきたガールフレンドたちとは異なる扱いを受けていた。ピーターは家に恋人を連れてこないと決めていたはずだ。それに、彼女を紹介する態度も、何やらいつもと違っていた。まるで、親友が認めてくれるか不安でしかたがないように。

ピーターが飲み物を運んできた。ソーダ入りブランディを父に、ウィスキーをプレスコットと自分に、ジントニックをノラに。そしてハリエットには、抗議を無視してコカ・コーラを持ってきていた。

「ジョン、あなたは弁護士さんですって?」ノラが訊いた。

「うん」また会話は生まれた瞬間に死んでしまった。

ピーターが助け船を出してくれた。「ジョンは無口だけど、強い男なんだ」彼は言った。「あの皮の下では虎が眠ってるのさ。起こさない方がいいぞ……おい、ハリエット、さっきから何してるんだ?」

「この古くさいのが悪いんだもん。これ、背中が痛い」ハリエットは、色あせた緑の織り地を張った小さなソファに坐っていた。

「おまえなあ、それ、この部屋でいちばん価値があるんだぞ。本物のアンティークなんだから。そうだろ、父さん?」

アーサー・リースは新聞から目をあげなかった。

「だからなによ」ハリエットは言った。「固くてお尻が痛い」

「そりゃ椅子じゃなくて、おまえの尻が問題なんだろ。もう少し肉をつければ——」

「最っ低!」

ここで父親が仲裁にはいった。「やめなさい、ふたりとも。ハリエット、おまえ、宿題はすませたのか」

「ううん」

「なら、すませなさい」

ハリエットはいやな顔をしたが、逆らわずに立ちあがった。「おやすみなさい、ジョン」彼女は言った。「じゃあね」そう言うと、ノラにはちらとも目をくれずに出ていった。

アーサー・リースが新聞を置き、プレスコットに向き直った。「ジョン、新しい知らせは？」

「ええ。今日、電話で知らせようとしたんですが。向こうは弁償金を十二ポンド十シリングまで上げてきました」

「よしよし。折れてきたな」

「リースさん、もうこのあたりで手を打つことをおすすめしますが」

「何を言っとる。びた一文、まけんぞ」

「もうやめなよ、父さん」ピーターが言った。「たった二ポンドのことで、いつまでももめることないだろ」

「必要なら、貴族院（最高司法機関でもあった）まで持っていくからな」

彼なら、やる。どうしようもない偏屈な頑固者なのだ。歯を食いしばった顎、ひん曲がった口を見れば一目瞭然である。

リースは五十代半ばで、妻に先立たれていた。クロムリーで開いた会計事務所は繁盛しており、息子のピーターも大学を卒業してからそこに勤めている。

ピーターは、十年前に母が亡くなるまでの父はもっと人間味があったと主張していた。ピアノの上の写真立てにはリース夫人の写真が飾られており、ピーターがどちらに似ているのかを明かしていた。

　外見ばかりでなく、おおらかな性格も母譲《ゆず》りなのだろう、とプレスコットは思っていた。絶対に父譲りではない。アーサー・リースは自分自身を言いあらわす言葉として、正義を守る人間という表現を気に入っていた。彼の物差しに照らしあわせれば、たしかにそのとおりに違いない。しかし、その正義は、人の情けというものに左右されることがないのはもちろんのこと、一切の融通がきかないものだった。あらゆる店の請求書を細かく針でつつくように調べ、一ペニーの間違いも許さなかった。吝嗇《りんしょく》というわけではない。ゆとりのある暮らしをしているのだから。単に、誰ひとりとして自分を騙すことは許さない、という信念にもとづいた行動なのだ。

「もう一件、相談したい件があるんだがね、ジョン」リースが言った。

　プレスコットの気持ちは沈んだ。「何です？」

「そこの小僧が――」言いながら、ブランディグラスを息子に向かって、しゃくるように動かした。「――今夜、車を壊してくれた」

「父さん、言っただろ、かすっただけだってば」

「保険会社と交渉してくれんか」

　ピーターが憤慨《ふんがい》して言った。「無事故割引の資格をふいにすることないだろ。おれが自費で再塗装に出しておくよ」

　父親はにっこりした。「ああ、そうか、それならいい。もうその話はしないことにしよう」

　彼は立ちあがった。「まだ仕事が残っとるんでな。おやすみ、ブラウン君。おやすみ、ジョン」

いなくなったとたんに、場の緊張はほどけた。

「ごめん、ノラ」ピーターはしょんぼりしていた。

「ごめんって？　どうして？」

「親父はさ、どうしようもなく失礼なことをして平気な人間なんだ。ああやって知らん顔して坐ったまま、新聞を読んで……」

「かわいいじゃない」

「かわいい！　嘘だろ」

「口は悪いかもしれないけど、根は悪い人じゃないでしょ」

「口が悪いんだよ、絶望的に！　おれは親父が好きだけど、あんなふうじゃ、いつか誰かに刺される……もう一杯、やろうか」

ノラはおかわりはいらないと言った。そしてプレスコットに話しかけてきた。「ジョン、ピーターに聞いたけど、あなたは地元の人じゃないんですって？」

ノラが精一杯に気をつかってくれているのはわかる。あんな熱っぽい視線でじっと見つめないでくれればいいのだが。そうされると、落ち着かなくなる。いや、落ち着かないという言葉は正確でない。だんだん自信を壊されていく、というのが正しい。まだ若いころのはにかみやだった自分に還っていく気がした。ピーターが手を引いて導いてくれる前の自分に。

それでも、酒が助けてくれた。「うん。フェンリーの出だよ。一号線の向こうの」

「世界の果ての間違いだろ」ピーターが訂正した。「五十年遅れてる。フェンリーでいちばんよかったのは、サミュエル・ジョンソン風に言えば〝そこから出ていく道〟だったな（〝スコットランドでいちばんよいものはそこから出ていく道である〟という言葉のもじり）」ジョン・プレスコットの実家を訪ねて一度だけフェンリーで過ごした残念な日について、ピーターはしみじみと語った。

「でも、どうしてクロムリーに？」ノラは追及した。

「こいつにあまりしつこくしないでやってくれよ、ノラ……そういや、きみこそ、なんでクロムリーを選んだんだ？」

「たまたまよ。求人広告を見て――」

「たまたまか、なるほどね！　リースって年寄りが金を貯めこんでるって聞いて、その息子はぼんくららしいから、しめしめと――」

「ピーター！」ノラは顔を真っ赤にしていた。

ピーターは大声で笑った。「悪い悪い。おれのジョークが悪趣味なのには慣れてくれ……ノラ、きみの脚はきれいだね。なあ、ジョン、そう思うだろ？」

「うん」

「ノラ、ジョンがきみの脚はきれいだってさ。脚もいいけど、きみの――」

ノラは笑った。「解剖学の講義はもうたくさんよ。だいたいね、もしわたしがお金目当てだったら、ぼんくら息子のために時間を無駄にしてないわ」

ピーターは喜んだ。「親父に目をつけたはずだって？　それもそうか」ふと影が顔を横切った。「そう考えるのは、きみが最初じゃないけど……」

会話の輪からはずれている時間が長引けば長引くほど飛びこみづらくなる、とプレスコットは思った。いまさら、何を言っても、大げさに気をつかわれるだけだ。どうして自分はこうなんだろう。辞去の言葉さえうじうじと切り出せない。

普段は他人の気持ちにとても敏感なピーターが、いまは場のぎこちなさに気づいていなかった。目も心もノラに奪われているのだ。ノラは？　ノラはちゃんと気づいてくれた。手を差し伸べてくれさえもした。さすがにもう見放されてしまったが。

こんな自分に腹が立つ。親譲りの気質と育てられた環境のおかげで、いまだにこのざまだ。いや、腹を立てているのとは違う。嫉妬だ。ピーターにも腹が立った。

完全に八つ当たりとわかっているが、ピーターはなんでも持っている。何もかもに恵まれている――金も、健康も、容姿も、知性も、太陽のように明るい楽天的な性格も。そしてノラまで手に入れた。これが嫉妬せずにいられるか……

出し抜けにノラが言った。「ジョン、眼鏡をはずしてみてもらえる？」

言われたとおりにはずしてみせた。角縁《つのぶち》の眼鏡。大学時代からかけているが、いまは特に必要に迫られてではなく、ただの習慣のようなものだ。

「やっぱり、すてきな横顔だわ、ねえ、ピーター？」

ピーターが言った。「もう何年も口を酸っぱくして言ってるよ、そんな野暮ったいやつ、かけるのやめろって」

ノラはしげしげとプレスコットを見ていた。「ピーターの言うとおりよ、ジョン。かけても、何もいいことないわ」

「あるさ、見えるようになる」そう言いながら眼鏡を戻した。冗談めかして言ったつもりだが、なんだか偉そうに聞こえてしまった。

プレスコットは腕時計をちらりと見て、もごもごと辞去の言葉を口にすると、逃げ去った。



## 2

ジョン・プレスコットは下宿に戻ると、ガレージに車を停めた。抜き足差し足で階段をのぼりながら、ジャーディン夫人に気づかれませんようにと祈った。

が、大家の部屋のドアが開いて、声がした。「プレスコットさんなの？」

「そうです」ほかに誰がいるというのか。

「男のかたから電話がありましたよ」

二段ほどおりて、手すり越しに下を覗きこんだ。痩せっぽちで心配性の、いつまでも夫の喪に服し続けている黒ずくめの婦人が見えた。手編みのジャケットを着たペキニーズが、その足元でキャンキャン鳴いている。

「誰からでした？」

「ローソンさんですって」

アリバイを確かめるためだな。「何かことづてでも？」

「いいえ……めっ、静かにしなさい、スマッジ！……特に何も。明日、会うからいいですって。お湯を沸かしてあるのよ、よければ――」

「いえ、大丈夫です」お茶と一緒に供されるひとり語りをだらだら聞かされるのはごめんだ。

プレスコットは自室に向かって階段をのぼっていった。部屋は清潔で、整頓されていて、暖かかった。が、人間的な温かみはない。実家に住むよりも気に入っていたが、あくまで、比較しての話だ。

もともと、独り暮らしに向いている性格ではない。愛されたい、世話を焼いてもらいたい、妻が欲しい。頼めばいますぐにでもアリス・ローソン、もしくは似たような娘は手にはいる。残念ながら、彼女はプレスコットの好みではなかった。

鏡つきテーブルの前に坐って、鏡に映る顔をじっくりと見てみた。豊かな赤みがかった髪、まっすぐに筋の通った鼻、力強い顎。あの野暮ったい眼鏡をかけていても、自分が容姿に恵まれているのは知っていた。

眼鏡をはずし、横目で自分の顔を見た。たしかに魅力的な横顔だ。

そう、見た目だけならピーターに負けない。知性もだ。それなのに、ピーターは指を鳴らすだけで、ノラのようないい女がいくらでも駆け寄ってくる……。この差は性質にあるのだ。何年もかけて、プレスコットは新たな自分を作りあげ、むかしのコンプレックスだらけの、抑圧された自分を捨てようとしてきた。それなのに、傷つきやすい自分は、ふとしたはずみでもとの性質に戻ってしまう。今夜も、ノラ・ブラウンを前にして、小学生のように緊張してしまった。いつか、過去の殻を破ることができるのだろうか……

*

ジョン・プレスコットの父はフェンリーの郵便局員だった。神を畏《おそ》れ敬うのはいいが、心も視野もどうしようもなく狭かった。四人の子供たちは、美徳とは罪を避けることである、という教義のもとに育てられた。しかも、かなり広い範囲のあれもこれもが、罪という言葉に翻訳されるのだった。

中でも気づかぬ間にじわじわと全身に回る毒が、家族信仰である。一族の世界はフェンリーに縛りつけられ、フェンリーの中だけにあり、プレスコット家の者のみでできていた──兄弟姉妹、伯父、いとこ。その全員が潔癖すぎるほどまじめで、ひとりよがりだった。

ジョンは兄弟たちほど従順でなく、より頭がよかった。父親は心配したものの、大学教育を受けてもよいとしぶしぶ許してくれたので、リヴァプールに出て法学を学んだ。ここで、会計士になるために経済学を取っていたピーター・リースの、自由奔放な生き方に影響を受けるようになった。

ピーターは勉強ばかりしているのではなく、実に多芸多才だった。運動が得意で（一年生でホッケーの代表選手になった）、ピアノを弾き、下手な詩をひねり、美食家で、ギャンブラーでもあった。がっしりした黒髪の青年で、何かと言うと反論したがる癖があるが、どんな時でもほがらかだった。

学生会館での討論会で対立するグループに分かれて意見を戦わせたのち、ふたりは出会った。ピーターはジョンを飲みに誘い、ジョンがオレンジジュースを注文したことをからかった。こんな始まりから、似つかわしくない者同士の友情が花開いた。

いや、それほど似つかわしくないこともないのかもしれない。なぜなら、ふたりは共通の趣味をいくつも持っていたからである。まずは音楽だ。ふたりとも、そこそこピアノが上手だった。ポジションは違うが、ふたりともホッケーをする。しかし、固く結びつける絆となったのは、逆説的だが、違っている点だった。ピーターは論争を好み、親友の先入観や偏見を、ただの論理の力で吹き飛ばすことが趣味だったのだ。

酒、セックス、ギャンブル――主にそれらが議題に上がった。ふたつ目までは、ジョンもピーターの言うことはもっともだとしぶしぶ認めた。しかし、ギャンブルだけは頑《がん》として認めなかった。そんなものには何の価値も見いだせない。

問題は、一年のうち大学にいられるのは二十五週間ということだった。休暇の間は、まったく別世界の実家に戻らなければならない。もはや想像もつかないほど狭い世界に。何度か、休日にクロムリーのピーターの家に泊めてもらった。フェンリーの実家はピーターに泊まってもらえるほど広くなかった。それでも、ある日曜日にピーターを招いて家族に紹介したことがある。失敗だった。

ピーターは一笑に付した。想像で思い描いていたとおりのご家族だったよ、と言ってくれた。

お母さんはとてもすてきな人だね、とも。もっとひどい失敗は、リヴァプールの女学生、クリスティーンをジョンが実家に連れていった日のことだった。あの娘《こ》のことは、二年とたたずに姓も忘れてしまったが、当時はとても大事な女の子だと思っていた。かわいそうなクリスティーンは、昼食のあとでたばこに火をつけた瞬間から、やることなすことけなされた。結局、彼女は家を飛び出していき、ジョンの人生からも消え去った。

その晩、ジョンは両親とすさまじい口喧嘩をした。しかし、まったく波長が合わず、ジョンの言いたいことが全然伝わらない。だがそれよりも、自分自身の気持ちに動揺していた。自分はいまだに、両親の眼を通したクリスティーンの姿を見ることができてしまう。自分はまだ完全に両親の呪縛から逃れていなかったのだ。

一九五八年に学位を取った——中の上くらいという、あまり満足のいく成績ではなかった。おそらく口頭試問がネックだったのだろう。口ごもり、つっかえつっかえ答えたからだ。筆記試験の方が、いつも成績が良かった。普段の会話でさえ、他人の反応を気にしすぎて、自然に話すことが怖くて木のようにだんまりになってしまうせいで、まわりの人々はジョンの知性を見くびりがちだった。

大学の法実習でフェンリーのある弁護士事務所で実務実習生として働き、実家で両親と同居していたが、自分で金を稼いでいた。ほぼあらゆることで父とは意見が合わず、始終、衝突ばかりしていた。母はいつも病気がちだった。母のことがなければ、とっくに実家を出ていた。

事務所にいた娘とそこそこ真剣につきあい、それなりに続いたが、いつしか自然消滅していた。それまででいちばん理想の女性に近かったとはいえ、満足いかなかった。

ピーター・リースとは連絡を取り続け、一九六一年の春に、またアッシュ・グローブ館に泊めてもらった。夜にピーターの父がもてなしていた弁護士のエドワード・ローソンを紹介された。その結果が、自分の事務所に来ないか、というローソンからの手紙だった。のちに、あの出会いはまったくの偶然ではなかったのかもしれない、と思い至った。ローソンのもとにどれだけ大勢の希望者が紹介状をたずさえて来るのかを知れば、なおさらだ。

両親はジョンがフェンリーを出ていくことを選んだのが理解できないようだった。が、ジョンは父親が内心、ほっとしているに違いないと思った。プレスコットの一族が集まり、ジョンが必要としていた元手を工面して、無利子でいい、と強調して貸してくれた。そんなことで利益を得るのは罪、というわけだ。

一九六一年の八月に、ジョンはクロムリーに引っ越した。すぐに、いいことずくめになった。家庭内のぴりぴりした緊張から自由になれた。ずっとおもしろく、責任ある仕事をまかされた。そしてもちろん、いまはクロムリーで、父親の会計事務所で働いているピーター・リースといっそう親交を深めることができるようになった。

余暇はほとんどピーターと過ごした。ゴルフを一緒にプレイし、ピアノは連弾を愉しんだ。そして、よく言い争った。たいていは女についてだった。

「ジョン、おまえの間違いはさ」ピーターはよく言ったものだ。「女の子と出会っちゃ、そのたんびにいきなり自分の物差しをあてがって、まず結婚相手としてふさわしいか品定めしてから始めようとするってことだよ。恋愛ってのは、こう、ぽっと生まれるもんだ。前もって、予定を決めるもんじゃない」

実に、ジョン・プレスコットという人間を理解した言葉だった。たしかに彼には予定があった。心の中には、はっきりとした未来の妻像が存在していた。

ピーターはこのことでからかうのが好きで、一度、こう訊いてきた。「で、その理想の奥さんはどんなルックスなのさ?」

「金髪で――」

ピーターは止めた。「ほら、始める前から、もう女の人口の半分を除外した。いつか、おまえはひとりの女の子と出会う――黒髪かもしれないし、赤毛かもしれない――とにかく、おまえにはその子が、運命の女の子だとわかる。なのに、その時にはもう、おまえの規格に当てはまったというだけの、安っぽい金髪女にひっかかってたら、もったいなくて泣くに泣けないぞ」

「ピーター、見た目だけの話じゃ――」

「うんうん、そうだね、性格もいいんだろうさ。ま、がんばれよ」

ピーター自身は、まったくあせっていないようだった。六ヶ月の間に、ジョンの知るかぎりにおいて、三人の女の子をとっかえひっかえしていた。とはいえ、真剣な付き合いというわけではなかった――ピーターの言葉によれば〝身体だけの遊び相手〟らしい。だから女の子たちは、ピーターのゴルフにも、ピーターの音楽にも、ピーターのギャンブルにも、つきあうことを絶対に許されなかった。

　そこに、ノラが現れたのだ。

＊

　階段の大きな振り子時計が深夜零時の鐘を打つのが聞こえてきた。ジョン・プレスコットは部屋を突っ切って窓辺に寄ると、外をのぞいた。星降る暖かな夜だった。遠くからディーゼルの唸りが響き、やがてヘイストンベリのカーブの向こうからライトが現れ、そのままクロムリー中央駅に向かっていくのが見えた。南から来る最終列車だ。十分遅れている。

　プレスコットはまだ、アッシュ・グローブ館での屈辱的な一幕にうじうじと囚われていた。自分が帰ったあと、あのふたりはどんなに笑っただろう！　いや、ピーターは笑ったりしない、そんな奴じゃない。だけどノラはきっと、もじもじしているぐずに出会って、内心では苦笑していたに決まっている。

　彼女がくれた言葉を一言一句覚えている。とても気をつかって優しい言葉をかけてくれた。最後には興味を持ったように振る舞ってくれた。〝すてきな横顔だわ〟そう言ってくれた。

　プレスコットは心の内で毒づいた。どうしてピーターの方が先にノラと出会ったんだ。

## 3

クロムリーの十八番ホールはパー四《フォー》の長めのコースで、くの字に折れ曲がり《ドッグレッグ》、スライスしたボールをひっかけやすい木が生い茂っていた。

前のホールでピーター・リースの組が勝ち、ピーターがオナーとなった。

四人はゴルフ仲間だった――ピーターとレイヴン、プレスコットとフランク・ホーンビーのふた組に分かれると、ちょうどつり合いが取れる。最終グリーンにたどりつくのはまれなのだが。この日の天気は四月らしく荒れて、吹きすさぶ風のせいでコンディションは最悪だった。十番ホールではスコールのようなにわか雨に降られ、ティム・レイヴンはもうやめたがったが、皆に反対された。それからはずっとむくれていたのだが、十七番ホールでロングパットを沈めると機嫌が直った。

「枯れ木も山の賑わいってやつだよね」というのが、本人の言だった。言い得て妙かもしれない。彼はあまりチームに貢献《こうけん》していなかった。とはいえ、その必要もないのだ。相棒のピーターはゴルフが得意で、いまはハンデ四だが、もっと熱心にゴルフに打ちこめば、ハンデなしでやれる実力者だった。

十八番ホールで、ピーターはいつもどおり非の打ち所のないスイングをした――打つ前に余計なことを言わず、余計な動きもせず――低めのボールをうまく風の中に通し、フェアウェイを突っ切るように飛ばしてみせた。

「なんだ、また一方的にやられそうだなあ」ホーンビーは誰に言うともなくつぶやいた。

レイヴンはスライスして藪の中に打ちこみ、ボールを探しもしなかった。プレスコットは二打目をバンカーに落としてしまい、結局、あきらめてボールを拾いあげた。かくて、ピーターを負かす役目はホーンビーにゆだねられた。ホーンビーの二打目は四十ヤード足りなかった。三打目は打ち損ねた。ボールは地面から一度も跳ねあがることなく、ただころころと転がり続け、カップのすぐ近くで止まった。ホーンビーは小躍りして喜んだ。

ピーターは二打目でカップから十二ヤードの地点まで寄せたが、三打目のパットが足りず、あと二フィートを一打で成功させなければ、引き分けに持ちこむこともできなくなった。この距離ならピーターがはずすことは絶対にない。彼は理想的な精神力の持ち主だ――緊張もせず、苦手意識もないのだ。

プレスコットがカップから旗を持ちあげると、ピーターは狙いをつけた。不意に、ピーターはかまえを解いて、怒った口調で言った。「おい、ジョン、旗くらいまともに持てよ、振り回すな」

プレスコットはぎこちなく詫びると、グリーンの端まで歩いていった。ピーターはパットしたが、当然のごとくはずした。銀貨を手渡す彼の笑顔は心なしか無理しているようだった。

ホーンビーとプレスコットは、ピーターたちのうしろを、ゴルフクラブを入れたカートを引いてクラブハウスに歩いていった。

ホーンビーが言った。「ピーターが癇癪《かんしゃく》を起こすとはな。見たことあるかい?」

「一度もないね」

「ありゃ、忙しすぎるんだろう。寝不足じゃないか」

「医者はきみだろ。きみから言ってやれよ」

のちに、一杯やりながら、ピーターはプレスコットに謝った。「打とうとした瞬間に、はいらないって急にわかったんだ」

「精神的なやつだね、それは」ホーンビーが言った。「とうとうきみもかかったか」

「治療法は、先生?」

「いまのところ、これといった治療法は見つかってないねえ。完全にもとに戻るのはなかなか難しいよ……」そして、同情して言い添えた。「昨日は大変だったのか?」

ピーターはホーンビーを見て、ためらってから、軽い口調で言った。「ああ。ノラが〈ピョートル大帝〉に五ポンド賭けろってきかなくてさ。まったく、女の直感ってやつはどうしようもないな」

プレスコットはよく、いったいピーター・リースはギャンブルにどのくらいつぎこんでいるのだろうと思っていた。馬に犬にビリヤードに――とにかく誘惑に勝てないのだ。

「きみ、腐っても会計士だろ」レイヴンが言った。「まだ、株の方が有望だと思わないか」

「やってるよ、株も」

「そうだね」ホーンビーは言った。「だけど、やっぱりギャンブルは目の前で見えるものじゃないとつまらんよ、なあ、ピーター？」

ホーンビーとピーターは競馬仲間だった。そもそもピーター・リースが、ほかの三人を結びつける共通項なのである。三人はそれぞれ、まったく別のカテゴリーに属する人間だ。ホーンビーはギャンブル仲間で、プレスコットは一応、音楽仲間だった。レイヴンは？　何の仲間か聞いたことはなかった。女かもしれない。

「みんな、もう一杯、同じのでいいんだろう？」ホーンビーが言うのが聞こえた。いつも最初に飲み干してしまうのが彼だった。

フランク・ホーンビーは三十代前半で、ずんぐりむっくりで、金髪で、美形ではなかったが、愛嬌のある顔をしていた。歪《ゆが》んだ鼻はラグビーのフィールドにおける戦いの勲章だった。クロムリーには、パリー医師の助手になるためにやって来て、昨年、共同経営者となり、いまでは診察の多くを受け持っている。

わいわいやるのが好きな男で、たいていの夜はゴルフクラブで酒を飲んだり、下品な色話に興じたりしていた。かっとなると手がつけられない癇癪持ちだという噂があるが、プレスコットは直接、そんなところを見たことがなかった。ともかく、いかにも喧嘩っぱやそうながっちりした顎を見れば、下手にからかわない方がいい相手なのはたしかだ。幸せな結婚をして、子供がひとりいて、さらにもうひとり生まれる予定だった。

「そうだ、ピーター」ホーンビーが言った。「きみのガールフレンドのノラ・ブラウンがねえ、かかりつけになってくれって、私のところに来たよ」

「知ってる。おれがすすめたんだ」

ティム・レイヴンが口をはさんだ。「避妊具のために?」

再び、ピーターの癇癪玉が破裂した。「下品すぎるぞ」

レイヴンはげらげら笑った。「おいおい、なに聖人ぶってんだ。きみの戦歴はみんな知ってる――」

「諸君、諸君!」ホーンビーが割ってはいった。「やめたまえ」そして、たばこの箱を回した。「ほら、ピーター、好きなだけ取るといい」

「だいたい、ぼくはその彼女と会ったこともないんだよね」レイヴンが言った。

ピーターはまた、素早く落ち着きを取り戻していた。「すぐ会えるよ、ティム、すぐに。親父が今度の土曜にパーティーを開くんだ。二十一日に。みんな、来てくれるかな」

「パーティーって何の?」気づくとプレスコットはそう訊いていた。しかし、答えはすでに見当がついていた。

ピーターはにこにこしていた。「実は、昨日のうちに、指輪を買ってあるんだ。でも、ノラがおふくろさんに手紙で知らせるまでは、秘密にしておこうと思って」

プレスコットは、一同が次々にかける下品な祝いの言葉の波にのりつつも、すっかり打ちのめされた気分だった。どうせノラはピーターの遊び相手のひとりで、いつもどおり、すぐに捨てられるとばかり思っていた……

「こりゃシャンパンで祝わなきゃな」プレスコットはそう言うと、バーに注文にいった。壜が出てくるまでだいぶ時間がかかった。テーブルに戻ると、口論のまっただ中だった。

「まあまあ、ピーター――」レイヴンは偉そうに言っていた。「ぼくはただ、会計士って職業はぼくにとって、魅力的じゃないと言ってるだけだ」

「侮辱しやがって。〝店の穢《けが》れた勘定書きをきれいにする仕事〟だと？」

ホーンビーが言った。「ジョン、早いとこ、そのシャンパンを注いでしまえ。こいつらが殴り合いを始める前に」

しかし、ピーターはおさまらなかった。「おれたちのような人間がいなきゃ、不正や間違いだらけになるんだ。それに、別に店の勘定書きだけを扱ってるわけじゃ……」

その間にプレスコットはシャンパンを注いでいた。フランク・ホーンビーがグラスをひとつ、テーブルの向かい側に坐るピーターに押しやった。「ほら、飲め、演説はもういいから」

ピーターはびっくりしたようにホーンビーを見て、やがてゆっくりと苦笑いした。「ありがとう、フランク。今日は少し気が立ってるみたいだ。眠れないんだよ、ずっと。仕事のしすぎだな、たぶん」

レイヴンは何か言おうとしたが、思い直してやめた。

「明日、うちの診療所においで」ホーンビーがすすめた。「眠れるやつを何か処方してやるよ」

「わかった」

そのあと祝いの席は、気が抜けたようになった。ホーンビーとレイヴンは早々と帰った。プレスコットも帰りたかった。もう七時を過ぎている。日曜なので、大家のジャーディン夫人が夕食を用意してくれているはずだ。しかしピーターはプレスコットに、もう少しつきあって、この壜を空けるのを手伝ってほしいと口説いてきた。

「ジョン、今日さ、おれ、最低だったろ？」

「何かあったのか、ピーター」

リースは肩をすくめた。「いろいろだよ。でも、いちばんは仕事上の問題かな……ノラがいてくれなかったら、とっくに気が狂ってたと思う」

またもプレスコットは失望を味わった。なんとなく、ピーターが苛立っている原因はノラで、ふたりの間は必ずしもうまくいっていないのだと勝手に思いこんでいた。

「きみが仕事のことで悩む日が来るとはね」

「いつもなら悩まないよ。ただ、今度のやつは……ちょっとまずい」唐突に、ピーターは話題を変えた。「最近、うちに寄ってくれたかい？」

「二回くらいかな」半分は習慣であり、半分はピアノを弾かせてもらうためだった（下宿にはないのだ）。そして、認めたくはなかったが、ノラが来ていないだろうか、という淡い期待もわずかに抱いていた。ノラはいなかった。ピーターもいなかった。ハリエットの話では、兄は毎晩遅く帰ってくるということだ。残業しているのか、ノラと一緒なのかはわからないが。ゴルフが続いているのは、ノラがたまった家事を片づけるので日曜は忙しいという理由だけだった。

「おまえさ、うちの親父をどう思う?」ピーターはさらりとした口調で訊いてきた。

「きみの親父さん? ああ、夜にいないことがあるね」

「どこに行ってるか知らないのか?」

プレスコットはきょとんとしてまじまじと見つめた。「なんだよ、さっきから?」

「なんでもない。忘れてくれ、ジョン……でも、ハリエットはおまえに会えて喜んでたろ」

「もう、大変だよ。毎回、ラテン語の予習を手伝わされるんだぜ」

ピーターは声をたてて笑った。「成績が悪かったからな」

「いいかげん、思春期のはしかの相手をほかに探してくれないかね」ふと、そこで口をついて出た。「あの子はノラが嫌いなんだろ」

「時間をやってくれ、ジョン。時間が必要なんだよ」

4

月曜日に届いた正式な招待状は〝ジョン・プレスコット氏と同伴者〟宛で、カクテルパーティー以上の格式と思われた。〝四月二十一日午後八時より〟という知らせに、〝ダンスの夕べ〟という文言が添えられている。

同伴者として誰を選ぶべきだろう。〝アリス・ローソン以外なら誰でもいい〟というのが最初に浮かんだ考えだった。さんざん悩んだが、誰ひとり思い浮かばず、もうアリスでもいい、とあきらめかけた。その時、秘書のナディーン・スミスが頭に浮かんだ。あの娘《こ》は社交的で、パーティーが大好きだ。ナディーンはふたつ返事で招待を受けた。ティム・レイヴンも来ると期待したのだろう。

パーティーはリージェント・ホテルの舞踏室で開かれた。プレスコットがナディーンを連れて到着した時には、すでに三、四十人の客が集まっていた。その多くはピーターの父の仕事関係者で、婚約パーティーの出席も仕事の一環という者たちだった。すでに飲み物が振る舞われていた。

ピーターとノラは客を出迎えていた。ノラは深い青のドレスに身を包み、輝いている。プレスコットと握手しながら、ピーターがささやきかけてきた。「親父を見なかったか？」

「え？」プレスコットはノラに目を奪われていた。

「来てないんだ」

「ぼくは全然会ってない。電話をかけるか、探すかしようか？」

「いや、いい。むしろ来てくれない方が――」パリー医師が現れると、ピーターは言葉を呑みこんだ。「こんばんは、デイヴィッドおじさん。ルーシーおばさんが来られないのは残念……その、おじさんに相談したいことがあるんですが。日曜の三時？　大丈夫ですよ……もちろん、ノラとはもう会っていますよね……」プレスコットは離れた。

彼はナディーンのために、ドライマティーニと肘掛け椅子を確保した。ふと、ハリエット・

リースがひとりぽつんと立って、反抗的にシェリーを飲んでいるのが目にはいった。

「ちょっとごめん」ナディーンに断った。「きみに会ってほしい子がいるんだ」

そしてハリエットを連れてくると、ナディーンに紹介した。

「そのドレス、とってもすてきねえ」ナディーンは、まるで本心からそう思っているような口調でほめた。プレスコットは心の中でナディーンに感謝した。

どう見ても、ドレスは大失敗だ。それを着たハリエットは、これまでにないほど痩せ細って見える。黒という色はおとなっぽすぎたのだ。母親か姉がいれば助言をもらえただろうに。

八時半になるころにはすべての客が来ていた。六十人くらいか、とプレスコットは見積もった。給仕たちは招待客の間をすいすいと器用に歩き回り、飲み物やつまみがのったトレイを運んでいる。低いステージの上では楽団が静かに即興の音楽を奏でていたが、お喋りをする人々のざわめきにほとんどかき消された。

ピーターとノラは歩き回って、いろいろな客と言葉を交わしていたが、ピーターはずっと腕時計をちらちら見ている。八時三十五分にアーサー・リースが会場にはいってきた。プレスコットはピーターの表情を観察していた。ほっとした顔に、怒りがまじって見える。

アーサー・リースは手を叩いて静粛を求めた。そのスピーチは短かった。遅刻したことを詫びたものの、理由は一切説明しなかった。そして、父が秘書を選ぶ日のたしかさを、息子が認めてくれたのは実に喜ばしいと言い、むかし雇っていた秘書にまつわる、まったく関係のない話を披露した。そして、ご来賓《らいひん》の皆様が楽しい夕べを過ごしてくださることを願っていると結んだ。

気まずそうな拍手が起きた。しかし、そのひび割れた空気の中に、老パリー医師が進み出た。この世に生まれてくるピーターを取りあげた医者として、そしていまは顧客のひとりとして、アーサーの大変すばらしいスピーチにひとことふたこと付け加えさせていただきたい、と医師は述べた。続けて、父親が言うべきだった言葉をあまさず語った。微笑ましい話がいくつも転がり出ると、場の空気は少しずつあるべき姿を取り戻し、ピーターとノラを乾杯で祝うのにふさわしい雰囲気となった。

やがてダンスが始まった。プレスコットは最初の二曲をナディーンと踊った。彼女は愉しい相手だった。そのあと、彼はハリエットに気をつかい、手を取った。

次はワルツだった。最初にステップをふたつみっつ踏んですぐ、ハリエットがダンスの名手であることに気づいた。ハリエットの足は宙に浮いていた。そればかりか、プレスコットの動きをすべて予期しているようだった。

「どこで習ったの？」プレスコットは訊いてみた。

「ダンスのこと？　学校の授業よ。それに、兄さんが時々、わたしを相手にステップの練習をするし……ていうか、してたし。でも、これってすっごく時代遅れじゃない？」

「何が？　ダンスのこと？」

「この古くさーい、堅苦しい踊りよ」

「生意気言うな。好きなくせに」こんなにものびのびと踊っている娘が、愉しんでいないわけがない。

ハリエットは悪戯《いたずら》っぽく笑った。「だって、ジョン、あなたが相手なんだもん、夢みたいに決まってるじゃない！　ねっ、チークダンスしましょ」

「こら、行儀悪いぞ！」

少女はまねをした。「こら、行儀悪いぞ！　あーあ、ジョンってば、おじさんくさい……じゃあ、あのふたりはどうなのよ」

ティム・レイヴンとナディーン・スミスが、チークダンスほどぴったり頬をくっつけているわけでないにしろ、かなり馴れ馴れしく寄り添って踊っていた。ナディーンはなかなか素早いスタートを切ったわけだ。

ハリエットは顔をしかめた。「あのスケベ、吐き気がするわ」

「たいていの女性とは違う反応だね」

「そりゃそうよ。女って馬鹿ばっかりだもん」

「人生の先輩たちの意見を尊重してみたら？」

「ジョン、一度でいいから、わたしを女性として見てよ」

見そうになっていた。ハリエットの顔は上気して赤らみ、瞳はきらめいている。この時初めて、成長すればハリエットはすばらしくいい女になる、と言ったレイヴンの言葉の意味が少しだけわかりかけた。

音楽がやむとハリエットは、ませたドレスが似合わない、十五歳のみっともない少女に戻ってしまった。

ぱちぱちと拍手が鳴り響くと、楽団はまた音楽を奏で始めた。

「ノラとは踊ったの？」ハリエットが訊いてきた。

「いや」

「踊るの？」

「さあ」ありったけの勇気をかき集めたら、誘えるだろうか。

「あの女がクロムリーに来なければよかった。兄さんがあの女と出会わなければよかったわ」

「こら――」

「ビッチだもん、あの女。ビッチよ」

プレスコットは腹を立てた。「ハリエット、そんな悪い言葉を使うんじゃない！」

「ビッチ、ビッチ、ビッチ、ビーッチ！」

「どうしようもない、わがままな子だな。尻を叩かれないとわからないのか」

しばらく、ふたりは無言で踊っていたが、やがてハリエットが言った。「あの女が来てから、ぜーんぶ最悪。兄さんは、いつもいらいらしてるし。お父さんは、何が気に入らないのか知らないけど、ずっと機嫌悪いし！」

「お父さんは今夜、どうして遅れたんだ？」

「知らない。兄さんと一緒に先に出ろって言われたわ――ノラを迎えにいけって。でも、自分は着替えも始めてなかったのよ。兄さん、ものすごく怒ってた」すばらしいスピンをする間、ハリエットは黙った。「当然だけど、昼過ぎにはひどい大喧嘩をしてたし」

「誰が?」

「兄さんとお父さん。すっごく怒鳴りあってた」

「何のことで?」

「わたしは台所にいたの。ラジオもつけてたから、聞き取れなかった。でも、ほんとにおっかなかったわ」

ダンスの音楽が止まった。「ありがと、ジョン」ハリエットはそう言うと、つんとすまして言った。「義務は終わりよ。どうぞ、好きなだけノラの気をひきにいけば」

「この悪ガキ!」うっかり言ってしまった。

「ジョン、そんな悪い言葉を使うんじゃない!」娘は愛らしく微笑むと、歩き去った。

*

パーティーは盛りあがらなかった。ピーターと父親の間に漂う空気の冷たさが、何の言葉もなくとも、客たちにひしひしと伝わってくる。

アーサー・リースは部屋の端に置かれた小さなテーブルのひとつに引っこみ、辛気くさい顔でパリー医師と飲んでいた。一度、ピーターとノラが笑顔で父親のテーブルに寄っていくのが見えて、たぶん和解を申し出るのだろう、とプレスコットは思った。しかし、慌ただしくほんの短いやりとりがあったあと、ふたりはテーブルから離れた。ピーターの表情は険しかった。

「いやな人ですねえ」ナディーンがプレスコットに言った。

「誰が?」

「あのお父さんです。ほら」アーサー・リースはこれ見よがしに、下くちびるをうんと突き出し、何かを強調するように、人差し指をパリー医師に向けてしきりに振っている。

「つきあえば、そんなに悪い奴じゃないってわかるよ」プレスコットは偉そうに言った。実は、面と向かえば萎縮《いしゅく》してしまうのだが。

「あの人とつきあいたい人なんていますか? 一キロ四方で彼より嫌われてる人はいないって、みんなが――」

「みんな?」プレスコットがさえぎった。

ナディーンは笑った。「すみません、言ってたのはレ、レ、レイヴンさんです。それに、なかなかの狼さんなんですってね。ヘイストンベリに女の人がいるんですって……」

プレスコットはぎょっとした。ティム・レイヴンに、そんなゴシップをばらまく権利はないはずだ。

のちほど、プレスコットはレイヴンを問いつめた。

「堅いよ、ジョンは」という答えが返ってきた。「もうみんな知ってることだ。ピーターがなんであんなに親父さんに腹を立ててると思ってるのさ」

「その女って何者だ?」プレスコットは訊いた。

「ああ、それが誰も知らないんだ! でもぼくの情報源の話じゃ、けっこうな美女らしい……

ちょっとごめん、ぼくのチャンスが来た」

次はタンゴだとアナウンスされたのだ。レイヴンはフロアを突っ切り、ノラ・ブラウンに向かって歩いていく。ノラがピーターに微笑みかけてから立ちあがるのを、プレスコットは見ていた。

レイヴンはタンゴの名手だった。派手で華やかな見せ場の合間にパートナーと身体を密着させる静かなパートをはさむのが、彼のテクニックだ。一度目にぐっと身体を引き寄せられた時、ノラは軽く驚いた表情になったが、すぐににこやかな顔になった。

「そう難しい顔をするなよ、ジョン。ノラならうまくあしらえるって」ピーターだった。

「だけど、時と場合ってものが――」

ピーターは笑った。「あいかわらず、お堅いなあ……ノラがぶつくさ言ってたよ、おまえがまだ踊ってくれないって」

「あとで踊るよ」しかし、もうそんな気は無くなっていた。「最高のパーティーだな、ピーター」

「最低のパーティーさ、気をつかわなくていいよ……はあ、疲れたな」

プレスコットにもそれはわかった。「フランクのところに行ったかい?」

「え?」

「眠れる薬をくれるって言ってただろ」

「ああ、そのことか！　うん、行った」

「効いたのか？」

「一応ね。でも、ひどい夢ばかり見る。昨夜は親父が殺される夢を見た」そして、部屋の向こう側に目をやった。いま、アーサー・リースが一緒にいるのはエドワード・ローソンで、ふたりは激しく言い争っている。「予知夢じゃないだろうな」そう言い添えた。

「馬鹿なこと言うなよ。きみは働きすぎなんだ。リラックスしろ」

ピーターは微笑んだ。「おまえからはっぱをかけられる日が来るとはね。おれ、今日の昼過ぎに親父と大喧嘩してさ——それで、落ちこんでるんだ」

「ハリエットに聞いた」

ピーターの眼が鋭くなった。「ハリエット？　あいつ、どこまで聞いたんだ？」

「何も。ただ、きみと親父さんが怒鳴りあってるのが聞こえたって」

「おまえには言っとくよ、ジョン、実は親父がみっともないまねをしててさ、おれは醜聞はごめんだって意見したんだ」

プレスコットは迷った。「きみは秘密だと思ってるかもしれないけど、そうでもないみたいだよ」そして、ティム・レイヴンの言葉を繰り返して聞かせた。

「なんだって！……女が誰なのか知られてないのはたしかなのか？」

「そう言ってた」

「不幸中の幸いだな。おれは別に親父が遊ぶのに文句は言わないさ。だけどこの女は——とにかく、まったくふさわしくないとだけ言っておくよ。親父は頭がいいくせに、変なところでどうしようもなく馬鹿なんだよなあ――今夜、その女を連れてくる気でいたんだぜ」

「なんでその女のことできみが不眠症にならなきゃならないんだ？」

「あの女を知らないから、そんなことを言えるんだよ。まあ、おれの心配ごとはそれだけじゃないんだ。ジョン、実はおまえに相談したいことが――ああ、ノラだ！」

タンゴはいつの間にか終わっていた。ティム・レイヴンがノラを連れて、フロアを突っ切ってくる。その手はノラの腕にぴったり添えられていた。

「彼女、最高だね」婚約者のもとに連れ戻しながら、そう言った。「ぼくら、最初のステップから息がぴったりだったよ、ねえ、ノラ？」

「ええ、ぴったりくっついていたわね」ノラは淡々と答えた。

ピーターは笑った。「ダーリン、きみの虎を捕まえといたよ」

「えっ？　あら、ジョン！　ようやく会えた！　どこに隠れてたの？」すでにノラはティム・レイヴンに背を向けていた。レイヴンは躊躇《ちゅうちょ》していたが、やがて歩き去った。

ふたりは踊った。ノラはハリエットのように宙に浮いてはいなかったが、身体に腕を回すとはるかに胸が高鳴った。

「あの人、いつもああいう態度なの？」ノラが訊いてきた。

「誰が？」

「あなたの共同経営者」

プレスコットは部屋の向こう側で、いまだにアーサー・リースと言い争っているエドワード・ローソンの禿げ頭を見た。

「違うわ、あの人じゃなくて」ノラが言った。「さっきのジゴロのこと」

「ああ、ティムか！　あいつがどうかした？」

「今夜、初めて会ったのに、あの人ったらまるで――まるで――そうね、いまじゃ、わたしのボディラインを完全に把握してるんじゃないかしら。抱きつぶされて死ぬんじゃないかと思ったわ」

プレスコットは、抱き寄せている腕の力をゆるめ、わずかながら身体を離した。あやうく、同じそしりを受けるところだった。

「ティムは安全な奴だよ」そう答えた。「あれでけじめはつけている奴だから。無理やり、その、ええと――」

「わたしを襲わない？」ノラが言葉を補った。

「そう」彼女はふうんという目つきでプレスコットを見たが、何も言わなかった。

レイヴンについては本当のことだ。事務所の女の子に手を出さないのだから、友達の婚約者と浮気などしない。道徳的に良心が咎《とが》めるからではなく、単に面倒なことになるのがわかりきっているからだ。そんなわけで、ノラの身は安全なのである。ナディーンと同様に。

「眼鏡、やめたのね」ノラが言った。

「うん」

「わたしが言ったから？」

「それもある」いまは職場でしか眼鏡をかけない。また舌がうまく動かなくなったが、ダンスをしている間は気が楽だった。ずっと喋る必要がないからだ。

「いたっ!」ノラが顔をしかめた。

「あら、ごめんなさあい!」ハリエット・リースが、愛想のよい笑顔ですれ違っていく。

ノラは腹を立てていた。「あの子、わざとやったの。見てたんだから」

「いや、ノラ、そうじゃないと思うよ」しかし、プレスコットにはそう言いきる自信はなかった。

「あの子はお尻を叩かれないとだめね」

「今夜、そう言ってやったばかりだよ」

「いつかきっとばちが……」不意に、ノラは苦笑した。「だめだめ、こんな意地悪なことを言っちゃ。あの子には注意してくれる人がいなかったんだもの、お母さんがいなくて、お父さんはあの恐ろしい人で」ハリエットのノラに対する評価よりも、好意的なコメントだった。

「きみはピーターの親父さんが怖いの?」

「緊張でびくびくものよ。事務所のみんながぴりぴりしてる。ほんのちょっとミスしただけで、ものすごく怒鳴られるんだもの」

「こないだの晩には、かわいいって言ってたよね」

「あれは言葉のあや」

音楽が止むと、ノラは言った。「あっちでお話ししましょうよ、ジョン。いままで機会がなかったでしょ?」

「でも、ピーターは――」

「あの人なら、そこで義務を果たしているわよ」ピーターは笑いさざめく一団に囲まれていた。妹とナディーン・スミスも一緒にいる。

「わかった。じゃあ、飲み物を取ってくるよ」

ノラはためらった。「それなら、オレンジジュースにしてもらえるかしら。もうジンを二杯飲んじゃったの。これが限界なのよ」

新たな発見をするごとに、プレスコットはノラを、ますます好きになった。想像していたほど、すれた娘ではない。

飲み物を持って戻ってくると、ノラは足首をもんでいるところだった。いまだに父のすりこみから逃れられないプレスコットは、自然と眼をそらした。胸もとが大きく開いたドレス姿の若い娘は、かがみこむものではないと思う。

「痛む?」彼は訊ねた。

ノラは情けなさそうに苦笑した。「しばらくはハリエットの刻印が残りそうよ……ありがと、ジョン」

プレスコットはグラスをかかげた。「きみの健康に! 結婚式はいつ?」

「秋よ。ピーターの時間ができた時に……」なんとなく恨みがましい口ぶりだった。「あの人っていつもこんなに忙しいの？」

「こんなに？」

「一週間のうち二日か三日は夜中まで残業なんだもの。せめて、わたしに手伝わせてくれれば……」

「あいつ、ひどい顔をしてたな、心配ごとでもありそうだけど」プレスコットは、どれだけ彼女が知っているのだろうと思いながらそう言った。

明らかに、何も知らないようだった。「心配ごと？　まさか。働きすぎなだけよ。でも、ピーターのことより、あなたのことを話しましょ、ジョン。物静かで強い男の人って、やっぱりすてきで興味があるもの。静かな水面の下に何が隠れているのか、とっても知りたいわ」

「ぼくの場合は泥とヘドロだ」プレスコットは答えた。「恐怖と抑圧と記憶さ」急に、ノラを前にした緊張が薄れて、彼ははきはきと喋りだしていた。

ノラは目を丸くしてプレスコットを見つめた。「おかしなことを言うのね！　ピーターが言ってたわ、あなたは自分の過去と戦ってるって。本当なの？」

「誰でもそうだろ？」しかし、きつい言い方に思えて言い添えた。「うん、本当だよ」

「ピーターが言ってた——」

不意に、プレスコットは腹が立ってさえぎった。「ピーターが言ってた、ピーターが言ってた……どうして自分の意見を言おうとしないんだ？」

ノラはぎょっとした顔になった。「まあ、あなたのその顔、猛獣ね、ジョン」

「ごめん――」

「違うの、わたし、好きよ！　ね、いまの顔、もう一回やって」

うまくできなかった。ふたりは大声で笑った。「さっきはああ言ったけど」プレスコットは言葉を継いだ。「きみがピーターの意見を参考にしたのは正しかったよ。あいつはぼくよりもぼくをよく知ってるから」そして、ノラと眼を合わさずに、ごく軽い調子で言い添えた。「ピーターより先にきみと出会っていたかったな」

ノラは聞こえていないような顔をしていた。

午前零時まであと二十分。パーティーはいつの間にか盛りあがっていた。騒がしい一団がバーを囲み、楽団は若い客のために、ビートのきいた音楽を演奏している。

ひとりの警官が舞踏室にはいってくると、アーサー・リースに声をかけた。ふたりが振り返り、プレスコットとノラが坐っている方をじっと見てきた。警官がやって来るより先に、プレスコットにはもうわかっていた。それが自分への知らせだと。母が死んだのだ。

＊

プレスコットの車の右側の後輪がパンクしていた。

ピーターが言った。「今夜、実家に車で帰るのか？」

「うん。でも、まず着替えとかを準備しないと――」

「わかってる。誰かにおまえを下宿まで車で送らせるから、おれたちでタイヤを交換しとくよ。

頼む、フランク、こいつを――」

「いや、ピーター、別に急がないから」もはや時間はいくらでもあるのだ。

しかし、フランク・ホーンビーはすでに自分の車に向かってプレスコットを引っぱっていた。

「大丈夫、大丈夫、遠慮するな」

ジョン・プレスコットは自分の感情を分析しようとした。悲しみ？　そうだ。しかし、母の死は覚悟していた。そして、罪悪感。会いにいくつもりだったのだ、先週。でも、こうなるなんてわかるはずがない。もう何年も、危ないと言われ続けてきたのだから。

もっとも大きな感情は、すべてが無駄になったというむなしさだ。娘時代の母は陽気で、音楽やダンスやパーティーが大好きだった。やがてジョンの父親と出会い、結婚して、プレスコット家の一員となった。そして、家風を叩きこまれ、洗脳され、もとの性格を壊されて……

フランク・ホーンビーのゼファーは、リージェント・ホテルの駐車場から大きな弧を描いて出ると、一時停止もせずにメイソン通りの車の間を突っ切り、タニクリフの交差点に向かって猛スピードで走りだした。

目の前に赤信号が迫るのを見て、プレスコットは物思いから覚めた。「おい、フランク」力いっぱいブレーキが踏みつけられ、車体は大きく揺れながら停まった。前輪は停止線にのっていた。

「タイミングの問題だよ」ホーンビーは言った。交差する道路の信号が黄色になると、こちらの信号が青になる前に、また車を出した。

「ジョン、お母さんのことはお気の毒だったね」医者はそう言った。「なんだった？　心臓かい？」

「うん」

「そうか、まあ、誰でも……おかしいな、たばこはどこに行った？」ホーンビーはポケットをごそごそやっていた。車は蛇行し始めた。

「フランク！」プレスコットが鋭く言った。「両手で運転してくれ。それと、スピードを落とせ……もういい、ぼくが運転する」

「なにい、馬鹿言うな、私が酔ってると思ってるのか？」

プレスコットは答えなかった。たしかにホーンビーは酒に強くて、いつもたいして酔ったことがない。だが、今夜はどう見ても酔っぱらっている。そういえば、ダンスもせずに、部屋の片隅で知り合いのひとりふたりと浴びるほど飲み続けていた。

事故は誰にでも起きるものだ。ホーンビーがハンドルを切ってフランダース通りにはいり、プレスコットの下宿が近づくにつれてスピードを落としたその時、ふたりの少年が走ってきて、まわりを見ずに車道に飛び出してきた。ブレーキの悲鳴が響き、少年のひとりが斜めにふっ飛ばされる鈍い音がして、車が激しく蛇行し、歩道に乗りあげ、塀にぶつかって停まった。

プレスコットは揺すぶられたものの、怪我はしなかった。ホーンビーが運転席のドアを開けて、転がり出た。ほどなくして、医者は頭だけ中に突き入れ、声をひそめて叫んだ。「ジョン、運転席に移ってくれ」

「え？」

「運転席だよ。早く！　警官がいるんだ」プレスコットがまだじっとしていると、医者は急かした。「おいっ、わかるだろ、私の医者生命がかかってるんだ」

プレスコットはようやく理解した。「すまない、フランク。それはできない」

ホーンビーはプレスコットを睨みつけた。「こんな時でも聖人面《づら》か？……いいさ、じゃあ、あの子が怪我をしていないか見にいこう」

## 5

ジョン・プレスコットの母は、六十歳の誕生日からちょうど二週間後の火曜日に埋葬された。プレスコット家の一族は全員、葬儀に出席するために集結した。

ジョンはよそ者のような扱いを受けた。なぜか、母の死は彼のせいということになっていた。

「どうして先週、帰ってこなかった、ジョン」父は言った。「帰ると約束しただろう。おまえのせいで、母さんの心臓は張り裂けてしまった」

どうして母の具合がそこまで悪いと誰も教えてくれなかった？　父も、兄弟たちも、妹も、一度も手紙を書いてよこしたことはない——こちらからの手紙に返信することも。手紙をくれるのは母だけで、その母は一度も、自分の健康について触れなかった。

墓のそばに立ちながら、ジョンの心は埋葬式にも、墓穴《はかあな》に横たわる棺にも、半分しか向いていなかった。その眼は、墓地の立木や垣根の外の、フェンリー村の家々の屋根や、聖ミカエル教会の尖塔や、林立する染色工場の煙突や、グラマースクールの校庭に立つラグビーのゴールポストを眺めていた。このすべてが彼の一部であり、彼という人間をこしらえ、いまの彼を形づくったのだ。父は、少し腰が曲がり、老いがあらわになってきていた。兄弟たちと妹はハンカチを顔に当てて静かに泣いている。

誰も過去から逃れることはできない。そうしようとあがくだけ無駄だ。人は窮地《きゅうち》に陥《おちい》った瞬間、過去の価値観に呑みこまれる。たとえば、土曜の夜、フランク・ホーンビーに助けを求められた瞬間のように。あの事故はホーンビーが酔っていたから起きたものではなかった。たとえしらふだったとしても、避けることは無理だったはずだ。そしてホーンビーはあまりに多くのものを失う立場だった。医者というものは絶対にスキャンダルを起こすわけにいかない。それなのにジョンは、友を救うために小さな嘘をつくことを拒んだ。まさに父なら、そして兄弟なら、いとこなら、そうしたであろうとおりに。ジョンはやはりプレスコット家の人間だった。

*

葬儀が終わるとすぐ、ジョン・プレスコットはクロムリーに車を走らせ、七時前には家に着いた。ジャーディン夫人は彼が帰宅すると思わなかったので、外出していた。プレスコットはサザン・ホテルで食事をとった。

心がざわついてしかたがなかった。誰でもいい、話し相手が欲しい。ひとりの下宿に戻ると考えるだけで気がめいる。アリス・ローソンの存在を思い出し、ホテルのロビーから電話をかけた。エドワード・ローソンが電話に出て、どことなく嬉しそうにアリスはほかに約束があると告げてきた。

さて、どうしようか？　アッシュ・グローブ館が最後の望みだった。ハリエットのラテン語を英語に訳す宿題くらい、いくらでも喜んで手伝ってやる……

ところが、ハモンド通りを走っている時に、アーサー・リースの会計事務所の窓に明かりがついているのが見えた。映っているシルエットはピーターの頭だ。プレスコットは車を停めて、降りた。

三階建ての建物の二階に、A・H・リース&サン会計事務所ははいっている。

プレスコットは石の階段をのぼり、真鍮《しんちゅう》の呼び鈴の紐を引き、ベルが中で響くのを聞いた。もう一度鳴らすと、ようやくドアが開かれた。

「ああ、おまえか、ジョン」ピーターが言った。「何かあったの？」

「いや、ただ、通りかかったら明かりが見えて……」

ピーターはぼうっとした顔でプレスコットを見ている。やがて、自分を取り戻して、口を開いた。「そうか、はいってくれ。顔を出してくれて嬉しいよ」

事務所は二年前に中を一度すっかり取り壊して、完全にリフォームしてあった。金に糸目をつけずにできるかぎりの改装がほどこされたのだ。あらゆる最新設備が調えられ、最高の効率性を求めてすべてが設計されていた。

ピーターの部屋のドアが開いていて、机に書類が山積みになっているのが見えた。

「親父の部屋を使わせてもらおう」ピーターが言った。「あっちの方が片づいてる」

左側のドアを開けて、照明のスイッチをつけた。はいってすぐの小部屋は、栗色の書類戸棚が列をなし、机に電動タイプライターと電話機とインカムの操作パネルがのっている。

「その先だ」ピーターは言いながら、奥の部屋に続くドアを指し示した。「ちょっと待って」

机のいちばん上の引き出しを開けると、中をかき回し始めた。

「もしかして、ここはノラの部屋？」

「うん」秘書室はノラの存在を匂わせるものが何もなかった。すべてが機能重視で、人間味が感じられず、塵ひとつなく整っていた。

ピーターはまだごそごそやっている。「何を探してるのさ」プレスコットは訊ねた。

「事務所のノラの鍵。ここの机に置き忘れたのか見てきてくれって頼まれたんだ……ノラ、具合が悪くてさ」

「えっ、病気なのか？」

「ああ、医者を呼んだんだぜ。でも、もうよくなった。明日には仕事に戻れる」

ピーターは身を起こすと、引き出しを閉めた。「ないな……ま、いいや、行こうか」

奥の部屋は広く、豪華なしつらえだった。毛足の長い絨毯が壁から壁まで床をおおい、窓のカーテンもみごとで、壁は楢材の羽目板で作られている。机は胡桃《くるみ》材で、椅子は緑の革張りだ。

「親父さん、ずいぶん羽振りがいいなあ」プレスコットは感想を言った。

「ああ」

「あれも親父さんが描いたやつだろ?」壁にかかっている、セルウィン公園のクリケットの試合を描いた水彩画を指さした。絵を描くのはアーサー・リースの趣味で、なかなかの腕前だった。

ピーターは肩をすくめた。「そりゃね」

プレスコットは彼の苛立ちに気づいた。「ごめん、邪魔したな。もう帰るよ」

「邪魔じゃない、ジョン。坐って、相手になってくれ……フェンリーではどうだった?」

明かりの下であらためてピーターを見たプレスコットはどきっとした。疲れているように見えるどころではない、まるで病人だ。眼の下には隈が浮き、いつもの血色のよさが信じられないほど顔色が悪い。

ピーターはプレスコットの心を読んだようだった。「今日、また親父と喧嘩したのさ。親父の奴、どうしようもない。自分の思いどおりに、なんでも好きにできると考えてるんだ、その結果、どうなるか、何も考えないで」

「つまり、親父さんが例の彼女をあきらめるつもりはないってこと?」

ピーターはうなずいた。「しかも、不注意になってきている——あれじゃ、そこらじゅうにばれるのも時間の問題だ。それなのに、親父は全然気にしてない……」

プレスコットは、なぜピーターがそんなにも気にしているのか不思議だった。

「なあ、ジョン、おまえさ、虫のしらせみたいな経験ないか――ものすごく悪いことが起きるっていう予感、とか？」

「しょっちゅうさ。どうせぼくは、悲観主義が服を着て歩いているようなもんだからね」

「まじめに聞いてくれ。昨夜、またあの夢を見たんだ。親父が死ぬ――殺される、あの夢を。馬鹿な話なのはわかってるよ――」

「馬鹿な話だからね」

「親父は喧嘩っぱやいんだ。数えるほどしかいない貴重な友達の、エドワード・ローソンとすらやりあったんだぜ」

「ローソンが親父さんを殺しそうに見えるの？」

ピーターはにやりとした。「見えない。きっと、おれは参ってるんだな。ついでに、疲れて死にそうなだけだ」

「じゃ、こんな時間までここで何してるんだ？」

「仕事」

「何の？」

ピーターはためらった。「まだ、話せるほどはっきりしてないんだ、ジョン、まず、はっきりさせてからじゃないとどうしようもない。そのあとで相談させてくれ」そして腕時計を見た。

「ちょっと頼んでもいいか？」

「いいよ」

ノラを週末以来の外出に誘って、アッシュ・グローブ館で一緒に夕食をとったのだが、そのままノラを残して、自分だけ出てきてしまったのだと言う。ノラとハリエットはテレビを見て、留守番をしているはずだ。

「九時までには戻ると言ったんだが、まだまだ終わりそうにない。悪いけど、うちに行ってノラの相手をしてくれないか、もし、おれが十一時までに戻れなかったら、ノラを家に送ってやってほしいんだ」

「ピーター、今日はもう仕事を切りあげて――」

「無理なんだ。頼むよ、ジョン……」

＊

ハリエットは衝動的に、プレスコットに抱きついてきた。「ジョン！　お母さんのこと聞いたわ、お気の毒に」

「ありがとう、ハリエット。ノラはどこ？」

ハリエットは回していた両腕をほどいて離れた。「居間よ」そっけなく言った。

テレビは消えていて、ノラは退屈そうな顔で雑誌をぱらりぱらりとめくっていた。部屋に誰がはいってきたのかに気づくと、ノラの顔に輝きが戻った。

「あら、虎さんじゃないの！」

「なにそれ？」ハリエットが言った。

ノラは愛想よく微笑んだ。「わたしたちだけの冗談よ、ダーリン」

「ダーリンって呼ばないで!」ハリエットは聞こえるような声でつぶやくと、宿題を広げた、折りたたみ式のカードテーブルの前に坐った。そして大きな声で言った。「どうぞ、お喋りしてて。わたしのことは気にしないで」

プレスコットはピーターの事務所に行ってきた話を詳しく語った。

ノラは仰天した。「十一時過ぎても帰れないかもしれないですって!」繰り返した。「もうあそこの事務所にベッドも持ちこんだ方がいいんじゃないの」

「疲れた顔をしてたな」

「それはそうよ。奴隷みたいに働いてるんだもの」そして微笑んだ。「でも、とてもすてきな代役さんをよこしてくれたのね」

「ノラ!」ハリエットが教科書から顔をあげずに言った。

「なあに?」

「〝ビッチ〟はフランス語でなんて言うの?」

沈黙のあと、ノラが落ち着いた声で答えた。「さっき言ったでしょう、ハリエット、わたしは全然、外国語を知らないって」

「この単語だけは知ってると思ったのよ」

いくらなんでも度がすぎていた。プレスコットは言った。「ハリエット、いまのは失礼だぞ、謝るんだ」

「別に他意はないわよ。ただ問題文に雌犬《ビッチ》って出てきたから――」

「ごまかすな。ノラに謝りなさい」

ハリエットはつんと顎をあげた。「はーい、ごめんなさーい、ノラ」

「本気に聞こえないぞ。どうしようもないわがまま娘だな。やっぱり――」

ハリエットは涙をぽろぽろこぼしながら立ちあがった。「やっぱり、お尻を叩かれなきゃだめだって言うんでしょ。みんな、そう言うんだから」やみくもに教科書をかき集めた。カードテーブルは、がしゃんとたたまれた。「ジョン、わたしは忠告したわよ」そう言い残して部屋を飛び出していくと、ドアが乱暴に閉まった。

「気にするな、ノラ。あの子は甘ったれで、まだ子供なんだ。いずれおとなになるさ」

たばこに火をつけるノラの手は震えていた。「もう無理よ、ジョン。わたしずっと許してきたわ、好きになろうともしたわ。でも、あの子は無理。あなたがいまはいってくるまで、あの子が何をしてたかわかる？　わたしをずっとからかってたのよ、わたしがラテン語も代数もフランス語も全然知らないから……わたしはあの子の歳には働いてたの」

そしてノラは生い立ちを語った。クロムリーから東に三十キロほどの小さな町、エルズウィックの出身で、父親は電気工だった。十二歳の時に、父親が死んだ。三人の弟妹がいたので、法定年齢になったら学校をやめてすぐに働くと、ノラは主張した。

「わたしが進学しなくても、大学には何の損にもならなかったわ」ノラはにこにこしながら言った。「頭がよくなかったもの。二階のなんでも知ってるお嬢様とは違ってね」そして視線を天井に向けた。ハリエットが上で足音荒く歩き回っているのが聞こえる。

ノラはエルズウィックの電力局で働きながら、夜間学校に通った。三年前に二十歳になると、家族はもうノラの収入に頼る必要が無くなったので、ノラは根っこを引き抜いてロンドンに移り、外科医長の秘書の職を見つけた。

母が大病をした昨年のクリスマスに、ノラはエルズウィックに戻った。母が快癒《かいゆ》すると、ノラは自分がロンドンに戻りたいと思っていないことに気づいた。ちょうどそのころ、アーサー・リースが秘書の求人広告を出した。ノラは応募し、採用された。

プレスコットの理想の女性像として、まさにこれ以上ない設定であった。裕福ではない家の出で、早くから生活のために働き、夫に先立たれた母親を助け、大都市での生活を経験したうえで、田舎のゆっくりした生活の方を好む、けなげな娘。

「その服、とてもすてきだね」唐突に彼は言った。柔らかなウール素材の、淡い青のドレス。

「きつすぎるの――クロムリーに帰ってから肥っちゃったわ」

「全然だよ」

ノラは笑った。「ありがと、ジョン。でもホーンビー先生には、もっと運動しなさいって言われちゃった」

それで思い出した。「ピーターから聞いたけど、きみ、病気だったんだって?」

「ちょっとおなかをこわしただけよ」そう答えてから、しげしげとプレスコットを見つめてきた。「ホーンビー先生から、事故の話を聞いたわ。あなたもその車に乗ってたんですって?」

すっかり忘れていた。「そうだよ。あのあと、どうなった？」

「訴えられたわ……先生は酔ってたの？」

「だとしても、酒が事故の原因じゃないよ」

「でも、もし酔っていて、有罪になったら――」

「かなりまずいな」彼は医師審議会の懲戒委員会について説明した。

車路にはいってくる車のギアチェンジの音が聞こえた。

「やっと帰ってきたわ、ピーターったら」

「いや、あれはジャガーの音だ。親父さんだよ」車が停まる音に続いて、運転席のドアの開く音が聞こえてきた。

　アーサー・リースがコートを着たまま居間の入り口からのぞいた。「ピーターはどこだ？」

「事務所です」ノラが淡々と答えた。

　リースは眉を寄せた。「何をやっとるんだ？」口の中でそう言うと、プレスコットに向き直った。「どうだ、ジョン、やっぱり私が正しくて、きみが間違っとっただろう？」

　クリーニング業者はついに降参したのだった。訴訟を起こされて騒ぎが表沙汰にされるよりは、要求を全面的に呑んでおさめることを選んだのだ。

「そうですね」プレスコットは同意した。「あなたが正しかった」戦略的には。道徳的には正しくない。

「きみは青い、ジョン。いずれわかる。強気になれ、今回の教訓だ」そしてあくびをした。

「やれやれ、疲れた。先に休ませてもらう」

愛人を訪ねていたのだろうか？

リースは戸口を離れようとして、ふと立ち止まり、ノラに声をかけた。「明日は仕事に戻るんだろう？」

「できれば戻りたいと思っています」ノラは答えた。

「最近の若い者は本当に情けないな。鼻水がちょっと垂れただけで一週間も休む奴ばかりだ」

そしていなくなった。

ノラはくすりと笑った。「かわいいでしょ、彼？　もちろん、わたしは気に入られてないんだけど」

「どうして？」

「わたしは秘書だもの。彼の息子さんにはふさわしくないってわけ……見て、ジョン、もうこんな時間！　ピーターったらいつまでも何をやってるのかしら？」

十一時二十分だった。「送っていくよ」プレスコットは言った。

＊

ノラはウェスターランズ街道の、ローソンの家のほぼ向かいに建つ平屋建ての小さな住宅に間借りしていた。

「一杯飲んでいかない、ジョン？」

プレスコットがためらうと、ノラは笑った。「あなたの評判が心配？」

「いや——きみのが」

「いやあね、いまは一九六二年よ！　でも、あなたの言うとおりかも。いま、大家さんはスコットランドに行っていて留守なの」ノラは車のドアを開けた。「送ってくれてありがとう」

誘惑はあまりにも大きかった。「じゃあ、ほんの少しだけ」

ふたりで玄関のドアの前に立ち、ノラがバッグから鍵を取り出していると、道路の向かい側の歩道を女の足音がこつこつと響いてきて、止まり、門の軋《きし》む音が聞こえた。プレスコットはそちらを見た。アリス・ローソンだ。自分がここにいるのを見られただろうか。

ノラがドアを開け、ふたりは中にはいった。鍵をバッグに戻しながら、彼女が言った。「ピーターはわたしの事務所の鍵のことを言ってなかった？」

「言ってたよ。きみの机の中も見たけど、はいってなかった」

ノラは不思議そうだったが、何も言わなかった。そして彼をこぢんまりした居間に連れていくと、明かりのスイッチを入れた。

「飲み物を持ってくるわ」ノラは言った。「悪いけど、うちにはシェリーしかないの」

「シェリーは好きだよ」彼は嘘をついた。

室内は暖かかった。この部屋専用の電熱のラジエーターが完備されているのだ。調度品は感じがよかったが、住人の個性がなかった。ただ、炉棚に並んだ写真だけが、ノラのものだとはっきりしている。一枚はピーターの写真で、もう一枚は明らかにノラの母親に違いない女性が写っていた。

ノラは長い間、姿を消していた。再び現れた時、グラスとシェリーのデカンタをのせたトレイを運んできた彼女は丈の短い、青いガウンに着替えていた。

「あのドレス、きつくて死にそうだったわ」そして、トレイを置いた。「じゃあ、本気でくつろぎましょ」ノラはテーブルランプをつけると、部屋の照明を消した。

シェリーを注ぎながら、彼女は言った。「わたしがあなたのことを好きなのはね、ジョン──はい、どうぞ、でも言っとくけど、これおいしくないわよ──あなたが信用できる人だからなの。ほら、ここまでお膳立てされた危険な状況なのに、わたしは自分が安全だってわかってるもの」

今夜は違う、とプレスコットは思った。いつ抑えがきかなくなるかわからない興奮に囚われている。この数日間の緊張からの反動に違いない。そしてまさに据え膳が用意され、誘惑に満ちたこの状況……

「乾杯！」ノラがそう言ってから、顔をしかめた。

「乾杯！」プレスコットも続いた。彼女の言ったとおりだ。シェリーはまずかった。

ノラは暖炉の前の床にグラスを置くと、プレスコットの椅子の傍らに敷かれたラグの上で膝をかかえた。その顔は陰になって見えなかった。裸のすねの上で黄色い光が水たまりのように輝いている。いい脚だ。あのゆるく紐を結んだガウンの下には何を着ているのだろう……

「ピーターと知りあってどのくらい？」ノラが訊いてきた。

ピーターの名を聞いたとたん、彼は我に返った。「六年。もうすぐ七年かな」

「あの人って前から気難しい人だったの？」

「気難しい？　ピーターが？　いや全然！」そう言ってから、自分が過去の話をしていることに気づいた。「いまみたいなピーターは見たことがないな。何かが気にさわってるんだろう」

「わたしかしら」

「馬鹿なこと言うなよ」

「彼、わたしを避けてるの。今夜だって、そうでしょう。きっとわたしと婚約したことを後悔してるんだわ」

プレスコットはノラを安心させてあげなくてはと思いながら、口を開いて出たのはこんな言葉だった。「あいつより先に出会っていたかったな、ノラ……」

ノラがこちらを見つめていた。何も言おうとしなかった。その顔はいまだに陰のままだったが、誘われているのをはっきり感じた気がした。ノラを蔑《さげす》むべきだったのに、プレスコットはもはや理性的な思考ができなくなっていた。

プレスコットが妄想したような、ガウンの下は裸ではなかった。それが二度目の冷や水だった。そしてまた、ノラは積極的に抵抗しなかったものの、力を抜いたままで、まったく自分から動こうとはしなかった。

プレスコットは慌てて身を引いた。「悪かった、ノラ」

「百パーセントわたしが悪いの」ノラの声は震えていた。「あなたをためすようなまねをしたから」

「ぼくが馬鹿だった——」

「忘れて、ジョン。ほら、シェリーを飲んで」ノラはグラスを手渡してきた。プレスコットは、ただもうこの場から逃げたかったが、酒を受け取った。

ノラはにんまりした。「今夜、虎さんの爪を、身をもって感じたわ」腕をさすっている。「明日は青あざになっているわね」

*

プレスコットが辞去したのは、十二時四十五分だった。気になって、道路の向こうのローソン家を見た。街灯の光に照らされて、二階の窓に誰かの顔が見えた気がした。

## 6

四月最後の日曜日は、いつもの日曜と同じように始まった。この日の細かな出来事はプレスコットの心にはっきりと刻みこまれたが、それはその時に重要だと思えたからではなく、日付が変わる間際に起きた出来事のせいであった。

ジャーディン夫人が、いつもの日曜と同じように、ベッドの中にいるプレスコットのために朝食を運んできた。教会に行くための黒いドレスを着ていたが、平日のドレスとの違いは、やや黒が濃いだけだ。

大家はトレイをプレスコットに渡し、オブザーバー紙とタイムズ紙を手渡しながら、日曜版は重たいといつもと同じことを言った。そしていつもどおりに、もうひとつたまごはいるかと訊いてきた。プレスコットは、いらない、と期待されているとおりの答えを返した。

夫人はまだぐずぐずしていた。「レイヴンさんからお電話がありましたよ」これはいつもの台本にない会話だ。

「なんと言ってました?」

「今日は一緒にゴルフをできないんですって」

それなら、ピーターとふたりで回ることになるわけだ。フランク・ホーンビーは前の日のうちに、都合が悪いと伝えてきていた。

新聞をぱらぱらめくっているうちに、教会の鐘が鳴り始めて、プレスコットはひげをあたり、風呂にはいった。いまの鐘の音が、眠っていた良心を揺り起こした。近ごろの彼は、神などまったく信じなくなっていたが、まるで幼いころに還ったようだった。

ジャーディン夫人は十二時半に帰宅すると、ゆうゆうと昼食の仕度を始めた。プレスコットはとうの昔に、手伝いを申し出ることをやめていた。夫人は自分の台所を男がうろうろすることを嫌った。

お説教入りのスープと、テーブルの上で塊から切り分けた肉が、教会に来ていた人々の噂話を添えて振る舞われた。この大家は、自分を教会に行かせようとしているのだろうか、とプレスコットは疑った。

「アリス・ローソンも来ていましたよ」この日、夫人はそう言った。

これは嬉しいご褒美とは言えないな。

「それから、あの黒髪のお嬢さん——あなたのお友達の妹さんの——」

「ハリエット・リースですか？」

「そうそう。あの子はね、とっても美人になりますよ」

「ほんとですか？」

ジャーディン夫人は力をこめてうなずいた。「間違いありませんよ、ある日突然、ぱあっときれいになりますからね、花が咲くように」大家は一枚切り取った肉を、スマッジに放ってやった。犬は食事のたびにやって来て、期待をこめてふんふん鼻を鳴らすのだ。ここで夫人は小さくこほんと空咳をした。これはちょっとしたスキャンダルについて話すことを前もって詫びたのだと、プレスコットは知っていた。「あの子のお父様は、ヘイストンベリでデートをしているそうですよ」

「ほんとですか？」

大家は赤くなった。「もちろん、本当かどうかは知りませんよ。でも、ポッツさんの奥さんが……」

あの奥さんが知っているということは、クロムリーじゅうの人々に知れるのも時間の問題だな。ひょっとして、奥さんは相手の女の名前も知っているのか？

＊

この日はプレスコットがピーター・リースを車で拾っていく番だった。晴れて暖かな日だったが、空模様は崩れるという予報が出ていた。

マースデン丘をのぼっていきながら、次々に見える門の表札をひとつひとつ味わうように読んでいく。ロング・ロウ、グランダーズレイ、アボッツフォード、シェパーズ・フェル、アッシュ・グローブ……

呼び鈴を鳴らしたが、誰も出てこなかった。けれども、ボールをラケットで打つ音が聞こえてきたので、ぐるっと家の脇を回ってみると、ハリエットがテニスの壁打ちをしていた。セーターと白いショートパンツ姿だ。

「兄さんなら出かけちゃったわ」ハリエットが遠くから言った。「書き置きがあるわよ」壁に向かって打っては、返ってくるボールを鋭く打ち返し続けた。兄に似て、いい目をしている。

プレスコットが待っていると、ハリエットはあいかわらず彼を見ずに付け加えた。「玄関ホールのテーブルにのってる。鍵はかかってないわ」

書き置きを読んだ。〝ごめん、ジョン――今日は行けない。言い忘れていた。今夜、また来てくれ、その時に事情を話す。九時ごろでいいか？　P〟

プレスコットは家の外に出て、ハリエットのところに戻ったが、少女は彼を無視した。やがて、彼はボールを奪い取り、返してやらなかった。

「一分だけ、相手をしてくれよ」プレスコットは言った。

「一分以上はわたしの相手なんかしたくないってことでしょ、どうせ」まだ火曜の夜のことを根に持っているな。

「ピーターはどこに行ったんだ?」

「知らない。電話がかかってきて、すぐにすっ飛んでったわ」

「なんでぼくに電話をかけてくれなかったんだろう」

ハリエットは肩をすくめた。「ものすごく急いでたみたい」

まあ、いい。今夜、説明してもらえるんだ。その時にきちんと……いまは二時三十五分か。クラブに行けば、ゴルフの相手をまだ見つけられるかな。

「ボールを返してくださらない?」

ハリエットの声から染み出る、やるせないほどの寂しさがプレスコットの心に刺さった。ピーターを訪ねてきた時にこの家で見かけたハリエットは、手に負えないほど騒々しい子供たちのひとりだった。去年も遊び相手には事欠かなかったはずだ。

プレスコットはボールを返した。「ハリエット、友達はどうしたんだ、たくさんいただろう?」

「友達なんかひとりもいないわ」

「馬鹿なこと言うなよ」

ハリエットはラケットの上でぽんぽんとボールをはずませている。「誰もわたしとつきあってる時間なんかないの。みんな、男の子のことしか考えてないんだから」

「きみは男の子に興味ないのか？」

ハリエットは答えなかった。その頰を涙がひと粒こぼれ落ちた。

プレスコットはゴルフのことを頭から追いやった。「ヘイストンベリのテニスコートが昨日から開いてるよ。もしピーターのラケットを貸してくれたら……」

ハリエットはラケットでお手玉を続けている。「あなたの同情はいりません」つんとして言った。

「いりませんか？」

少女はにこっとした。「いります」

＊

三セット、プレイした。この十五歳の少女のパワーと機敏さに、プレスコットは舌を巻いた。ひょろ長い脚や腕から受ける不器用そうな印象は見かけだけだ。この子がダンスをする時の身のこなしを思えば当たり前だったな……

「ジョンってとっても上手ね」コートから出ていく道すがら、ハリエットが言った。

「いや、普通だよ。あと二年もたてば、きみはぼくよりずっとうまくなるさ」

ハリエットは本気にしなかった。

「アイスクリームか何か食べないか?」プレスコットは提案した。

「ううん、うちに帰って、芝生の上でお茶にしましょうよ」

ヘイストンベリの本通りをひた走る車の中で、ハリエットが嬉しそうに喋り続けているのを、突然、プレスコットがさえぎった。「あれ、ティム・レイヴンじゃないか?」そう言って、右側の歩道を指さした。

ハリエットはそちらを向いた。「あの茶色いスーツの人? うそ、ぜんっぜん似てないじゃない! それより、わたし思うんだけど、兄さんにはたぶんティムが――ちょっと、ジョン、どこに行くの?」

プレスコットは横道にハンドルを切っていた。「あれっ、曲がるの早すぎたか?」

「交差点まで一キロ以上あるわよ。やだ、ジョンったら寝ぼけてるの! でも大丈夫よ、このまま行けばいつもの道にはいるから」少女は喋り続けた。

どうやら、プレスコットが目撃したものをハリエットに見せないようにする計略はうまくいったらしい。すぐ近くの歩道を、腕と腕をからませて、アーサー・リースと女が歩いていたのだ。女は緑のスーツに緑の靴を合わせていた。顔ははっきり見えなかったが、若い女だと思う――ノラ・ブラウンとほとんど変わらない年頃の……

ふたりは芝生の斜面の下の方で日差しを浴びながら、そよ風をさえぎるとねりこの木陰に坐って食べることにした。メニューは、お茶とチキンのサンドイッチだ。

「このチキンは今日の晩ごはんのなの」ハリエットは告白した。「でも、あのふたりなら晩ごはん抜きでも平気よ、きっと」日曜は家政婦が休みで、ハリエットが食事当番だった。

すっかり食べてしまうと、ハリエットはいちばん高い木の枝に吊るされたブランコに乗って、プレスコットに押させた。

「もっと高くよ、ジョン、もっと高く！」少女は叫び続けた。ようやく遊び疲れて、ブランコを止めると、ハリエットは言った。「こんなに幸せだったことってないわ。生まれてからいちばん幸せ」

ふたりは木々の間を抜ける小径《こみち》を下って、裏門まで歩いていった。そこから石の階段をおりると、メイソン通りに出る。

「この裏門を使う人はいるの？」プレスコットは訊ねた。

「いるわよ！　毎日、わたしがここから学校に行くんだもん」たしかに、車を使うのでなければ、この出口が町に出る最短ルートだ。

プレスコットは門の上から身を乗り出して外を見た。西に雲が出始めていたが、太陽はまだ明るく輝いている。あちらこちらの煙突からはまっすぐに煙が上がっていた。平和で牧歌的な風景だ。クロムリーの春の日曜の午後の。

胸の奥がざわつく理由は何だろう。もしかするとハリエットに対する罪悪感だろうか。この子の自分に対する〝思春期のはしか〟の想いに気づいていたのだから、本来なら、自分が熱を冷ましてやらなければならない。それにまだ、この子の父親と女が一緒にいる光景をまぶたの裏から追い払うことができなかった……

ハリエットが、物置小屋のドアが開いているのに気づいた。アッシュ・グローブ館の敷地と隣家を仕切るフェンスのきわに建っている木の小屋だ。

プレスコットが近づいてみると、ドアの掛け金が壊れていた。たぶん、先週の強風のせいだろう。中をのぞいてみた。芝刈り機に、その他のガーデニング用品に、折りたたみ椅子が数脚に、その他雑多な物がしまわれている。応急処置をしてドアを閉めた。

夕食も食べていってほしいというハリエットの誘いは断った。六時十分に家を出る時もピーターはまだ帰ってこなかった。父親も。

＊

八時五十五分になって、プレスコットはこの日三度目に、アッシュ・グローブ館の車路に乗り入れた。すでに空は暗く、雨がぽつぽつと降り始めていた。ピーターのミニが玄関のすぐ外に停めてある。ジャガーは見当たらない。

ハリエットが出迎えた。エプロンドレスに着替えていたが、どうも髪型や化粧にてこずっていたようだ。大きな紫色のブローチを着けている。

「残念でしたあ」ハリエットは言った。「兄さんはいないわよ」

さすがに今回はプレスコットも本気で腹を立てた。

「ジョンってば、怒らないでよ。きっとすぐ戻ってくるわ。ちょっと前に出てったの――上着も着ないで」

「雨が降ってきたぞ――」

「なら、ますます早く帰ってくるんじゃない……このブローチ、覚えてる？」

「いや。見たことあったっけ？」

ハリエットは答えなかった。そのまま居間にプレスコットを連れていった。「心配してるのは兄さんのことじゃないの。お父さんよ。まだ帰ってこないの」

「どこにいるか心当たりはある？」プレスコットは用心しいしい訊ねた。

「全然。でも、晩ごはんまでには帰るって言ってたのに……」

ハリエットから、昼間にはしゃいでいた時の輝きはまったく無くなっていた。「あのふたりには、わたしなんか目にはいってないの」少女は言った。「ごはんの時、兄さんはほとんど口をきかないし――わたしのこと、家具くらいにしか思ってないんだわ。お父さん、わたしを寄宿学校に入れてくれないかなあ。兄さんがノラ・ブラウンと婚約してから、うちにいるのがすっごくいや」

それは、この日初めて出たノラの名前だった。ずっと彼女を頭の中から締め出そうとしていたのに。火曜のあの記憶は、思い出すだけで……

九時半になったが、ピーターも父親も戻らなかった。いまや雨は窓ガラスを叩きつけていた。

「ふたりともどこに行っちゃったのかなあ」ハリエットが言った。

「ピーターはどっちの方に行ったんだ？」

「兄さんが裏口でノックの音がしたのを聞いたの。それで外に出ていって、そのまま帰ってこないのよ。わたしはてっきり、ティム・レイヴンが来たんだと思ってた」レイヴンはメイソン通りに姉とふたりで暮らしている。

「心配なら、ティムに電話してみたら？」

マーガレット・レイヴンが出た。プレスコットにも受話器の向こうの言葉が聞こえた。「ピーター？……いいえ、悪いけど、うちには来てないわ」

ハリエットは受話器を置いた。

プレスコットはわけもなく胸騒ぎがした。「懐中電灯はあるか、ハリエット？　庭を見てくるよ」

「わたしも行く」

「いや、ここにいてくれ。ふたり揃ってびしょ濡れになる必要はないだろ、それに、あのふたりから電話がかかってくるかもしれないじゃないか」プレスコットはなるべく軽い口調で言った。

いつの間にか風が出ていて、灌木《かんぼく》の間を抜けて芝生の斜面をおりていく間、顔に雨粒が叩きつけられた。懐中電灯の細い光線のほかは真っ暗闇だった。

前方で不規則にしているばたんばたんという大きな音は、また物置の掛け金が壊れたことを物語っている。

芝生の端にたどりつくと、風に吹かれて軋《きし》るような音をたてる木々の間の小径を見つけた。ほぼ同時に、懐中電灯の光は、小径のすぐ外に、木の椅子が転がっているのをとらえた。こんなものは昼間にはなかったはずだ。

近づいて、もっとよく見てみようとかがみかけた時、何かがうしろから腰に軽くぶつかった。しばらくして、また何かがぶつかってきた。ああ、ブランコか、と思いながら、プレスコットは懐中電灯を振り向けた。

ブランコではなかった。それは一足の靴だった。ふたつの靴、二本のズボンの脚が、ぶらんぶらんと、地面から三十センチも上で不気味に、前にうしろに揺れている。

一瞬、ぞっとして自分の見ているものの意味がわからなかったが、すぐにプレスコットは、空中の両脚をかかえて、重みを支えた。「ハリエット！」叫んだが、風はその声を闇の中に運び去った。プレスコットは口の中で悪態をついた。

ところが、ハリエットはあっという間にプレスコットの傍らに現れた。庭をずっとついてきたに違いない。

「どうしたの――」

「事故だ。枝切りばさみを持ってきてくれ」

少女は悲鳴をあげ始めた。

「やめろ」プレスコットは怒鳴った。「枝切りばさみだ！」

ハリエットはまだ泣き叫びながらも、暗闇の中に消えていった。プレスコットは重たい荷物の下で大汗をかきながら、胸の内でわめいていた。もう間に合わない。間に合わない。わかっている。だけど、それでも、助けないと。

物置の方から音が聞こえてきた。真っ暗では何も見つけられないだろう。懐中電灯を渡せばよかった。だが、ほどなく、ハリエットは息を切らし、泣きながら戻ってきた。

「そこに転がってる椅子を立ててくれ」プレスコットは指示した。「かわりに支えてくれるか？」ハリエットは重みを受け取ると、大きくあえいだ。

プレスコットは枝切りばさみを持つと、椅子の上に立ち、ロープを懐中電灯で照らした。そうして位置を確かめると、懐中電灯を落とし、枝切りばさみでロープがあるあたりを切りつけ始めた。はさみの刃はなまくらだった。

下ではハリエットが泣き叫んでいる。「お父さんっ、お父さんっ！」

「気をつけろ！」はさみの刃がロープの最後の糸を切ると同時に、プレスコットは怒鳴った。ぶら下がっている身体がずるりと地面に落ちていく。

プレスコットは飛び降り、懐中電灯をまた拾いあげた。照らして見えたその顔はびしょ濡れで、目玉は飛び出し、肌は石くれのように冷たい。これ以上に死んでいるものはないな、と思った。しかし、彼はやることをやり続けた。首に巻きついたロープを切り落とし、人工呼吸をした。

ハリエットはすっかり自制心を失い、何も見ていなかった。地べたに仰向けに倒れたまま、大きく足をばたつかせ、金切声で叫び続けた。「お父さんが首を吊っちゃった！　お父さんが死んじゃった！」

その瞬間のプレスコットはハリエットに対してまったく同情を感じなかった。あるのはただ、苛立ちだけだった。「お父さんじゃない」彼はぴしりと言った。「ピーターだ」

# 7

二度目のショックに、ハリエットは沈黙した。のちにプレスコットは振り返って、あの瞬間にハリエットはおとなになったのだと思ったものだ。

少女は立ちあがり、近寄ってくると、懐中電灯を取って、じっと見つめた。

「死んでるんでしょ?」ハリエットは言った。

「ああ」それでもプレスコットは、生気を失った口の奥に息を吹きこみ続けた。

「兄さんは、とってもいい人だったのに。人のいやがることは絶対にしなかったのに、そうでしょ、ジョン?」ハリエットは泣きだしたが、今度は静かな泣き方だった。

「ハリエット、警察に電話をかけてくれ」プレスコットは言った。

「やだ、ここにいる」

「きみがいてもどうしようもないだろう」

「いる」ハリエットは頑固に繰り返した。

十分後、プレスコットはあきらめた。わかったのだ——最初からわかっていた——芝生の上に横たわっているのは、死体なのだと。

立ちあがり、ハリエットの肩に腕を回した。レインコートの上からでも、震えているのが感じられる。

ヘッドライトの光が家のシルエットを浮かびあがらせ、車路に車がはいってきた。アーサー・リースが帰ってきたのだ。

「わたしがお父さんに言う」ハリエットが言った。

「ほんとに？　大丈夫か？」

「大丈夫だってば」少女は家に向かって歩きだした。懐中電灯で足元を照らしながら。

プレスコットは遺体のそばに残った。心は麻痺していた。起きたことを把握できていない。やがて、罪悪感が襲ってきた。こうなることくらい予想できたのに――自分だけではない、まわりのみんなが予想できたはずなのに――こうなってもおかしくはなかったのに。ピーターは、いつぷつんと切れてもおかしくないほどストレスで張りつめていたのに。その兆候をいくつも見せていたのに。

プレスコットはたばこを取り出し、一本くわえた。大雨が叩きつけてくるので、なかなか火がつかなかった。カップのようにした両手の中で三本目のマッチを引き抜き、その炎がぱっと燃えあがった時、ピーターの上着のポケットから何か白い物がはみ出しているのが見えた。プレスコットはそれを引き出してみた。濡れた封筒だった。封はされたままだ。プレスコットはもう一本、マッチに火をつけた。封筒の上にはたったひとこと、タイプした文字があった。

〝父さんへ〟と。

気づけば、家じゅうの照明がついていた。裏口のドアが開いてまた閉まるのが見えた。もっと強力な懐中電灯の光線がこちらに近づいてくる。

アーサー・リースは息子のまだらになった顔を見おろした。「なん、で」弱々しく言った。「どうして、こんなことを」

プレスコットは無言でいた。何を言えばいいというのか？

リースは長いこと見つめていたが、ふいと背を向けた。「いろいろとありがとう、ジョン。ハリエットに聞いたよ」その声には感情がなかった。

「警察には……」プレスコットがおそるおそる言った。

「ハリエットが電話をかけている」

プレスコットは例の封筒を渡した。リースの反応は鈍かった。じっとそれを見つめてから、ポケットに押しこんだだけだった。

ふたりは連れだって家に引き返していった。

＊

警察が登場し、行動を開始した。制服警官を詰めこんだ車がうねうねとした道を駆け抜けてくる。さらに刑事たち、それから、クロムリーの嘱託《しよくたく》検死医である老パリーの車が。老医師は到着すると、人工林の斜面の下の方で光っているカメラの一団に合流した。アーサー・リースよりもよほど打ちのめされて見えた。医師はピーターをかわいがっていたのだ。十一時半に、遺体は庭の斜面の上に向かって運ばれ、搬送車に収容され、去っていった。

やがて家の中で事情聴取が行われた。刑事たちはアーサー・リースの書斎を使い、順々にハリエット、プレスコット、リースの供述をとっていった。

プレスコットが書斎から出てくると、リースが声をかけてきた。「遺書のことは言ったか？」

「あっ、すみません、忘れていました！」

「別にかまわない――私が見せておく」

「理由は書いてありましたか？」プレスコットは訊ねた。

リースはためらった。「すぐに教えてもらえるだろう」そう答えた。

居間に戻ると、ハリエットが無言で、乾いた眼をして、死人のように真っ白な顔で、ひっそり坐っていた。制服警官がひとり、戸口で見張りのように立っている。

プレスコットは警官に声をかけた。「もう娘さんをここにいさせる必要はないでしょう？休ませてあげられませんか？」

「ヘイマン警部に訊いてみましょう……」

「やだ、寝ない」ハリエットが言った。有無を言わさぬ口調で。

刻々と時が過ぎていく。

「ノラは？」唐突に、プレスコットは言った。

答えは返らなかった。

「知らせないと」ハリエットの口元は頑固にぎゅっと結ばれたままだった。「なあ、ノラはピーターの婚約者だ、知る権利が――」

「権利なんか何もないわ」ハリエットが怒鳴った。「あの女が呪いをかけなきゃ、兄さんはいまも生きてたんだから」

「ハリエット、そんなひどいことを言うんじゃない」プレスコットは警官に向き直った。「ヘイマン警部に訊いてもらえませんか、ぼくがミス・ブラウンに知らせにいってもいいかどうか」

「電話ではいけませんか?」

「こんな知らせを電話ですませるなんて、とんでもない」どうしてもノラのところに行きたいという衝動は抑えられないほどに高まっていた。

警官は出ていった。ハリエットが言った。「ジョン、もし、あの――あの女に今夜、会いにいったら、もうあなたと一生、口をきかないから」

警察の許可がおりた。

「おやすみ、ハリエット」プレスコットはキスしようと身をかがめた。

ハリエットは乱暴に顔をそむけた。「触らないでよ!」吐き捨てるように。

*

十二時四十五分に、プレスコットはノラが間借りしている家の呼び鈴を鳴らした。今夜はローソン家の方を一度も振り向くことさえしなかった。そういえば、大家はまだ留守なのだろうか。プレスコットはもう一度、呼び鈴を鳴らした。明かりがつき、ノラの声がした。「どなた?」

「入れてくれ、ノラ」彼は言った。「ジョン・プレスコットだ」

ノラがドアを開けた。「何かあったの?」そして、彼の顔を見て言った。「ピーターね、そうなんでしょう?」

「ピーターが亡くなったんだよ、ノラ」優しく言った。

ぐらり、と揺れたノラの腕をつかみ、助けながら居間に連れていった。彼女は前と同じ青いガウンを着ていた。

最初、ノラはおとなしく説明を聞いていたが、やがて涙があふれてきた。

「長続きしないってわかってたわ」ノラはすすり泣いた。「わたしにはもったいない人だったもの」

「そんなことを言っちゃだめだ、ノラ」

「だって本当だもの! わたしはだめな女だから——でも、でも、あの人のいい奥さんになるつもりだったわ。努力するつもりだった……」

それはまるで懺悔《ざんげ》のようだった。ノラは話し続けたが、具体的なことは一度も語らず、くるくると話が変わり、同じようなことを何度も繰り返している。それでもプレスコットは断片をつなぎあわせることができた。ロンドンで、ノラは例の外科医のもとで秘書以上の奉仕をしていた。彼女は外科医の愛人だった。やがて、そんな人生に嫌気がさし、故郷に戻って、もう一度生まれ変わろうと思った。ただひとつの野心は、きちんとした夫を見つけ、平凡な結婚生活を送り、子供を産み育てることだった。

そしてピーター・リースと出会った。彼はノラに恋して、プロポーズしてくれた。ノラは自分の過去を打ち明けた。彼は気にしないと言ってくれた。それなのに……

プレスコットは心を動かされた。ノラの話が真実であるのは、ピーターを失った悲しみが本物であるのは、疑いようもなかった。

ひとつの疑問だけが残っていた。「この前の火曜日に」彼は言った。「ぼくがここに来た時、きみは――」

ノラは涙をこぼしながらうなずいた。「悪気はなかったの」彼女は言った。「ただ、確かめたかったの、あなたが――」

「同性愛者じゃないって?」プレスコットは言ってみた。

「違うわ、違う。わたし、あなたがわからなかった。あなたはとても冷たく思えて……あなたに嫌われてるんじゃないかって、怖かったの。だから、そうじゃないって確かめて、安心したかっただけ……」

ノラはピーターの話を続けた。一緒にあんなことをした、こんなこともした、あれもこれも愉しかった、と。いま、ノラは安心を必要としていた。プレスコットは、ノラがピーターの自殺の原因ではないと言い続けなければならなかった。

「なら、どうして自殺したの?」

「わからない。お父さんには何か書き置きを遺していた。だから、それに――」

「わたしには書いてくれなかったの？　ほら、やっぱりそう。わかったでしょう、わたしのことなんてどうでもよかったのよ」そして、またとめどなく喋りだした。

プレスコットはノラに好きなだけ話させた。二度、帰ろうとしたが、帰してもらえなかった。居心地が悪かったが、ソファのそばに坐って、ノラの手を握っていた。

二時十五分に電話が鳴った。ノラは、はっと身を起こし、震えあがった。

「ジョン、出てちょうだい」

「こんな時間だぞ？　だめだよ……警察じゃないかな」

ノラはおそるおそる部屋を横切り、受話器を取った。「もしもし？」

電話の向こうから、憤《いきどお》った声が鋭く何やらまくしたてるのが聞こえた。ノラが蒼白になり、こぶしを握りしめるのが見えた。

「知っています」ノラが答えた。「ジョンに教えてもらいました……ジョン・プレスコットです」

またも、金属的な鋭い声がすさまじい勢いで流れてくると、ノラは口を開いた。「そんな！　あの人がまさか！」声の奔流は止まらず、何度かノラは口をはさもうとしながら、肩越しにプレスコットを振り返った。ようやく、ノラは喋ることができた。「ジョンはうちにいます……だから、そう言ってるんです、まだいますよ。えっ！　いま？　今夜？　でも、わたしに何ができ……ええ、それはそうですけど、でも……」男の声が鋭く何か言い、不意に、カチリという音がした。

ノラは茫然とした顔で受話器を置いた。

「誰だった?」プレスコットは訊いた。

「ピーターのお父さん」ノラは、まるで芝居の稽古をしているように、ゆっくりと言った。

「ピーターが会計事務所のお金を横領していたって」

「嘘だ!」

「遺書にそう書かれていたんですって。いますぐそれを一緒に確認したいから、事務所に来いって、お父さんが」

「この夜中に? 気でも狂ったのか、親父さんは?」

ノラは怯えた顔をしていた。「少しおかしくなってるのかも……ハリエットが寝るまで、電話するのを待ってたって言ってるし……とにかく、わたし、行くわ」

「おい、何を言ってるんだ、行くなよ」

「行かなきゃ。だって、ピーターのためだもの……来て、着替えるのを手伝って。二十分以内に来いって言われたの」

見ればノラはがたがたと震えている。「この家にはブランディがあるかい?」

「ううん、あのおいしくないシェリーだけ。でも、そんなもの飲んでるひまはないわ」言いながら彼女は部屋を出て、廊下を横切り、別の照明をつけた。

「ジョン!」ノラが呼んできた。「こっちに来て、なんでもいいから喋っていて」

彼女の寝室はこぢんまりとしていた。黄褐色のカーテン、栗色の絨毯、淡い色合いの楢材の家具。ノラの趣味ではないな、とプレスコットは自信を持って断定した。寝具は乱れていた。呼び鈴を鳴らした時、眠っていたに違いない。

ノラはゆったりしたガウンを脱いだ。その下からは短い、淡い青のネグリジェが出てきた。それも脱いだ。

彼女はプレスコットのことを、正気を保つ最後の命綱、たった一本すがることのできるわらしべとしかみなしていなかった。ヒステリーの崖っぷちにいる彼女の口からはとめどなく言葉がこぼれ落ちてくる。脈絡のない切れ端の言葉。横領や、ピーターのギャンブル好きや、彼の気前のよさや、何もかも全部わたしが悪いという自責の悲鳴。

「ノラ、落ち着け！」プレスコットは厳しく言った。けれどもノラの声は跳ねあがり、ますます逆上して、爆発寸前のボイラーのようになった。

プレスコットはノラの頬を平手打ちした。

彼女は静かになった。そろそろと片手を上げて頬を押さえ、彼をじっと見つめた。やがて、口を開いた。「ごめんなさい、ジョン……スカートを取ってくれる？」

ノラの両手があまりに震えているので、プレスコットがかわりに留めてやらなければいけなかった。それでも、ヒステリーに戻ることはなかった。

車の中で、ノラはプレスコットにしっかりかじりついて、あいかわらず震えていた。悲しみとショックのせいだけではない。恐怖のせいでもあるのだ。

「無理に行く必要はないんだぞ、ノラ」プレスコットは言った。「いくら彼でも無理強いすることはできないんだから」ノラは答えなかった。

ハモンド通りの、リースの事務所の外で車を停めた。アーサーの車は見当たらず、窓のどれにも明かりはついていなかった。

「待たなくちゃはいれないわ」ノラが言った。「わたし、鍵を失くしちゃったから」

暗がりの中、ふたりは車内でじっと待った。いつの間にか、ノラがいっそうすり寄ってきていた。その肩が肩に、ふとももがふとももに、押しつけられているのを感じる。

抱きあうのも、キスするのも、ごく自然で、避けられない流れだった。あとで自分を嫌いになることなど百も承知だった。それでも、この誘惑には勝てなかった。今度はノラのくちびるは柔らかく、受け入れてくれた。

うしろにジャガーが止まる音に、ふたりとも気づかなかった。ばたんと車のドアが閉まる音がして、ノラがはっと息を呑み、飛びのいた。すでにアーサー・リースは大またに歩道を渡り、建物にはいっていくところだった。

見られただろうか？　大丈夫だ、とプレスコットは胸の内で考えた。車内灯はつけていなかったし、リースはサイドライトしかつけていなかったと思う。

二階の窓のひとつに明かりが灯った。ノラが再び震えだした。

「ここで待っていて、ジョン」車を降りながら、彼女は言った。

「いや。彼に送ってもらってくれ」

ていた。それから、車で走り去った。

「お願い、ジョン！」

「無理だよ、それは……」

ノラは理解したらしく、うなずいた。「いろいろありがとう」

プレスコットは彼女が建物の中に消えるまで見守った。ハンドルを回して窓を開け、石の階段をのぼる足音に耳をすまし、かすかな呼び鈴の音に続いてドアが開き、また閉まる音を聞いていた。それから、車で走り去った。

ピーターのことを考えていた。ビールジョッキを傾けながらご機嫌で議論をふっかけてくるピーター――とにかく議論が好きな奴だった――ピアノを弾くピーター、ゴルフコースを歩くピーター、ホッケーで活躍するピーター。あんなにも人生を愉しんでいた。あんなにも友達を作る才能に恵まれていた。「人のいやがることは絶対にしなかった」ハリエットはそう言った。なんとも羨ましい墓碑銘だ。

いつしかプレスコットの思いはノラへとさまよっていた。今夜起きたことは、ピーターならきっとわかってくれる。「あれはなんでもなかったんだ、ピーター」声に出して言った。「ただ、ふたりの辛い人間が悲しみを分かちあっただけなんだよ」嘘だった。でもきっとピーターなら、それすらもわかってくれるはずだ……

## 8

検死審問は水曜日に満員の法廷で行われた。

パリー医師が医学的証拠を提出した。最後の置き土産であった。この夏、パリーは医師としても検死医としても引退することになっていたからだ。早すぎはしないな、とプレスコットは思った。医師は昨年あたりから、めっきり老いていた。この日は特別、か弱く見えた。

医師はピーター・リースの死体をアッシュ・グローブ館で調べた時と、その後の検死による結果を説明した。さらに医学用語を用いて死因の解説をした。

自身も医者である検視官は、陪審員たちを見やりながら言った。「パリー先生、つまりいま先生がおっしゃったのは、一般的な言葉で言い換えると、首が圧迫されたことによる窒息死という意味でしょうか。あっていますか」

「そのとおりです」

「観察による所見と医師としてのご経験から死因の特定に至ったわけですね。たとえば、事故死ということはありえますか」

「疑いようもなく、自己加害に相違ありません」

「一般的な言葉で言うなら、自殺ですか?」

「そのとおりです」

「最後の質問です、先生。検死によって、いま先生が説明された以外の傷などは見つかりましたか？　または疾患《しっかん》などは？」

何年もあとにプレスコットは、その問いに答えるパリー医師の様子を思い出そうとすることになった。医師は躊躇《ちゅうちょ》したか？　プレスコットの印象は、〝した〟。

記録されている実際の返答は、次のとおりだった。「関連のある傷はほかにありません。疾《しっ》病《ぺい》も見つかりませんでした」

この時は誰も〝関連のある〟という言葉の重要性に気づかなかった。実は見かけどおりではない、という最初の警告に気づいた者はひとりもいなかったのである。

次の証人はプレスコット自身だった。彼は遺体を発見し、ロープを切っておろし、蘇生させようと試みた経緯について説明した。そうしながら、プレスコットはこの検視官が、ここの法廷の人間にしては珍しく、論点をはっきりさせて話を進められる、稀有《けう》な才能に恵まれていることに感銘を受けていた。

プレスコットは証言しながら、ハリエット・リースを見つめていた。少女は最前列で足元をにらみ続けている。顔をあげてほしかったが、終始うつむいたままだった。

ハリエットは自分が証言をする間じゅう、プレスコットの眼を避けていた。これまでの証言に付け加えることはほとんどなかったが、遺体のそばで発見された椅子は物置にあったもので、ロープも同様という情報だけが新しかった。裏口のノックの音について訊かれたハリエットは、自分は聞いていないと証言した。その時、ピーターは玄関ホールにいて、誰かが戸口に来ているから自分が出ると、大声で言ってきた。ほどなくハリエットの耳に、ドアが閉まる音が聞こえた。それから二度と、生きているピーターに会うことはなかった。

次に提出されたのは警察の集めた証拠だった。ほぼ、身長や高さや距離などを計測した数字である。そして指紋——ピーターの指紋が椅子についていた。ヘイマン警部は、これらすべてが自殺の状況証拠というばかりか、決定的な証拠にほかならないという見解を示した。

死因、状況、自殺の証拠品。となれば、次に来るのは理の当然として、自殺の理由である。アーサー・リースが息子から彼宛に遺されたという書き置きを読みあげた時が、一連の流れにおける、一片のドラマであった。彼はいつもの金属的な抑揚のない声で、早口に何の感情も見せずに読みあげた。

〝父さんへ

もしまだ事務所の収支計算書に横領を疑う点を見つけていなくても、父さんならすぐに気がつくと思う。言い訳はしない。ぼくはギャンブルをして大金を失くした。もう一度賭けて、また失くした。というよりも、うちの顧客が失くした——ぼくがすったのは顧客の金だ。

ノラは疑っていると思う。ぼくは臆病すぎて、彼女に告白できない。そして、父さんにはもっと告白できない、ぼくは臆病だ。だから、楽な道を選ぶことにした。ぼくをあまり悪く思わないでほしい。
ノラに、どうか優しくしてください。

あなたを愛する息子
ピーター〟

これは第二の警告だったが、最初の警告と同様に見逃されてしまった。ピーターは臆病でもなければ、不誠実でもない。彼の人生そのものが証拠だ。しかし、みずから首を吊ったではないか？ それは臆病な人間の行為であり、罪を告白した書き置きもある……

アーサー・リースは、署名はたしかに息子の筆跡で、手紙も封筒の表書きも、事務所の電動タイプライターで打ったものに間違いないと証言した。遺書は、警官の手によって同じタイプライターで打たれたサンプルの文字と共に、陪審員に回された。どちらにも、同じ活字にそっくりな癖があることが指摘された。

リースはまた、収支計算書を秘書と共に調べた件について説明した。ふたりは合計で九百三十二ポンド十七シリング四ペンスの食い違いを見つけ出した。ピーターは投資のために託された資金を横領していたのだ。

「リースさん」検視官が言った。「もし息子さんがあなたの前に進み出て、自分の犯した罪を告白したとすれば、あなたはどうしたと思いますか？」

「怒鳴りつけるでしょうが、私が自分の金で補塡《ほてん》したでしょう……すでに補塡しました」

「あなたはこうしたことが行われていたと、まったく疑わなかったのですか?」

「まったくです。全部、過去六ヶ月間の出来事でした——ですから、監査がはいっておりません。恥ずかしながら、ピーターは根っからのギャンブラーでした。どうしてもやめることができなかった。あれはいい子でした——これだけは審問記録に残していただきたく、こうして申し上げております——ただ、意志の弱い子だった」第三の、そして最後の警告だった。

何年もたってから、プレスコットは自分がなぜ警告を無視してしまったのかと、その理由を分析してみた。自殺というその場の結論を鵜呑みにしたせいで、他の怪しげな点まで信じてしまったのだ。いくつもあったせっかくの警告は単に、ピーターの人となりを見そこなっていたという、さらなる証拠としか思えなかった。反論など、思いもよらなかった。ひとつひとつの小さな違和感は、大いなる前提が実は間違っているという証拠だったのに……

ノラは召喚されなかった。陪審員たちは、退室したと思うとすぐに、当然の帰結たる評決をたずさえて戻ってきた。〝心身の不調による自死〟

*

ピーター・リースは一九六二年五月三日の木曜日に火葬された。

五月二十日に、アーサー・リースとハリエットの父娘はクロムリーを出ていった。事務所はたたまれ、アッシュ・グローブ館は売りに出された。

六月十四日に、ジョン・プレスコットとノラ・ブラウンは、戸籍役場で結婚した。

# 第二部

## 序　法廷にて

「ローソンさん、あなたは被告人をいつごろからご存じでしたか」

　エドワード・ローソンは眼鏡をはずし、ハンカチでよく拭いてから、ちらりと被告人席を見た。「たしか――ええと――七年くらい前だと思います」

「初めて会ったのは、どこですか?」

「友人の家です、アーサー・リースの。プレスコットはアーサーの息子さんの友達で、泊まりにきていました」

「そこで対面した結果、あなたは被告人を、ご自分の事務所の共同経営者になるよう、誘ったわけですか」

「対面し、かつ、それなりの調査をした結果です。そういった決断は軽々《けいけい》にするものではないでしょう、ヒュー卿」

「もちろんそうです」

「それでも」ローソンは無念そうに言い添えた。「人間、間違いというものはあるんですなあ」

　実に証人らしい証人だった。禿げて、赤ら顔で、きらめく眼をした彼は、まことに実直で正直そうに見えた。服装もまた、その印象を強調するものだった。この日は、いつもの古風なゆったりしたスポーツ用ズボンを脱ぎ捨て、上等な生地の、色はダークブルーと地味だが艶やかに光るスーツに身を包んでいる。

　ローソンはやりすぎないように気をつけていた。はい、プレスコット君は有能な弁護士です――「私よりもずっと頭が切れます」と、愛嬌のある笑顔で付け加えもした。ええ、最初から彼を気に入っておりました、遠慮深い、どちらかと言えば内気な若者に見えたので。家に招いて、自分も妻も息子同然にかわいがっていました。ジョン・プレスコット君と娘のアリスが互いに好意を抱いて、どんどん親密になっていくのを喜んでおったくらいです。

　古風で丁重な言葉づかいは、ますます説得力があった。被告人席でプレスコットは風向きを観察した――陪審員席の細面《ほそおもて》の女。あいかわらず蔑《さげす》むように口元を歪《ゆが》めている。

　陪審員は不誠実さをたちまち見抜くはずだと一般に信じられているが、そんなものはまやかしだ。ローソンほどの役者になれば、陪審員に目隠しをかけるのは朝飯前だった。彼の嘘は、簡単に見破れるようなものではない。巧みな強調、省略、わざと誤解を招くほのめかしの中に、嘘は隠されていた。そして、ローソンは自分の聴衆をよく観察する達人でもあった。

　まずは地固めをしたローソンは、プレスコットがいかに不誠実な人間であるかを語りだした。

「……そして、今度のことがあったのはまだ、うちの娘と交際していたころなのです」

「あなたは彼がミス・ブラウンの下宿を訪問したのを実際に目撃したんですか？」

「私の家は、彼女の住んでいた家の向かいにあるので――」

　判事の厳しい声がさえぎった。「ローソンさん、検察の質問に答えてください」

「申し訳ありません。私自身は一度しか見ておりませんが、娘は――」

検察側の弁護士が素早く押しとどめた。「お嬢さんがあなたに何を言ったのかは関係ありません。あなたは何を目撃したんです？」

「あれは二、三日前の夜でした、ピーター・リースが殺され――」

判事がまた訂正した。「ピーター・リースが死亡した、です。まだ殺されたかどうかは立証されていません」どうやらヤードリー判事は、エドワード・ローソンが嫌いらしかった。叱責《しっせき》されようが、ローソンは蛙の面《つら》に水といった風情でけろりとしている。「年寄りのうっかりということで、どうかお許し願います」そして、神妙に悔いあらためているような微笑を浮かべた。「深夜の十二時四十五分に、彼が立ち去るのを目撃しました」

「その時間を記録していたんですか？」

「もちろんです。私は彼を見張っていましたからね。十一時半に彼女と一緒に家にはいっていきましたよ」

「あなたは彼が家にはいるところを目撃したんですか？」

ローソンははぐらかした。「家の外に彼の車が停まっているのに気づきました」

判事は何か言おうと口を開けかけたが、思い直して、そうするかわりに何やら書きつけた。検察側の弁護士は質問を続けた。「あなたはミス・ブラウンを見ましたか？」

「彼が帰る時に、玄関先まで出てきました」

「どんな服装でしたか？」

「今風のガウンです。膝が見える短い……玄関のすぐ外に街灯があるんですよ」

プレスコットはあくびをした。殺人の容疑で裁判にかけられている人間は普通、退屈するものだろうか、と考えた。たぶんそれはないな……

エドワード・ローソンはいま、ピーターについて質問されていた。「生きている彼を最後に見たのはいつですか？」弁護士は訊ねた。

「亡くなった日の昼間です」

「どういう状況だったのか、説明していただけますか？」

「私は昼食をとったあと、ピーターに電話をかけて、うちに顔を出してほしいと言いました」

「なぜです？」

再び眼鏡をはずし、ローソンはごしごしとこすった。眼鏡をかけ始めてから日が浅いはずだが、すでに会話における強力な武器の小道具として使いこなしている。

「どうしようかとさんざん考えてから、やはりピーターには、彼の友達の裏切りを教えておくべきだと思ったからです」

「それで、話したんですか」

「話しました」

プレスコットにしてみれば、いまのがこの裁判における初めての衝撃だった。一瞬、パニックに陥《おちい》った。まさか、ピーターは自分とノラがそういう関係だと信じたまま死んだというのか……？　いや——あのピーターならそんなことを信じるはずがない。

「彼はどう反応しましたか?」弁護士が質問をしている。

「大変な怒りようでした。夜にプレスコットと会う約束があるから、その時に問いただすと言っていましたよ」

ローソンの話はどこまで本当なのだろう、とプレスコットは考えた。電話もピーターと会ったことも本当だ——そんなことをでっちあげるほど彼は馬鹿じゃない。しかし、会話の内容は別の話だ。ローソンの証言が嘘かどうか知っているピーターは、いまこの場にいない。

エドワード・ローソンは実に執念深い老人だった。すべては、何年も前にプレスコットが彼の娘を袖にしたのが発端だ……百歩譲《ゆず》って、うんと好意的に見れば、ローソンはプレスコットが有罪だと本気で信じているのだろう。有罪判決を確実にするために事実を操作することは、ローソンにしてみれば、十分に正当な行為なのかもしれない。

「被告人とミス・ブラウンが不貞な関係にあるというあなたの疑いについて、誰かほかの人に話しましたか」

「アーサー・リースに話しました」

「彼はどう受け止めましたか」

「私の警告に耳を貸しませんでした。あとで、もう一度、そのことを思い出させました——ピーターが亡くなったあとに。その時には、納得していました。彼の娘さんは、もっと前から知っていましたが」

ハリエットが知っていただと? 誤解を招く、はしょった言い方だ。あの時、ハリエットは混乱し、何を信じていいのかわからなかったのだ。ハリエットはノラを蛇蝎《だかつ》のごとく嫌っていた。

いまさらそれがなんだ？　あれは六年前のことだ。あれから時が流れて、ハリエットは自分を許してくれた。許して、そして――プレスコットは思考を閉ざした……

「被告人の行いを不快に思ったわりには、ローソンさん、彼はあなたの事務所で働き続けていましたが？」

「仕事ができる男ですからね。モラルは関係ありませんので」

「共同経営者として、満足していたと？」

「十分に妥当でした」

しぶしぶ、そこは認めてくれたわけだ。

「もちろんです。殺人犯だと疑ってはいなかったのでしょう？」

「もちろんです。ただ、かわいそうなリースの息子さんの婚約者と、あれほど無神経に、あっという間に結婚したことは、空恐ろしく思いましたが。とはいえ、検死審問の評決は当然のものとして信じておりましたのでね」

「それはそうでしょう……では、ローソンさん、次は最近の出来事についてお訊きします。アーサー・リースさんがクロムリーを離れてから、連絡を取っていましたか」

「もちろんですよ。若いころからの友人のひとりですからな」

「始終、会っていたわけですか」

「いえ、一度も。海外に行ってしまったので。文通を続けていましたよ」

「もっとも最近の手紙について話していただけますか」

「喜んで。九月十五日に、彼からの手紙を受け取りました。なぜ、日付を覚えているかというと……」

一九六七年九月十五日。その日付はプレスコットも覚えている……

## 1

レイヴンの車は、ジョン・プレスコットが仕事から帰ると、すでに家の前に停まっていた。家にはいると、ノラが玄関口に出てきた。「いま何時だと思ってるの？」居間のドアが半開きなのに、彼女はまったく声のボリュームを落とさなかった。

「ごめん」プレスコットは言い訳しようとした。「でも――」

「まったく、どうしてあなたってこうなのかしらね。わたしが飲み物を全部、用意しなきゃならなかったじゃないの。ティムはいつも時間どおりに来るのに」

わかっているよ、だけどティムは割り当てられた仕事をほったらかして帰っているんだぜ……

「ごめん」プレスコットは繰り返した。説明するだけ無駄だ。「じゃあ、急いで一杯ひっかけて――」

「そんなひまないわよ。さっさと上階《うえ》に行って着替えてきて」

ティム・レイヴン姉弟と一緒に金曜の夜を過ごすのは、ここ五年ほど続いている習慣だ。夕食とブリッジを隔週で、互いの家に場所を移して共にする。この習慣はプレスコットにとって退屈だった。もともとレイヴンのことは嫌いだが、時がたつにつれ、その気持ちは強まる一方だ。これといった理由は自分でもよくわからない。たぶん、レイヴンからにじみ出る偉そうな態度が鼻につくのだろう。そしてまた、レイヴンがノラと交わす、ふたりだけで通じあうような視線も。

いまではレイヴンは四十近かった。むかしと変わらぬ伊達《だて》男で、独身のままで、あいかわらずの放蕩者《ほうとうもの》だ。いずれは、彼に誘惑された女が、鼻白む時が来るのだろう。いまはまだそうってはいないが。

ノラはレイヴンの魔法にかかっていた。彼といる時のノラは、まったくの別人になり、輝いている。今夜、プレスコットがグラスにワインを注いでいる間も、ノラはレイヴンの趣味の悪い話に笑いころげていた。

「あなたって、いつもどこでそういう話を仕入れてくるの?」ノラが訊ねている。

「うちの事務所だよ――ありがとう、ジョン、これはすばらしいクラレットだね――法律事務所ってのは、こういう話のネタがいくらでもわいて出る場所なのさ」

「ジョンはひとつも持ち帰ってくれないわよ」

「ああ、まあね、ジョンはまじめな奴だから、仕事の虫なんだよ……そうだ、それで思い出した。今度、クロムリーに誰が出戻ってくると思う？」

「そんなこと話していいの？」マーガレットが忠犬のようなまなざしで弟を見つめながら、おずおずと口をはさんだ。彼女は弟が一緒の時にはめったに喋らない。たいていは弟の言うことにうなずくばかりだ。

「別に秘密でもなんでもないよ……ノラ、きみの知ってる人だ」

ノラは答えた。「ティム、わたし、じらされるのは嫌いなんだけど」

「ごめんごめん。アーサー・リースだよ」

プレスコットは、妻の顔から血の気がひくのを見た。ノラはつぶやいた。「そんな！　嘘でしょう！」

マーガレットは弟に向かって、珍しくとげとげしい口調でなじった。「だから言ったのに……」

レイヴンは心から悔いているように見えた。「本当にごめん、ノラ、そんなにショックを受けると思わなかったんだ。もう何年もたっているから、まさか……」

嘘だ、とプレスコットは思った。もろい足場に踏みこんでいることを百も承知だったに決まっている。

「大丈夫」ノラはそう言って、ワインをぐいと飲んだ。「もう越してきてるの？」

「リースのことは忘れようよ……それより、すごくおもしろい話が――」

「ちょっと、ティム。わたしは知りたいの。あの人に会った?」

「いや。エドワード・ローソンが今日、ブルターニュから手紙を受け取ったんだ。字がものすごく震えていたよ——きっと病気なんだろうな。〝借家人を追い出せ。私が住む〟そんな感じさ。あいかわらずの殿様気取りだよ。いま誰もあの家を借りてなくてラッキーだったね」

アッシュ・グローブ館は売れなかった。買いたいという話はいくつかあったものの、リースが考えた値はつかなかった。顧問弁護士がアドバイスをしても、リースは聞き入れずに妥協しなかった。そんなわけで、館はヘイストンベリの岩山を研究するアメリカ人の地質学者に貸されることになった。

しかし、最近、その地質学者が亡くなり、彼の妻はアメリカに帰国した。館はいま、空き家だった。

「アーサーは再婚しなかったのか?」プレスコットは訊ねた。

「みたいだよ。娘も一緒に帰ってくる、父親の介護をするためにね。ヒラリーだっけ?」

「ハリエット」ノラが訂正した。

「とてもきれいなお嬢さんよね」マーガレットが言った。

プレスコットは、何をとんちんかんなことを言っているのかと思った。記憶の中のハリエット・リースは、脚がひょろ長く、痩せっぽちで、どうしようもないはねっかえりだ。あいつは、全然きれいじゃないぞ。だが、あれは五年以上前の話で、あの子はまだ十四、五歳だった。いまはいくつだ——はたちか? 二十一か? おとなになったハリエットの姿を思い描くのは難しかった。

夕食がすんで、一同はブリッジを始めた。いつもどおり、プレスコットはマーガレットと、妻はレイヴンと組んだ。力量は公平でなかった。男たちの腕は並み程度だったが、ノラはマーガレット・レイヴンよりもずっとうまかった。実によく嗅覚が働き、情け容赦のないプレイをし、四人のうちでただひとり、ブリッジクラブにはいっていた。

今夜のノラはカード運がなかった。プレスコットの組はあっという間に、ラバー（三回勝負。先に二勝した方が勝ち）のゲームを二連勝した。三度目のゲームの一回戦で、マーガレットがスモールスラムを達成した。

勝負が終わると、負けることが大嫌いなノラは、夫を振り返ってぴしゃりと言った。「そこまでやるならグランドスラムにすればよかったじゃない」

「できないぞ」プレスコットは指摘した。

「下手くそだからよ」ノラはおとなしいマーガレットを、無遠慮に見やった。「マーガレットがうまくダイヤを使えば、グランドスラムにできたわ」

レイヴンが加わった。「そうだよ、ジョン、きみ、もう少し大胆にさ、勝負に出ればよかったのに。ノラの言うとおりだと思うね」

こいつはいつもノラの言うことに賛成するんだ。プレスコットは癇癪《かんしゃく》を抑えた。「次はきみがディーラーだろ、ティム」

やがてプレスコット組が六十点を取り、次はマーガレットがディーラーとなった。マーガレットが札を配り、自分の手札のポイントをもたもたと計算したあとで、パスした。三番目にコールの順番が回ってきたプレスコットが、ノートランプで安くビッドしたのが、そのままコントラクトとなった。ディクレアラーになったプレスコットのダミーは安い札ばかりだったが、彼は簡単に八トリック取って勝った。

「パートナーが七十点、二勝のボーナスが七百点」そう言いながら、プレスコットはスコアカードに記入した。

「ちょっと待ってよ」ノラの声は震えていた。「あなた、全然、ビッドできるような手じゃないわ。エースが二枚とクイーン一枚しか持ってなかったくせに。マーガレットがいい手を持ってるのを知ってて、ビッドしたわね。マーガレットがパスするまでぐずぐずしてる間に、ずるをしたんでしょ」

「違うわ、ノラ！」マーガレットはおっとりと言った。「あなたも知っているでしょう、わたしはいつも時間がかかっちゃうの。ポイントをいちいち数えなくちゃ――」

「ぼくがイカサマをしたって言いたいのか？」プレスコットは訊いた。

「ジョン、まあ、落ち着いて」レイヴンが口をはさんだ。「ノラが言いたいのは――」

「わたしが言いたいのは」ノラは一語一語強調して言った。「さっきの言葉どおりの意味よ。あなたはパートナーがぐずぐずしてる時間を利用したに決まってる。汚いわよ。イカサマね、そうよ、そのとおりよ」

プレスコットはカードをかき集めると、箱にしまった。「一杯どうかな、マーガレット？

ティムは?」

ふたりとも、詫びつつ辞去した。

プレスコットは思い出す。ノラと最後に大喧嘩をしたのはいつのことだっただろう。思い起こせば、結婚したばかりのころは、もっとしょっちゅう口喧嘩ばかりしていた。

今夜のいさかいの直接の原因そのものは、別に重要なことではない。プレスコットがイカサマするはずがないことくらい、ノラ自身よく知っており、頭が冷えれば、そう認めてくれるはずだった。負けそうだったから機嫌が悪かっただけなのだ。それより前に、アーサー・リースが越してくると知らされて、動転してもいたのだから。

この前の四月で、ピーター・リースの自殺から丸五年がたった。その名が口にされることは一度もなかったが、彼はプレスコットと妻の間で常にたゆたう影だった。

もし子供が生まれればふたりの結婚生活はうまくいったのかもしれないが、流産を数度、繰り返したのち、母体のためにこれ以上は望まない方がいい、と医師に警告された。ふたりとも子供を欲しがっており、ノラが特に望んでいた。生きがいが無くなったノラは、不満をかかえるようになった。

ふたりの結婚がいつ崩壊したのか、正確な日付を割り出すのは難しい。崩壊の過程はあまりにもゆるやかだった。いまでさえプレスコットはノラを思う気持ちがまったくないわけではない。ただそれは愛情ではなかった。同情だ。

しかし今夜はひとつのターニングポイントとなった。まだ世間に見せている正面玄関に、最初に生じた亀裂だった。ノラは他人の前では、彼に対して今夜のような口をきくことは一度もなかったのに。

レイヴン姉弟が去ってから、すぐには口論にならなかった。ノラはさっさと二階に行ってしまった。寝にいったのか、とプレスコットは思った。が、ほどなくして、ノラはガウンと室内履きという姿でおりてきた。たばこに火をつけ、腰をおろして、じっと暖炉の火を見つめている。

ガウンは――ノラがいちばん好きな色、青だ――結婚前のひと夜の記憶をよみがえらせた……。椅子の上で背中を丸めて坐り、金髪をばさりと両肩におろしたまま、顔をそむけているノラを見ながら、プレスコットは妻を気の毒に思った。二十八歳になったいまも魅力的ではあったが、それは気の合う人間にちやほやされて不満の皺が消えた時にかぎられていた。

ノラが振り返り、その表情を見たプレスコットの胸から、同情は消えた。

「ほら、さっさと言いなさいよ」ノラは言った。「イカサマなんてしなかったって。自分にそんな度胸はないって。なに、わたしにどうしてほしいの？　〝ごめんなさい〟って言えば満足？　ひざまずかなきゃだめ？」

「ノラ、どうしてそんなにぼくが気に入らないんだ」

彼女は半分吸っただけのたばこをもみ消し、新しいたばこに火をつけた。その手は震えていた。「ほんとに知りたい？　あなたはね、ジョン、退屈なの。最低の、どうしようもない退屈なクズ。初めて会った時から、わたしがおもしろいと思うことをひとことも言えやしない。わたし、時々、わめきたくなるわ」

「なら、どうしてぼくと結婚した？」

「知らないわよ！　きっとわたし、どうかしてたんでしょ」

「いまのぼくが退屈なら、そのころのぼくも退屈だったはずだ。だって、ぼくは変わってな――」

ノラは彼を止めた。「ほら、また！　理屈、理屈、理屈、そうやってすぐ議論したがる……ほんと、わたしったら、どうしてあなたと結婚したのかしら。どうしてかしらね――たぶん、あの人の友達だったからよ……」

この何年ものうちで、これがピーター・リースを、もっとも名前に近い形でノラが口にした瞬間だった。

「おまえはぼくがあいつに似ていると思ったのか？」

「〝眠れる虎〟って、あの人はあなたのことを呼んでたっけ」ノラは大声で笑った。「〝死んだ鼠〟の間違いじゃないの」

ふたりとも幻滅していたのだ。ふたりとも人間ではなく、理想像と結婚したのだ。プレスコットは、ノラがどれほど底の浅い女か、どれほど視野が狭く、自己中心的な女か悟って、幻を打ち砕かれたのだ。

ノラがまた新しいたばこに火をつけた。

「吸いすぎだぞ」プレスコットが言った。

「うるさい！」

口論の火はしぼむように消えた。もはや非難する言葉を投げあうのは無駄だった。相手を責める気力がないのに、言い争う意味はない。

しばらくしてノラが火を見つめながら言った。「どうして戻ってきたのかしら」

「アーサー・リースか？　ここが地元だからだろ。家も売らなかったし――」

ノラは聞いていなかった。「二度と戻らないって言ってたのよ。二度と。あんなことがあって、二度と戻るものかって」

プレスコットは優しく言った。「気にすることないだろう、ノラ。久しぶりに彼の名前を聞いてショックだったのはわかるよ。でも、彼がここにいようが、フランスにいようが、ティンブクトゥにいようが、関係ないじゃないか」

ノラが食ってかかってきた。「いいかげんにして！　なんにも知らないくせに！」

もうこれは、潮時《しおどき》だな。「ノラ、離婚したいか？」

彼女の眼がとたんに用心深くなった。「そうは言ってないでしょう」

「だけど、いつまでもこんなふうじゃいられな――」

「離婚したいなんて言ってないわよ」ノラは鋭く繰り返した。「だいたい、離婚の根拠なんてないでしょう。わたしはずっと貞節だったし、そうでしょ？」

そうなのか？　それさえもプレスコットはもはや確信が持てなかった。ノラが時々、ティム・レイヴンに向けるまなざしは、実際の行為はなくとも、心はすでに不義をはたらいているとしか思えなかった。それももう、どうでもいいことだが……

「離婚の理由なら用意するよ」プレスコットは言った。

「離婚したいなんて言ってないでしょう」ノラの口元は頑固に結ばれている。「ここまで我慢してきたのに。いまさらよ」

## 2

この年の夏は短かった。冬はあっという間にやって来た。十月の第三水曜日は東風が吹きつけて冷えこんだが、空は澄んでいた。霜が草に透明なおおいをかけて、スコットランドでは雪が降ったとニュースが流れた。

ノラがインフルエンザで寝こんでしまったので、ベッドに朝食を運んでやらなければならなかった。おかげでプレスコットは仕事に遅刻するはめになった。

階段をのぼっていくと、コーヒーの香りが鼻をくすぐった。もう十時を過ぎているのか。

秘書のデスクの向こうでサンドラ・ウェルチが顔をあげると、プレスコットは機先を制して言った。「家の事情でね」彼は言った。「家内が病気で」

そのまま自分の部屋にはいった。サンドラは立ちあがって、ついてきた。

「シンプソン家の賃貸契約書の草案を机に置いておきました」サンドラは言った。「見ていただきたい条項にひとつ、印をつけてあります」

プレスコットとサンドラはいいチームだった。二年前、ナディーン・スミスがとうとうティム・レイヴンをあきらめ、手近な青年と結婚したあと、彼女が秘書の仕事を引き継いだのである。

ミセス・サンドラ・ウェルチはナディーンよりも知的で、向上心があった。すでに実用的な法律の知識をいくつも、門前の小僧よろしく吸収していた。三十代前半で、離婚したいまはキャリアを積むことに熱中しているようだ。職場の彼女はおとなしめなファッションで個性を消していた。ある夜、チルトンで偶然行きあった時、プレスコットは彼女が誰だかわからなかった。ふさわしい場で、ふさわしい衣装に身を包んだサンドラは、あふれんばかりの魅力に満ちた女性だった。

サンドラはもともとクロムリー近郊のベッドタウンの出身で、結婚を機に出ていったのだが、離婚してまた戻ってきた。雇われる時にプレスコットに話したのはそれだけだった。生い立ちその他についてはそれ以上のことを知りようがなかった。なぜならサンドラは打ち明け話というものを一切しようとしなかったからだ。しかし、ふたりは仕事に対する共通の哲学を持っており、目立ちたがりなパフォーマンスより、堅実な正確さを好んだ。もっとわかりやすい言葉で言うなら、ふたりともティム・レイヴンのやり方を、よく思っていなかったということだ。

サンドラは言った。「いま、手紙の口述筆記をなさいますか?」

「いや、あとで頼む」頭がずきずきする。ノラのインフルエンザをうつされたようで、アスピリンの世話になっていた。

サンドラはうなずいた。部屋を出ていきながら、秘書は言った。「一応、メモを置いておきましたけれど、ミス・リースからお電話がありました」

「ハリエット・リースから？」

「ええ。かけ直してくださるそうです」

「リース家の用事ならローソンさんの担当だろ」

「あなたをご指名だったんですよ」

十二時半を回って、ハリエット・リースが再び電話をかけてきた。

「ジョン？　わたしよ、ハリエット・リース」まったく聞き覚えのない声だった。

「また連絡をくれて嬉しいよ、ハリエット。元気だったかい？」

「ええ、元気よ……ジョン、うちに来てほしいの、話がしたくて」

プレスコットはためらった。「それは、仕事の話？」

「一応」

「きみのところの顧問はエドワード・ローソンだろ」

「わたしの顧問じゃないわ」ぴしゃりと返された。

「きみのお父さんのっていう意味だよ。それはそうと、きみのお父さんは、その……」

「わかってるわ。お父さんはあなたを許してないわよ」ノラと結婚したことだ。「でも、お父さんはいつも午後にお昼寝するの。二時半に来て。そうしたらお父さんにはばれないから」プレスコットが黙っていると、ハリエットは声をひそめて言い添えた。「大事なことなの、ジョン。兄さんのことよ」

プレスコットがすぐに答えられずにいるところに、エドワード・ローソンがノックをして部屋にはいってきた。プレスコットが電話をしているのを見て、ローソンはここにいてもいいか、というようなジェスチャーをした。プレスコットは椅子を指し示した。かぐわしい葉巻の煙が室内を満たしていく。

「お願い、ジョン」ハリエットは喋り続けている。

プレスコットは覚悟を決めた。「わかった、ハリエット。今日の二時半だね」そして受話器を置いた。

ローソンが、おやという顔でこちらを見ている。「ハリエット？」彼は言った。「まさか、ハリエット・リースじゃないだろう？」

「そのハリエットです」

「おとなになっていただろう」

「まだ会ってないんですよ」

「びっくりするぞ……すっかり変わっていて」言いながら葉巻を灰皿にのせると、眼鏡ケースを取り出した。「土曜にアーサーを訪ねたんだ」

「元気そうでしたか？」

ローソンはかぶりを振った。「ずいぶん衰弱していた、気の毒に。もう長くないだろう」

彼はケースから眼鏡を取り出して、慎重にかけた。太い黒縁眼鏡だった。「正直に言ってくれ、ジョン、この眼鏡はどうかな？　忌憚《きたん》のない意見を聞かせてくれないか」

齢《よわい》六十九にして、ついにエドワード・ローソンはしぶしぶ眼鏡屋の世話になることにした。眼鏡をかけた自分のイメージをひどく気にしているのだ。

「とても威厳がありますよ」プレスコットは言った。「大使みたいだ」

「本当かい？　縁なしの方がよかったと思わないか？」

「いや、あった方がずっと効果的ですよ。特に、人に向けて振る時は」

「こういうふうにか？」ローソンは眼鏡をはずすと、論点を強調するように大げさに振ってみせた。プレスコットは時々——そう頻繁《ひんぱん》ではないものの——ローソンがちらちら見せる偉そうな振る舞いには、チャーチルくささを感じていた。

表立ってはいなかったが、実はふたりの関係は悪化していた。エドワード・ローソンはプレスコットが娘を袖にしたことを許していなかったのだ。彼の娘は三十歳になり、棚で埃をかぶっている。一方、プレスコットは、上席共同経営者の親切そうな外面《そとづら》に隠されていたワンマンな本性に、とうに愛想をつかしていた。

「リースさんは戻ってきた理由を何か言っていましたか」プレスコットは訊ねた。

「きみは若いねえ、人間、歳を取って、外国で病気になれば誰でも——」そこでふと言葉を切ると、何やら考えるようにプレスコットをじっと見つめ、やがて言った。「いや、正直にならなきゃいかんな。私は、戻ってきたのは何かほかに理由があると思っている……実は、きみに会いにきたのはリース家のことなんだ。あの検死審問のファイルを持っているかい」

「ぼくが?」

「ミス・バローズは、きみが借りたはずだと言っているんだが」

「じゃあ、バローズさんの勘違いですよ……なんでそんなものが必要なんです?」

「いや、なに、たいしたことじゃないよ、たいしたことじゃ」ローソンは不思議そうな顔をした。「たしかなのか、きみが持っていな——」

「エドワード、何回言わせるんですか——」

サンドラ・ウェルチがドアの向こうからひょいと頭を突き出してきた。「すみません、聞こえてしまいました」秘書は言った。「そのファイルならわたしが持っています。昨日、間違えて持ってきてしまったんです」そう言うと、ローソンに手渡し、部屋を出ていった。

「ほら」プレスコットは言った。「あなたはそうやってすぐ結論に飛びつく——」

「まあまあ、このごろきみはずいぶん気難しいじゃないか。働きすぎじゃないかね」

「今日は体調が悪いんですよ」昼が近づくにつれて、どんどん具合が悪くなってきた。

ローソンは嬉しそうだった。「私は病気なんて一度もしたことがないぞ」そう自慢した。「昼にスタウトを一本、飲みたまえ——それが健康の秘訣だよ……ああ、もうこんな時間か!」

一緒に外に出ながら、ローソンが言った。「この古くさい廃墟から、そのうち出なきゃならんな。本当に」

そのうち、ね……

＊

プレスコットが家に帰ってみると、ノラはガウン姿でぱたぱたと歩き回っていた。昼食を作ってくれていたのだ。

「フランクに、もう起きてもいいって言われたのよ」そう言って、夫を見た。「あなた、調子悪そうね」

「大丈夫だよ」

ノラは肩をすくめた。「あ、そう」

あの口論以来、休戦の協定を結んだふたりは、新たな爆発が起きないよう、慎重に距離を取っていた。そうでもしなければ状況は悪くなる一方だ。

昼食をとりながら、プレスコットはハリエットから電話があったことを口にした。妻の反応を、できれば妻が傷つくところを（それは無理か？）見たくてやったことだ。妻に報復したい、という残酷な欲求がわいたことに、我ながらぞっとした。

ノラは予想どおりの反応をした。いかにも無関心を装い、悪意に満ちた反撃を返してきたのだ。

「あの子、まだあなたにお熱なんでしょ？」

「は？」

「とぼけないでよ、ジョン。あの子、あなたに夢中だったじゃない――知ってたくせに」

「馬鹿言うな！」

ノラは声をたてて笑った。「好きに考えたら」

「あの子は中学生だったんだぞ」

ノラは嘲《あざけ》るような笑顔になった。「だから、なに？」

3

ピーターの死から、プレスコットはマースデン丘を、仕事でどうしても行かなければならない時以外、避けていた。行った時でさえ、アッシュ・グローブ館は見ないようにして通り過ぎた。あそこには、あまりにたくさんの思い出と、かなわなかった希望が押しこめられている。

この日、プレスコットはゆっくりと車を流しながら、見慣れた光景に強烈な感情が引っぱりだされるにまかせていた。それぞれの門にかかる懐かしい表札を読んでいく。ロング・ロウ、グランダーズレイ、アボッツフォード、シェパーズ・フェル、アッシュ・グローブ……

大きくハンドルを切って、石柱の間を抜けると、砂利がタイヤの下で音をたてた。ここはむかしからはいりにくい道だ。プレスコットは、ピーターが父親から借りたジャガーの塗装をこすってしまった時のことを思い出した。あれは彼がノラと初めて出会った夜だった。

庭は記憶よりも小さかった。館も小さかった。時がいかに記憶を歪《ゆが》めてしまうか、実に興味深い。水蓮の池があったはずだが、借りていた夫婦が埋めてしまったのだろうか。すくなくとも、庭の世話はきちんとされていたようだ。むかしのとおり、芝生は青々と生い茂り、雑草も生えていない。

引っ越し業者のバンが玄関のすぐ外に駐車していた。プレスコットがそのうしろに停めると、白エプロンのふたりの男がソファを家に運び入れるところだった。車路を渡ってポーチに近づき、呼び鈴を鳴らした。開け放たれたドアの奥では、また別のふたりの男がマホガニーの書棚をかかえて、ホールを突っ切り、階段に向かって運んでいく様子を、黒いセーターとジーンズ姿の若い娘が見守っている。

呼び鈴が鳴るのを聞いて、娘が振り向いた。その顔にぱあっと笑みが広がったかと思うと、娘は戸口に駆けてきて、プレスコットに両腕を投げかけ、キスした。

「ジョン!」娘は叫んだ。「ほんとに嬉しい!」

プレスコットは、引っ越し業者たちの冷やかすような笑いが気になって、ぎこちなく身をほどいた。

「きれいになったね、ハリエット」

そんな言葉では足りなかった。これが同じ少女だとは信じられない。身体つきが丸みを帯びるだけで、こうも違うものなのか。黒い髪は自由奔放にカールして、その眼は笑いにきらめいている。触れたくちびるは柔らかく、ひんやりしていた。

ハリエットは書棚を運ぶ男たちに向き直った。「階段をのぼって左に曲がってふたつ目の部屋よ」そう指示した。「それと、できるだけ音をたてないでもらえます？　父が休んでるんです」

そしてプレスコットを居間に連れていった。さっき運ばれていったソファが設置されている。ハリエットが坐ると、スプリングが軋《きし》んだ。「どうしてお父さんたら、このソファを大事にしてるのかしら。こんな、みっともない――」

「しかも、お尻が痛い」

ハリエットは声をたてて笑った。「わたし、そんな品のないこと言うつもりじゃなかったわ」

「いまのはむかしきみが言った言葉だよ」

「ほんとに？……坐って、ジョン」

暖炉のそばの肘掛け椅子を選んだ。部屋は暑かったが、プレスコットは震えていた。

「こんなの全部、別の場所に保管してあったのかい？」彼は家具をざっと手で示しながら訊ねた。

「ううん。この家は家具付きで貸してたわ。ほんとに大事な物だけ、家から出しておいたの」

そして、顔をしかめて見おろした。「このソファとかね」

どすん、と二階で何か重たい物が落ちたような音が響いた。苛立った怒鳴り声が降ってきた。

「ハリエット！」

「もう、だから言ったのに！」ハリエットは言った。「ちょっとごめんなさい」そして急いで出ていった。

プレスコットは部屋を突っ切り、裏手に広がる芝生の斜面を見晴らせる窓辺に歩み寄った。輝く太陽。まるで五年前のあの日曜の午後に戻ったようだ。ハリエットと一緒に、芝生の上で食事をした場所を覚えている。もしかすると、ここからでも見えるだろうか、あのぶら下がっていた木が……。プレスコットはくるりと窓を背にした。

よく見ると、室内は模様替えされている。電気代の安い夜間に蓄熱《ちくねつ》しておく電気ヒーターが新しくはいっていた。そのほかは何も変わっていない。リース夫人の古い写真のはいった写真立てさえ、むかしと同じピアノの上に戻されている。

ピアノそのものが過去との懸け橋だった。譜面台には楽譜がのっている――バッハのパルティータだ。プレスコットは椅子に坐り、弾き始めた。ずっと練習をしていなかったので、指がうまく動かない。結婚してから、ほかの多くのものと共に、音楽にもいつの間にか触れなくなっていた。

ハリエットが戻ってきた。「あら、やめないで、ジョン。そのピアノ、まともに弾いてもらえて嬉しいわ。わたしは弾けな――」

「ぼくだって、まともに弾けてないよ。それに、ここは寒すぎる」暖炉のそばの椅子に戻った。身体の震えはどんどんひどくなってくる。うろうろと出歩くなんて馬鹿だった――熱が出てきたに違いない。

「さっきはいきなり抱きついてごめんなさい」ハリエットが言っている。「あなたが人目を気にすること忘れてたわ。兄さんがあなたのことを〝眠れる虎〟ってしょっちゅう言ってたのを覚えてる？　虎さんはまだ寝てるみたいね」

彼女はピーターの話題をさらりと自然に口にした。ノラは病的とも言えるほど、異常にピーターの名を避けているのに。

「あなたはいつも、まじめだったもの」ハリエットは続けた。「覚えてる？　あの夜――」そこで口をつぐんだ。「ううん、なんでもない」

「きみのことを教えてくれよ。看護婦になったんだって？」

「そうよ。六月に資格が取れたの。何かためになることに人生を使いたくて。兄さんを死なせてしまった贖罪《しよくざい》っていうか」

「きみのせいじゃない」

「ほんとにそう思ってる？　わたしは、わたしたち全員に責任があると思ってるわ、わたしたち全員、兄さんを救えなかった。お父さんも、ノラも、わたしも。あなたもよ、ジョン。あんなに――あんなに、孤独にさせちゃいけないのに、自殺するほど」

ハリエットの言うとおりだ。兆候はいくつもあったのに。ピーターらしくない気分の浮き沈み、突然の癇癪《かんしやく》、夜遅くまでの事務所での残業。誰もが、あとになって思い出したことだ。だが、あとになってからでは遅すぎる。

「だとしても」プレスコットは言った。「いつまでも過去に縛られていることはないよ。難しいだろうが、忘れて――」

「忘れさせてくれない人がいるの」

「なんだって？」

「だから、あなたに来てって頼んだのよ。ちょっと待ってて――わたしの部屋に置いてあるから」

　ハリエットは部屋のドアを開けたまま出ていった。スポーツが得意そうななめらかな動きで階段を駆けあがっていくのを、プレスコットは眺めていた。ぴったりしたジーンズが丸みをくっきりと見せている。なるほど、たしかにあの娘《こ》は変わった。

　ハリエットはすぐに戻ってきた。そして大きな茶封筒をプレスコットに手渡した。

　消印はクロムリーで、日付は八月十七日になっている。子供が書いたような大文字のブロック体で〝フランス、ブルターニュ、フエナン、パンフリック通り、十八番地、ムッシュー・アーサー・リース〟と書かれていた。

「わたしが知ってるだけでも、同じようなのが三通届いてる。もっとあるかもしれないわ。これのせいで、お父さんはクロムリーに戻ってきたのよ」

「いままでどうしてたんだ？」

　ハリエットは語りだした。五年前にクロムリーを離れて以来、父親はサセックスのイーストボーンの兄弟の家に転がりこみ、二ヶ月ほどして、国を出た。ハリエットは英国の寄宿学校に入れられた。

「わたしのためじゃないのよ」ハリエットは言った。「お父さんがほんとにかわいがってたのは兄さんだったから。わたしの方が生き残ったのが気に入らなくて、顔も見たくなかったのね、きっと」その口調は、単に事実を述べているだけで、恨みつらみはなかった。

プレスコットはハリエットには見栄や、虚勢や、自己欺瞞《ぎまん》といったものが一切ないことに心をひかれた。その声も好もしい。にっこりすると鼻にかわいい皺ができるのも、髪に指を通す癖も、魅力的に思える。間違いない、自分は熱があるのだ。

「あのあと、お父さんには二回しか会わなかったわ」ハリエットは続けた。「用があって、一度、帰国したのよ――株の業者に会いにきたんだと思う。その次の夏――たしか一九六四年ね――今度はわたしが、ブルターニュのお父さんの家に一週間、泊まりにいったの。行かなきゃよかった」

「どうして？」

初めて、ハリエットがためらった。やがて、肩をすくめて言った。「お父さんが女と暮らしてたから。あ、ううん！　わたしがあそこにいる間はいなかったわよ。でも家じゅうにその女の――匂いがしてたし」そして、顔をしかめた。「わたし、自分は寛容な人間だと思ってたけど……でも、やっぱり、自分のお父さんだもの！　だって、もう六十近いのに……」

「きみは知ってたかい、ハリエット、お父さんはここを出ていく前から――」

彼女はうなずいた。「ヘイストンベリの女のこと？　ええ、あのころは全然、気がつかなかったけど、あとになってからそういうことだったんだってわかった。子供だったとはいえ、わたしってほんとに鈍かったのね」

「無邪気だったんだよ」プレスコットは言い直した。

「かもね。それはともかく、あのころのわたしってずいぶん扱いにくい、いやな子だったわ。ジョン、あなたはいつもわたしのことを怒ってたわよね――すぐ、お尻を叩くぞって。覚えてる?」

「そりゃね」

「いつだって、間違ってるのはわたしで、正しいのはあなただったわ。ひとつだけ別だけど」

「それは?」

ハリエットは答えようとしなかった。答える必要はなかった――ノラのことだ。ハリエットはノラの近況について訊こうともしなかった。むかしのように、むしずが走るくらい嫌っているのだろう。

「まあ、いいや」プレスコットは言った。「きみの話を続けてくれよ」

ブルターニュでの最悪の一週間のあと、父親とはクリスマスカードを送りあう以外に連絡を取らなくなった。ハリエットの誕生日には何かしら祝いを送ってくれたが。

今年の八月が終わるころにフランスから、父親が重病で入院しているという電報が届いた。ハリエットは看護婦の資格を取ったばかりで、サウサンプトンの産科医院に勤め始めていたが、特別に退職させてもらえた。

「どうしてサウサンプトンに行ったんだ?」プレスコットが話の途中で訊いた。

ハリエットは真っ赤になった。「どうしても知りたいんなら言うけど、友達がいたからよ、医師の……」

フランスに飛んだハリエットは、フエナンにある父の家に寝泊まりすることになった。父は十五キロ離れたカンペールの病院におり、ハリエットは父の車を使って、毎日、見舞いに通った。そこそこ深刻な脳内出血を起こしたのだが、回復に向かっていた。言語障害はほぼ無くなり、麻痺もリハビリでとれるだろうと医師が保証してくれた。

「女は？　まだ同居してるのか？」

「ううん、もう何年も前にいなくなったって、ご近所さんが教えてくれた。いつかの夜にものすごい喧嘩をして——村じゅうに聞こえたらしいわよ。その次の日にいなくなったんですって……英国人の女だって教えられて、びっくりしたわ」

「例のヘイストンベリの女か？」

「たぶんね」

「どうしてフランス？　なんであっちに住むようになったんだ？」

「お父さんはむかしから大のフランスびいきだったもの。わたしが子供のころは、毎年春になるとパリに行ってたわ。それに、お父さんは絵を描くのが大好きだったでしょ」

「いまも描いてるの？」

「描けないんですって。でも、お父さんがそう言ってるだけで、ホーンビー先生は——」ハリエットはそこで言葉を切ると、笑いだした。「もう、ジョンったら、話の腰を折らないでよ」

ハリエットは話を続けた。フランスに行って一週間がたったころに、クロムリーの消印が押された手紙が、父に宛てて家に届いた。住所は手書きの大文字で記され、日付は九月三日とあった。父はクロムリーとのつながりをすべて絶ったとばかり思っていたので、ハリエットは首をひねった。とりあえず、その日の午後に、手紙を病院に持っていった。

手紙を渡すと、父が取り乱したのがはっきりわかった。封も切らずに、父は無言でその手紙を枕の下に押しこんだ。そして、ハリエットが帰るまで、珍しく無口だった。翌日、父はクロムリーに戻ると宣言した。理由は頑《がん》として話そうとしなかった。

「お父さんはずっとこっちに住むのかい」プレスコットは訊いた。

「わからないの。ブルターニュの家は売ってないけど」

「きみはどうして一緒に来たんだ？」

「頼まれたから」ハリエットはにこりとした。「それに変だけど、わたし、お父さんが好きになってきたの。病院でたくさん話をしたわ。お父さんはわたしのこと、いまでも石ころ以下の存在だと思ってるけど——まあ、血は水よりも濃いってことなんでしょ」

アーサー・リースは九月の半ばに退院して、フエナンで二週間ほど静養してから、娘と共に英国に渡ってきた。まずイーストボーンの兄弟の家に居候し、ハリエットだけが先に、引っ越しの始末をつけるために、家に戻った。二、三日後に、父親もこちらに来た。

「お父さんは元気かい？」プレスコットは訊ねた。

「身体は問題ないわ」最初の単語を強調して答えた。「でも、すごくぴりぴりしてて、すぐに癇癪を起こすの。ほら、どこを見ても兄さんの思い出だらけでしょ。昨日からはますます、癇癪がひどくなったわ」

「昨日、何かあったのかい」

「また手紙が来たのよ。運悪く、朝いちばんじゃなくて二度目の配達で届いたから、お父さんが一階にいて、郵便屋さんから直接受け取ったの。そのまま、何も言わないで、ポケットに突っこんでたわ」

「何の手紙か訊かなかったの?」

「訊いたわ。でも、とたんに癇癪を起こして、余計なことを訊くなって怒鳴り散らして、もう大変よ。それであきらめたの。興奮させちゃだめって言われてるし」

午後、父が眠ると、ハリエットは手紙を探した。スーツのポケットに、八月の消印が押してある封筒を見つけた。からっぽだった。父の寝室の暖炉に紙を燃やした灰が残っていた。室内にはまだ煙の匂いが漂っていた。

「でもね、お父さんは甘かったの」そして、手に持っているフォルダを開けて、一枚の紙片を取り出した。水色の便箋の炎を逃れた角の部分だった。

ハリエットはそれをプレスコットに渡した。「よく見ると、読める――だめ、そんな持ち方じゃ、それ、すごくもろいんだから――あっ、ほら!」

また震えの発作が来て、プレスコットは手をそのままに保つことができなかった。紙は指からすり抜けて、床に落ちた。紙片が小さく壊れて、かけらがぽろりと取れた。

ハリエットの口調が変わった。「ジョン、あなた、具合が悪いのね」

「ちょっと寒気がするだけだ」ぼそぼそと答えた。「時々」

ハリエットは後悔しているようだった。「言ってくれればよかったのに。ううん、大丈夫よ、看護婦さんにまかせて」そして部屋を出ていくと、体温計を持って戻ってきた。「舌の下にはさんでね」体温計を振りながら、ハリエットは言った。「ちょっと手を貸して」

「手？」

「喋っちゃだめ。体温計を噛んじゃうわよ……脈をとるの」ハリエットはてきぱきと説明した。

もう平気なふりをしなくてもいいと思っただけで、プレスコットは楽になった。坐ったまま、震えて歯をかちかちいわせながら、ずきずきする頭をかかえていた。手首に触れるハリエットの指の感触に、ほっとした。見上げると、彼女は懐中時計とにらめっこしている。

「はい、プレスコットさん」愛想よく言いながら、ハリエットは手を離した。「それじゃ、お熱を見てみましょうね」

彼の口から体温計を抜いて、ハリエットは確かめた。「大変！」彼女は叫んだ。「今日は葬儀屋さんがお昼までなのに！」

そう言いながらも、心配そうだった。

「何度あった？」プレスコットは訊いた。

「三十九度近いわ。ジョン、あなたってほんと、馬鹿じゃないの……脈なんかモーターボートのエンジンみたいだし」

「ああ！　でも、それはきみのせいだ、ハリエット」

「看護婦さんをからかわないの。いい子だから、すぐに家に帰って寝なさい。かかりつけ医は誰？」

「フランク・ホーンビーだよ。でも――」

「電話するわ。それから、帰る前に悪寒を止めるものをあげるわね」

ハリエットは部屋を出ていった。電話をかける彼女の声に続いて、台所から物音が聞こえてきた。

さっきの紙片は、絨毯に落ちたままになっている。眼の焦点を合わせようと、じっと見つめた。電気ヒーターの光が黒ずんだ紙を照らし、いまやおなじみとなった大文字を拾いあげた。燃え残ったのは四行だけで、それさえも部分しか読めなかった。

……自　はな　、殺さ　のだ。頭を一撃　れて　絶し　のち、吊るさ　た。私　確た
拠を握っ　いる……

ハリエットが戻ってきた。

「飲んで」言いながら、湯気の立つカップを渡してきた。

「これ何？　コーヒー？」

彼女はにこりとした。「アイリッシュコーヒーよ」

ひと口飲んでみた。火の玉が咽喉《のど》を転がり落ちていった。コーヒーよりウィスキーの方が多いぞ、とプレスコットは思った。もう少し飲んだ。悪寒がぴたりと止まった。

「きみは天使だよ」彼は言った。

「違うわよ、そんなんじゃないわ。天使なんかじゃない。なんでもロマンチックに考えないの。あなた、前にそれで失敗してるでしょ」

それは、現実のノラではない、プレスコットがこしらえた理想のノラというものに対する、遠回しの鋭い言葉だった。

「それを読んでいたんだ」彼は紙片を指さして言った。

「なんて書いてあると思う?」

「〝……自殺ではなく、殺されたのだ。頭を一撃されて気絶したのち、吊るされた。私は確たる証拠を握っている……〟。ピーターのことか?」

「ほかに誰かいる?」

「きみはこれを信じてるのか?」

「兄さんが殺されたってこと? まさか……でも、わたしが信じるか信じないかは問題じゃないわ。お父さんはきっと信じる。兄さんの自殺を否定してくれるなら何だって信じるわ。誰かがお父さんのそういう気持ちにつけこもうとしてるの」

「誰が?」

「冷めないうちに飲んで、ジョン。誰かはわからない。突き止めるのを、あなたが手伝ってくれるかもって思ったの」

「なんでぼくが?」

ハリエットは考えるような眼で彼を見た。「あなたの中の虎が起きあがるのを期待したからって言ったらどうする?」プレスコットが答えずにいると、彼女は言った。「あなたが兄さんのことをたくさん知ってるからよ。それじゃ、もう帰って。運転できる?」

「ああ」

「ぐずぐずしないで、ほら」ハリエットは彼を玄関にぐいぐい引っぱっていった。

「明日か明後日、また来る――」

「来られるわけないでしょ。ホーンビー先生が一週間は寝てなさいって言うに決まってるわ、わたしはプロなんですからね。いい子にしてたら、わたしが行ってあげる」

*

プレスコットが帰宅すると、四時二十分だった。アルコールのかーっという効き目は薄れてきていた。寒気を感じる。

車から出て、何気なく見上げると、正面の寝室のカーテンが揺れるのが見えた。同時に、五十メートルほど手前に駐車していた青のヒルマンのナンバーが、ふっと頭に浮かんだ。ＥＦＧ４８０Ｄ。ティム・レイヴンの車だ。

戸口で震えて立ったまま、本当に吐きそうになった。やがて、覚悟を決めると、鍵を差し、ドアを開けた。

「ノラ、どこだ?」呼んでから、大きく足音をたてて酒の棚に歩いていった。生《き》のウィスキーを注いだ。手が震えているのは、インフルエンザのせいだけではなかった。

五分ほどして、ノラがガウン姿で二階からおりてきた。ガウン姿が特に魅力的なのだ、わが妻は。「なによ?」ノラは言った。「寝てたのに。具合が悪いんだから」

いい芝居だな。プレスコットは思った。いい女優だよ、尻軽女。階段の下から二段目の板が軋む音がした。ふたりともそれを聞いた——そしてふたりとも聞こえないふりをした。

ノラが言った。「だから行っちゃだめって言ったじゃない。死人みたいな顔色して。それ飲んでる間に、電気毛布をあっためといてあげるわ」

気分が悪すぎて、問いただす気力もなかった。あまりにあまりなこの醜悪な状況に、いまにも胃の中身をぶちまけそうだった。

「フランクに電話する?」ノラが言った。

「いや、いい。あとで来てくれる」

やがて、ノラが戻ってきた。今度はきちんと服を身につけている。「準備できたわよ」

その瞳に嘲りの色を、プレスコットは見た。

4

抗生物質がウィルスの相手を引き受けてくれている間に、ジョン・プレスコットは現状把握をする機会を持てた。毎日のルーチンから一歩はずれたところから、もっと広い視野でじっくりと将来の展望を見晴らすことができたのだ。

見えたものは気に入らなかった。現状、二十九歳、もうじき三十の男盛り。評判の法律事務所の共同経営者。裕福ではないが、兄弟ふたりの収入を合わせたよりも高収入。そのすべてを持ちあわせていながら、絶望的に不幸だった。

何がいけなかった？　結婚か？　それもある。しかしプレスコットは正直者ゆえに、それは原因ではなく、むしろ、表に現れた兆候にすぎないと気づいていた。過ちは深いところにある、彼の中に。

プレスコットには根っこがないのだ。フェンリー村の息が詰まる関係を完全に断ち切って、しがらみから逃れたものの、新しい環境になじむことがついにできなかった。ピーター・リースが始めてくれた精神的に自由になる治療は、完全には終わっていない。ピーターが生きていてくれたら……

だが、言い訳や後悔は簡単に見つかる。そう、ノラと結婚してさえいなければ、と。問題は、彼がノラと結婚したことだ。結婚したのは、彼の性格の根本に問題があるからだ。こんな男だから、ということだ。いまさら過去を振り返って、運命の悪戯《いたずら》のせいにはできない。

結婚で無駄にした五年間は、プレスコットひとりが無駄にしたわけではなかった。ノラも同様に幻滅させられたはずだ。彼はノラにとって退屈な男だった。先日の夜、面と向かってノラに言われたが、そんなことはずっと前からうすうす気づいていた。そもそもノラだけではない。

誰もがプレスコットを退屈な男だと思うのだ。自信を無くした彼は再び、殻に閉じこもるようになった。

しかしいま、プレスコットが望みさえすれば、いつでもノラと別れることができる。ノラは大胆になりすぎた。やりすぎて、へまが露見した。だが、別れてどうなる？

目の前にのびるのは、ひとりやもめの陰気くさい人生だ。もう二度と結婚する勇気はない。

*

誰かが名を呼んでいた。

プレスコットは伸びをし、あくびをして、眼を開けた。フランク・ホーンビー医師が見おろしている。

「大丈夫だよ、落ち着いて——お医者さんの到着だ」

「フランク、いま何時だ？」

「四時十分だよ」

昼食のあと、寝てしまったということか。夢を見ていた。ゆるく波打つ黒髪と、いつも眼の笑っている娘の……

ホーンビーは体温計を振っているところだった。「腋《わき》にはさんで。まあ、そんなことをしなくても、きみがもうだいぶよくなったのは、見ればわかるんだがね」

プレスコットは体温が下がり、身体がよく休まり、節々の痛みがひいたのを感じた。

「土曜もよく仕事をしているのかい？」プレスコットは訊いた。

「働いてるよ、一日二十四時間、一週間に七日――」医師は体温計を抜き取り、数字を読んだ。

「うんうん。こんなもんだろう。まあ、今日、ここに来たのは仕事じゃないよ、ジョン、別の家に呼ばれた帰りだ。ついでにきみの様子も見ていこうと思ってね」この四日間で三度、来てくれたことになる。

そして、いつもどおりに聴診器をちょいちょいと胸に当てた。「大丈夫、治るよ。薬はちゃんと飲んでいるね。明日、気分がよければ、一時間くらい起きてもいい。火曜日にまた来る」鞄を閉じながら、ホーンビーは言った。「若いお嬢さんがきみの心配をしてたよ」

「ハリエット・リースか？」

ホーンビーはじろりとプレスコットを見た。「どうしてわかったんだ？　あの娘《こ》のお父さんを診察しに行っ……」

プレスコットは言った。「このあと忙しいのかい、フランク？」

「いや、きみで最後だ。今夜は手術もないし。どうして？」

「お茶を飲んでいってくれ。ノラが――」

「ノラはいないよ。いまは勝手にはいらせてもらったんだ」

あいつめ。ブリッジのクラブに行ったな。

「じゃあ、ウィスキーはどうだ？」

医師はためらった。「インフルエンザにアルコールは処方しないんだけどな」

「きみが一緒に飲んでくれたら、指ぬき一杯分しか飲まないと約束する」

それ以上は反対されなかった。「どこにある?」医師に訊かれてプレスコットは教えた。ホーンビーはすぐに、スコッチの壜と水さしとグラスをふたつ、トレイにのせて戻ってきた。トレイをベッドの上に置くと、病人はふたつのグラスにたっぷりと酒を注いだ。

「この家の指ぬきはばかでかいな」ホーンビーは唸って、水を注ぎ足した。「乾杯!」

三十七歳のフランク・ホーンビーはぶくぶくと肥ってきていた。「運動不足だよ」というのが彼の説明だった。「酒の飲みすぎだろ」というのが辛口な連中の言だった。

ホーンビーはむかしほど酒を飲むことはなかった。その変化に人々は気づいて、噂しあった。何年も前に車をぶつけて歩行者を巻きこんだ夜を、彼は決して忘れることはなかった。罰金を取られ、免許証に違反事項を書きこまれ、全国医師審議会の懲戒委員会に呼び出されたのだ。訓戒処分だけで放免されたものの、以来、常に頭の片隅に怯えがある。一度、嚙まれた犬はそうなるものだ。

何人かのがちがちに厳格な患者たちは、この裁判のあとに去っていった。もしも、酔っていようがしらふだろうがフランク・ホーンビーはクロムリー一の有能な医師である、と町じゅうの人間が認めていなければ、もっと患者を失っていただろう。

ホーンビーは社交的で、人気者だったが、かっとなるとひどい癇癪《かんしゃく》を起こした。ある時など、ゴルフクラブのラウンジで、彼の妻を侮辱する話を何度もしつこく繰り返した男を殴り倒したことがある。見物していた者たちは、ホーンビーの妻に対する誠実さを賞賛した。そうする価値はあるのだろうかと思いながら。

テッサ・ホーンビーは人気者の夫とは対照的であった。没落貴族の末裔《まつえい》として生まれた彼女は、誇りを胸の奥底に押しこめて、下の身分の者と結婚したのである。そしていまだに、クロムリーの誰に対しても、自分が犠牲になったことを嫌味たらしくこぼし続けていた。見栄っ張りで、上流気取りで、傲慢《ごうまん》で、しかも浪費家だった。フランク・ホーンビーは財布の紐をがっちり握っていなければならなかった。

それでもこの結婚は生きのびたどころか、花開く成功となった。プレスコットは、この結婚が成功したのは、ホーンビーが成功させようと決意したからだろうと信じていた。ホーンビーという男は、あれでなかなかの野心家なのだ。大酒飲みという不名誉な評判はもとより、壊れた結婚でキャリアを脅《おびや》かしたくないというわけだ。子供は四人いる。ある意味、保険で作ったのかもしれない……

プレスコットはホーンビーの強面《こわもて》が隠している内面に共感を覚えていた。安全な隠れ家を欲し、世間から批判されることに臆病な男。ふたりはいまでも隔週で日曜にゴルフをし、時々、ビリヤードをする仲だった。ふたりの友情に落ちた一点の染みは、あの車の事故の記憶だった。プレスコットはいまもたまに、友人からの無言の非難を感じることがある……

ホーンビーはパイプに葉を詰めこんでいた。

「アーサー・リースの様子はどうだった?」プレスコットは訊いた。

「おいおい、ジョン、彼は患者だぞ。守秘義務ってものが――」

「カルテの中身が知りたいわけじゃない。どうしてクロムリーに戻ってきたのか、知ってるか？」

「こっちが聞きたいくらいだよ。なんで？」

「いや、別に」いくらリースでも、医者になら打ち明けているだろうと期待したのだが。

ホーンビーは火がつくまでパイプを吸い続け、やがて、マッチを捨てられる場所を探した。

「ジョン、何か知ってるなら、話してもらえないか。気にかかっていることがあるらしくて、そのせいで血圧が安定しないんだ」

ま、協力しない理由はない。プレスコットは、ハリエットとした話の内容を説明した。

ホーンビーはうなずいた。「どうせピーターがらみのことだろうとは思っていたよ。匿名の手紙だって？　それは警察にまかせた方がいいんじゃないのか」

「彼はそう思っていないみたいだな」

「ああ。だけど、そうなると――」医師は言葉を呑みこんだ。

「うん？」

「いいかな……？」ホーンビーは自分のからになったグラスを示した。

「もちろん――好きにやりなよ」

「どうも。そうなると、ピーターの自殺はひょっとして――つまり、考えられていたとおりでないかもしれない、という疑いが出てくるんじゃないか」

「証拠を無視することはできないだろ」

「どの証拠だ?」

「パリー先生が言ってたじゃないか、ピーターの身体に傷はほかにひとつもなかったって」

ホーンビーは妙な目でプレスコットを見つめた。「ジョン、きみは言葉をひとつ忘れている」

たしかにそうだ。〝関連のある傷〟というのが、パリー医師の言った言葉だ。だけど、もし殴って気絶させた傷がついていたなら……

ホーンビーが訊いてきた。「その匿名の手紙には、犯行の方法も書いてあったのか?」

「後頭部への一撃で失神したところを吊るされたってさ」

「それじゃあ、当然その傷はついたはずだなあ……あの検死については、パリーはおっそろしく秘密主義だった。いつもなら、検死をすると私にいろいろ相談してくれたのにな。それが、この検死だけは違ったよ。ひとことも口にしたことはなかった」

いまさら問いつめたくてもあとの祭りだ。パリー医師は二年前に鬼籍《きせき》にはいっている。

「まさかピーターが殺されたなんて、本気で信じてるわけじゃないだろ?」

ホーンビーはゆっくりと答えた。「ジョン、私はずっと感じてたんだよ、ピーターが自殺するなんて、心理学的に間違っているって」

彼が言いたいのはつまり、ピーター・リースはどんな時でも前向きで、陽気で社交的で、およそ自殺する人間とは思えないということだ。

「何より、あれっぽっちの金額を苦にしてというのがね」医師は付け加えた。「あの程度、親父さんがポケットマネーで、こそっと戻してくれただろうに」

「きみ、推理小説の読みすぎだよ」プレスコットは言った。

ホーンビーは声をたてて笑った。「かもな」そして酒を飲み干して立ちあがった。「ごちそうさま」

「もう一杯やってけよ」

「いや。テッサが待ってるから……それより、ノラに注意しておいてくれ、あのご老体を興奮させるなって」

「は？」

「明日、お茶に呼ばれてるんだろ」

「ノラが？　アッシュ・グローブ館に？」

「知らなかったのか？　ハリエットが言ってたよ――そりゃもう、かんかんだった」

＊

自殺に対するフランク・ホーンビー医師の疑念は、眉唾物《まゆつばもの》としか思えなかった。それより、ノラがアッシュ・グローブ館に招待されたということの方が、はるかに気になる。

ピーターの死後、ノラとアーサー・リースは不仲になった。口論の原因は誰も知らない。ノラが絶対に口を割ろうとしなかったからだ。しかし、ふたりの仲は完全に決裂し、ノラは葬儀にも呼ばれなかった。それなのにいま、ノラはお茶に招かれている……

プレスコットはたばこの箱に手を伸ばしたが、からっぽだった。まだ六時だ。ノラならあと一時間は帰らないだろう。起きだしてガウンを羽織った。まずノラの部屋に行ってみることにした。たいてい、たばこをベッドのそばに置いているからだ。

ノラは六ヶ月前に客用寝室に移っていた。「ほんの何日かよ」と言った。不眠症対策のためだと。何日かは何ヶ月かにのびて、もとに戻そうとはどちらも言いださなかった。

プレスコットはこの客用寝室のインテリアが好きではなかった。（ノラが選んだ）黄色と緑は、けばけばしすぎるように思えた。いまでは、この部屋を嫌いな理由がまた増えた。この先一生、ここを見るたびに、ティム・レイヴンを連想せずにいられないだろう。

ベッドサイドテーブルの箱にたばこがはいっていた。フィルター付きだが、まあ、いい。テーブルの引き出しが半開きになっている。几帳面なプレスコットはきちんと閉めようとしたが閉まらなかった。彼は引き出しを抜いて調べることにした。

中にはノラの睡眠薬と、アスピリンの瓶と、車のスペアキーと、どぎついペーパーバックと、買い物リストと、鉛筆がはいっていた。そして手紙が一通。

封筒には〝親展〟とあり、J・W・プレスコット夫人宛で、火曜日の消印が押されていた。ぐちゃぐちゃと読みにくいこの字はたしかティム・レイヴンの筆跡だ。ということは、水曜日の逢引の約束の手紙か。

ひとかけらの良心の呵責《かしゃく》も覚えずに、封筒から中身を抜き取ると、読み始めた。

〝前略

ノラ殿

これを書いている小生も、受け取った貴女同様に喜ばしく思っていない。五年前――〟

わけがわからず、プレスコットは署名が書いてあるページまでめくってみた。〝アーサー・リース〟

なるほど、これが自己暗示ってやつか。ティム・レイヴンの筆跡だと思いこんだのは、彼からの手紙があるだろうと半分期待していたからだ。ぱっと見が似ているだけで、これは老人が震える手で書いた文字だった。そもそも、あのレイヴンが愛人に直筆の手紙を出すなどという愚を犯すはずがない。

続きを読み進めた。

〝――五年前、貴女を軽蔑すると伝えたが、いまもその考えは何ひとつ変わっていない。しかし我々の間には、協力して守らなければならない秘密が存在する。それがいま、脅かされようとしている。

話しあう必要がある。ただし小生は自由に出歩けない身ゆえ、どうかアッシュ・グローブ館に来てもらいたい。日曜日の四時なら都合がいい。ハリエットが留守にする。

この時間に待っている。

草々

アーサー・リース〟



独特な文体である。誰かが——ティム・レイヴンだったか？——たとえ礼状でも、アーサー・リースから来た手紙は癇《かん》にさわるものばかりだと言っていた。

けれども、プレスコットが興味をひかれたのは、その文体ではなく、内容だった。あまりにひきこまれていたので、ノラが部屋にはいってくるまで物音に気づかなかった。

「あらあら」ノラは言った。「猫がいないと鼠は好き勝手してくれることね！」

そう言う口調はさして怒っているように聞こえなかった。ブリッジクラブで満足のいく勝負ができたのだろう。ノラのはしゃいだ様子、眼のきらめき具合を見れば、プレスコットにはすぐにわかった。もし喧嘩が始まらなければ、どうせすぐに、ノラはこの日の自分の手を細かくおさらいしながら、自分の勝利をいちいち詳しく報告する。

いつものプレスコットなら、ほめて、感心してみせて、どれほどちっぽけでも、妻が夢中になれるものがあることを喜んでいた。

今日は違った。「これはなかなかおもしろい手紙だね、ノラ」

「〝親展〟って言葉の意味を知らないわけ？」

「ごめん……ティムからの手紙だと思ったんだ」

ノラの顔が、かっと赤くなるのが見えた。まだ手持ちの札を全部さらして勝負する時ではないにしろ、自分が知っているという事実は教えておきたかったのだ。

「ティム？」ノラは眉をあげた。「どうしてあの人がわたしに手紙なんかくれるの？」そして、早口に言った。「ここにいたら、ぶり返すわよ。早くベッドに戻ったら」

「すぐ戻るよ」ひどく寒くて、四日も寝ていたせいで両脚がよろよろしている。それでも、不意打ちに成功したこの立場を利用したかった。「明日はアッシュ・グローブ館に行くのか？」

ノラは肩をすくめた。「まだ決めてないわ。あの男はわたしに命令できないんだし」

「おまえ、ひょっとして怖がってるのか？」

「はあ？　馬鹿じゃないの！」

「〝協力して守らなければならない秘密〟。秘密ってなんだ？」ノラが答えないので続けた。

「ピーターの死んだ夜のことだな？　あの夜、会計事務所で何かあったんだな？」

アーサー・リースは深夜にノラを事務所に呼び出した。ふたりが会った事実は、検死審問におけるリースの証言でのみ語られた。ノラは一度も口にしていない。

何かが起きたのだ。双方に遺恨がいつまでも残るほど大きな、そして、ノラを怯えさせるような何かが。

ノラは、ふいと顔をそむけた。「わたしがあなたに話すと思う？」

## 5

日曜日、ノラは六時十五分にアッシュ・グローブ館から戻ってきたが、訪問についてはひとことも夫に話そうとしなかった。プレスコットは、妻の顔色が悪いと思ったが、色眼鏡を通して見ているからかもしれない。

プレスコットは昼過ぎには寝間着を脱いで、夕食は一階で食べた。食事がすむと、ノラはしばらく電話帳とにらめっこしていた。八時半に、ノラはコートを着た。

「どこに行くんだ」プレスコットは訊ねた。

「外。文句ある?」

そう言われてしまうと、黙るしかなかった。ノラの車がいつもどおりに猛スピードでバックして車庫から出る、エンジンの唸りが響いてきた。耳ざわりにタイヤを軋《きし》らせて急停止し、ギアを一速に入れる音がする。車は走り去った。ノラは車というものになんの思い入れもないので、ひどく雑に扱い、不都合が起きれば当たり散らした。そんなことも、結婚したてのころはあばたもえくぼに思えていた——いまは腹立たしいだけだ。

ノラとティム・レイヴンの関係を知ってから四日がたったが、彼は何もしなかった。何もしなかったことが判決そのものと言っていいだろう。妻の不貞の始末をつけるのに四日も待つ者はいない——見逃すつもりでないのなら。

プレスコットは、あったはずの事実さえ疑いだしていた。あの水曜日に見た車は本当にレイヴンのものだったのか？　階段が軋む音がしたのは気のせいではなかったのか？　本音はただ、ぐずぐずと遅らせる口実が欲しいだけだ。離婚の申し立てをするというのはあまりに攻撃的な一歩で、ノラを悪者にする。自分にも同じくらい責任があるかもしれないのに。

この夜、プレスコットは疲れて、いらいらしていた。長くベッドを離れすぎた。〝一時間〟とフランク・ホーンビーに言われていたが、昼過ぎからずっと起きている。

それでも、ベッドに戻る気になれなかった。テレビをつけてみたものの、五分でスイッチを切り、あくびをしながら日曜版の新聞をめくった。

とうとう、アッシュ・グローブ館に電話をかけた。ハリエットが、社交辞令とはいえ、見舞いにくるという約束を守らなかったことに、わけもなくがっかりしたばかりか、むかっ腹も立っていた。フランク・ホーンビーが処方したあの薬の副作用に違いない。

「娘なら留守だが」電話に出たアーサー・リースが言った。「どなたかな？」

喋り方はむかしよりもゆっくりで、わずかだが舌がもつれている。とはいえ、偉そうな口ぶりは健在だった。

「ジョン・プレスコットです」

沈黙。やがて、そっけない声がした。「そうか……ハリエットなら週末は帰ってこない」

「リースさんはお元気でしたか？」プレスコットは友好的に振る舞う努力をしなければとみず

からにはっぱをかけた。

「まあ、生きとるな」

「もしよければ、うかがいた――」

「医者から、客をもてなすことは禁じられとる」

さすがのプレスコットも、この失礼な仕打ちにはかちんときた。「でも、今日の昼過ぎにノラとお会いになりましたよね？」

「あれはビジネスだ。失礼するよ、ジョン」電話は切れた。

＊

プレスコットが金曜に職場復帰してみると、ありがたいことに未処理の仕事が想像よりはるかに少なかった。

「どうやって切り抜けてくれたんだ？」ミセス・ウェルチに訊ねた。

「ローソン先生が手伝ってくれました」秘書は答えた。

しかし、書簡を読んでみると、エドワード・ローソンの協力は最低限にとどまっていたことがわかった。自分は秘書に恵まれたというわけか。

「リースさんのお嬢さんから二度、電話がありました」サンドラ・ウェルチが言った。プレスコットは唸った。

「いつあなたがお戻りか知りたがっていました。あとで電話をかけてほしいそうです」

ふん、待たせといてやる。プレスコットはまだ許していなかった。そう決意したのは十時のことだった。十時二十分にプレスコットは電話をかけた。

腹を立てるより先に、向こうにも言い分があることを想像しておくべきだった。ハリエットは二度、見舞いにきてくれていたのだが、二度ともノラが、主人は寝ていると言って追い返したのだった。

「本は受け取ってないの？」ハリエットが訊いてきた。

本なんて、ノラは一冊もくれていないぞ……

「日曜に電話をくれたんですってね、お父さんに聞いたわ」ハリエットは言い添えた。「わたし、サウサンプトンに行ってきたの」

「医者の友達に会いにいったのか？」つい、訊かずにいられなかった。

「うん」まあ、自分には関係のないことだな。

「ジョン」彼女が話し続けている。「この前の話から、進展があったのよ。いま、あなた、ひとり？」

「ああ」

それでも、ハリエットは注意深く言葉を選んだ。「こないだわたしたちが話しあったことだけど、いまはそれほど――ありえないことには思えないの」

ピーターは他殺かもしれない、という話のことだな。

「何か見つけたのかい」プレスコットは訊ねた。

「電話では話せないわ、ジョン。だからどうしても会いたいの」

アッシュ・グローブ館に来るのはだめ、ということだった。父がいるので、気まずいと言うのだ。最近は昼寝をしてくれないらしい。

ふたりは、月曜の午後に、この事務所で会う予約を入れた。

＊

午前中いっぱいは、ティム・レイヴンと顔を合わせずにすんだ。しかし、いつまでも避け続けるわけにはいかない。

昼食をすませて、プレスコットがセルウィン広場に車を停めると、ちょうど数メートル先の車からレイヴンが出てくるところだった。

レイヴンはこちらが降りるのを待っていた。「おかえり、ジョン。元気そうでよかったよ」

さあ、決着をつける時が来たぞ。

「ありがとう、ティム」この寝取られ夫が発したのは、まさに不朽《ふきゅう》の名言だった。「ありがとう、ティム」とは！

臆病だからじゃないぞ、と自分に言い聞かせた。ただ、あの時の自分の観察力に自信が持てないだけだ。あの日の自分は病気で、しかも高熱を出していた。ただの妄想かもしれないじゃないか。

そもそも、自分に裁いたり責めたりする資格はあるのか？　ノラとレイヴンが愛人関係にあるとすれば、それは自分がよい夫でなかったからではないか。

だから、プレスコットは言った。「ありがとう、ティム」

「今夜、行ってもいいかい？」レイヴンが言った。

今日が金曜日であることをすっかり忘れていた。レイヴン姉弟を迎えて、夕食とブリッジを共にする日だ。傷口に刺さったナイフをひねられるも同然だが、だからといって何ができる？回避する適当な口実など見つからない。

「楽しみにしているよ」プレスコットは答えた。

＊

土曜日はクロムリーの町で毎月催されるゴルフコンペがあった。病みあがりで、いまだに本調子でないとはいえ、プレスコットはお日様に誘われて出ていった。

この日ペアを組んだパートナーは、試合後すぐに帰らなければならなかったので、プレスコットはひとりでバーにはいった。飲み物を買ってから、いちばん話しやすそうなグループはどこだろう、と店内を見回した。

ちょうどその時、ロン・ウィリアムスンが注文を終えてカウンターを離れるところだった。ロナルド・ウィリアムスンはクロムリー警察刑事課の警部補で、友人たちにはロンと呼ばれている。

ふたりは空きテーブルに一緒に坐った。「今日の調子はどうだった？」プレスコットは訊ねた。

ウィリアムスンはビールを置いた。「威張れたもんじゃないね」警部補は言った。「ネット（実際の総打数からハンデを引いたスコア）七十七だよ」

警部補はハンデ三の、前クラブチャンピオンだ。プレスコットはもう何年も、クラブやコースで顔を合わせている。警部補のことは好きだった。ほかの皆のように馴れ馴れしくはできなかったが。

ふたりはこの日のコースでの成績を互いに慰めあった。

おもむろにプレスコットは言いだした。「あの試合を覚えてるかな、きみとピーター・リースが――」

ウィリアムスン警部補は笑った。「十八番ホールで、ピッチを入れられたあれかい？　ああ」

プレスコットがクロムリーに来た年の、クラブチャンピオンシップの準決勝戦のことだ。彼は最後の数ホールを見物していた。そして、十八ホール目。ウィリアムスンの三打目はまったく飛ばなかったが、ピーターは三十ヤード手前からチップショットでみごとボールをカップに沈めて勝利したのだ。

「あれで五ポンド取られた」ウィリアムスンは言った。「四十対一で半クラウン賭けないかってそそのかされたのさ。あとになってから、彼があの賭けに勝ってよかったと思ったよ。最後の賭けだったからな」

「誰も想像しなかっただろう」プレスコットは言った。「まさか一年もたたないうちに――」

ウィリアムスンはうなずいた。「まったくだ」

「あれが本当に自殺だったってことに疑いはないんだろ？」プレスコットは半ば意図的にこの話題にもっていった。

相手がすっと仮面をかぶるのがわかった。ゴルフ仲間から警部補の顔へと。

「どういう意味かな、ジョン」

「つまり――誰かが自殺を偽装したってことはないのか」

「ピーターに椅子の上に立って、頭をロープの輪の中に突っこむように頼んでから、椅子を引き抜いたと？」

「先に気絶させられてたかもしれないよ」

「検死の結果では、ほかに傷はなかったそうだが」関連のある傷、とプレスコットは胸の内で訂正した。

「それに遺書はどうなる？　あれも偽装だと？　犯人はおあつらえ向きにピーターの横領を知っていたと？」

そんなふうに言われてしまうと、まるでありえないことのように聞こえる。「そうだね、ロン。きみの言うとおりだ」

ウィリアムスンはなにやら決意したようだった。「きみが飲んでるのは何だ？　スコッチか？」そして、バーの方に行った。

やがて、新しい飲み物をふたつ持ってくると、警部補は言った。「いま、きみがそのことを持ち出したのは興味深いね。つい先日、ピーターは殺されたのだと訴える手紙が警察に届いているんだが……」

プレスコットは待った。

「……よくある匿名の手紙だ。自殺事件が起きると、こういう手紙はしょっちゅう届く。へそ曲がりやおせっかいな奴、時には単なる憂さ晴らしで送りつけてくる奴もいる。しかし、五年もたってから送りつけてくるってのは珍しい」

「そういう手紙は無視するのか?」

「我々は何ごとも無視はしないよ、ジョン」

プレスコットは、その手紙が大文字で手書きされたものかどうか訊きたくてたまらなかった。

「じゃあ、捜査を再開するのかい?」

「とりあえず、捜査記録を再検討している、というところかな。もちろん、その線の可能性も、当時、検討されたんだが」

「他殺の?」

「ああ、そうだよ! 私は直接担当しなかったが——ジム・ヘイマンの担当だった——でも、それなりに知っているよ、あの件では……おかしな点があった」

「それは?」

部屋の別の一角で派手な爆笑が聞こえた。フランク・ホーンビー医師とティム・レイヴンと他数名がお喋りしている。

警部補はプレスコットの質問には答えなかった。「最終的に、自殺ということでジムは納得していたよ」

プレスコットは続きを待った。ただの世間話ではなくなっている。これは事情聴取だ。

ウィリアムスンはビールに口をつけた。「仮に捜査を再開しているとすれば、私がする質問は——単に確認のためだよ、気を悪くしないでくれ——なぜ、きみがたった五百メートル足らずの距離を車で行くのに二十五分もかかったのか、ということだ。きみの大家の——何さんだっけ?」

「ジャーディンさん」

「そうそう。あの人が証言したんだ、きみは八時半に出ていったと」

そして、プレスコットがアッシュ・グローブ館に着いたのは八時五十五分だった。「たばこを買いにカフェに寄ったんだよ。混んでてずいぶん待たされたんだ」

「五年半も前のことを、そんなに細かく覚えているのかい」

「あの日に起きたことは、ひとつ残らず覚えているよ」カフェでお釣りのことで大騒ぎをしてほかの客を待たせた女の顔さえ思い出せる。

「きみの見つけた手紙、つまり遺書だが——正確に、どこにあった?」

「ピーターの上着の胸ポケットから半分飛び出ていたよ」

「もちろん、きみがそこに入れたわけじゃないね?」

プレスコットはまじまじと警部補を見た。「いや、ぼくは入れていない」

「きみが遺書を発見する前に、遺体のそばに誰かいたか？」

「ハリエットだけだ。もしかするとあの娘が遺書を仕込んだのかもしれないね」皮肉っぽく付け加えた。

警部補はにこりとした。「ジョン、だから気を悪くしないでくれと言っただろう。もともと私はきみを訪ねるつもりだったんだ、でも、きみからこの話を持ち出してくれたから……」

「続けてくれ。遠慮はいらない」

「と言っても、これ以上訊くことは、もうあまりないんだがね。あの夜遅くに、きみは奥さんを訪ねただろう――当時はまだミス・ブラウンだった」

「行ったよ。知らせるために」

「それで、何時までそこにいた？」

「二時半までノラに付き添っていたよ。ヒステリーを起こしていたから」

「なるほど。そのあと、リースの事務所まで車で送っていったわけか」

「そうだよ」

「うんうん……ああ、それともうひとつあった。きみは事務所にはいらなかったのか？」

「はいらなかった。ノラと一緒に外で待っていたよ、そしたらリースさんが来て――」

「はいったことは？」

「たまに」

「直近も？――つまり、ピーターが死ぬ直前も？」

「ないと思――いや、ある。母の葬式から帰った夜だ」プレスコットはその出来事を説明した。

「きみがその事務所の鍵を持っていたことは？」

「ないよ、鍵なんか。何が訊きたいんだ、ロン？」

「まあ、落ち着け。同じ質問をみんなにしてるんだ。じゃあ、質問はそんなところかな」プレスコットは眼に見えない手帳が閉じられる音が聞こえた気がした。「スヌーカー（ビリヤードの一種）でもどうだい？」

*

月曜日、ハリエットは約束の時間ぴったりに現れた。アッシュ・グローブ館に行った日に高熱を出していたことはプレスコットの判断力に影響しなかったらしい。あの時に思ったとおり、ハリエットは髪の先まで魅力的だった。クロムリーを離れている間にファッションセンスを磨いたのだろう、いまはいている、はやりのとても短いスカートはハリエットのためにデザインされたかのようだった。

「新しい秘書さんなのね」ハリエットが言った。

「新しくはないよ。サンドラは二年前からここにいる」

「地元の人？」

「まあ、一応。どうして？」

「なんとなく、見た顔のような気がするから。でも、地元の人ならどこかで会ったことがあるのかもね」ハリエットは坐って、手袋を脱いだ。「ジョン、警察が来たわ。二回も」

火曜日にウィリアムスン警部補がハリエットの父と一時間ほど面会した。二日後、戻ってきた警部補は、レイシー警部を伴っていた。ふたりはアーサー・リースとさらに突っこんだ話をしてから、ハリエットにも質問をした。

「質問って?」プレスコットは訊いた。

「兄さんが亡くなった日のことについてばっかりよ」

「手紙が警察に届いたんだ」プレスコットはウィリアムスン警部補との会話を繰り返した。

「だから、とりあえず捜査をしていますってパフォーマンスだけはしなきゃならないんだろ」

ハリエットはゆっくりと言った。「パフォーマンスじゃないと思うわ。あの人たち、とても真剣に見えたもの」少し言いよどんでから、付け加えた。「質問のほとんどが、ジョン、あなたのことだった」

「質問の内容は?」

「あなたがあの日に何をしたのか知りたがってた。正確な時間も。兄さんが残業している隙に、あなたがノラの部屋にしょっちゅう行ってたかどうかも訊かれたし」ハリエットはにこりとした。「さすがのわたしも、堪忍袋の緒が切れちゃった」

たった一度、夜遅くにノラを部屋に送った時のことを警察に話した人間がいるわけだ。たぶんアリス・ローソンだろう。でなければ、その父親か。

「きみのお父さんが何回も手紙を受け取っていたことを警察は知ってるのか?」プレスコット

は訊ねた。

「お父さんが話してなければ知らないはずよ。たぶん話してないわ。それより、聞いて、ジョン。お父さんは脅迫されてるの」

ハリエットはまた手紙のことを父に訊いたのだった。今度も父は怒って、話すのを拒絶した。それで彼女は、父宛の郵便物に目を光らせ、父にかかってくる電話にできるかぎり耳をそばだてた。

ある日、父が電話で、取引している証券会社に、株を売却して金は自分の銀行口座に移すように指示しているのが聞こえた。父はハリエットに、取引している銀行の頭取に宛てた手紙を投函するよう渡してきた。ハリエットは蒸気を当てて封を開けてみた。それは、小額紙幣で五百ポンドの現金を、使いの者に持たせて自分に届けてほしいという要求だった。翌日、父は銀行の使いが来るまで玄関の近くでうろうろしていた。そして、受け取った包みを自分の部屋に持っていってしまった。

のちにハリエットは、父の鏡つきテーブルの引き出しにそれがしまわれているのを見つけた。けれども、サウサンプトンで週末を過ごして帰宅すると、包みは消えていた。

「ノラに渡したんだと思うの」ハリエットは言った。

「まさか、ノラが恐喝してるって?」

「そんな度胸ないでしょ、あの女」

それはそうだ。ノラはアーサー・リースを怖れているから、金を引き出そうとするなどありえない。そもそも、プレスコットがノラの部屋で見つけた手紙を見れば、彼女が恐喝者でないことは明白だ。

「わたし、思うんだけど」ハリエットは続けた。「お父さんはノラを、お金の運び屋として使ったんじゃないかしら」

それならありえる。そういえば、アッシュ・グローブ館から戻ったノラは電話帳を調べて、また出ていった。ふくらんだ封筒を持っていただろうか？ 見た覚えはない。しかし当然、ノラは隠していただろう。

電話が鳴った。交通事故を起こした顧客からの相談だった。プレスコットは法的な立場を説明し、今後のことについてアドバイスをした。

受話器を置くまで、ハリエットはプレスコットを見つめていた。「ねえ、ジョン。あなたって全然違う人格がふたつあるわよね。頼りになる敏腕弁護士と……」

その先を続ける必要はなかった。個人的な人間関係では、頼りない臆病者だと、ハリエットは言っているのだ。理由は単純だった。仕事では実力満点なのだから、相手に馬鹿にされる不安なしに、自信を持って話すことができる。しかしプライベートでは、誰もが自分よりも優れているような気がしてしまうのだ。

「あなたに必要なもの、知ってる？」ハリエットが言った。「あなたはすばらしい人だって、口に出してほめてくれる人よ。一日に四回、三度の食事とお茶の時間のあとに必ずね。そう言ってもらったことある？」

いいや。そして金輪際《こんりんざい》ないだろう。

ハリエットはため息をついた。「しょうがないわねえ。いいわ、ビジネスに戻りましょう。ノラはあなたが話を聞きだしてくれる？」

そう言われると思った。「ノラはきみのお父さんと同じくらい非協力的だよ」

「でも、ちょっとくらい強く出ても、ノラなら心臓発作を起こしそうにないでしょ。わたし、お父さんを下手に興奮させることはとてもできないもの」それでもプレスコットが迷っていると、こう続けた。「ジョン、わたしたちはとっかかりを手にしているのよ。ノラに言ってちょうだい、もし知ってることを全部話さないなら警察に行くって」

ハリエットの主張は中途半端だ。そもそも、ピーターが殺されて、アーサー・リースが恐喝されているのなら、そこにつながりがあってもおかしくな……

プレスコットがそう指摘すると、ハリエットは烈火のごとく怒った。「もしあなたが一瞬でも、お父さんが血を分けた息子を殺したと考えたんだとしたら、絶対に――」

「ぼくはただ、警察ならどう見るか指摘しただけだよ」

「あっそう。二度とわたしに言わないで。聞きたくないから」

時間はハリエットの容姿ほど、中身を変えていなかった。あいかわらず彼女は、愛する者に対して熱烈なほど忠実だった。必要とあれば、理屈や論理を飛び越えて。

「ノラと話すよ」プレスコットは言った。

「よかった。あ、ジョン――」

「なに？」

「徹底的に絞りあげて、吐かせて」そう言って、にやりとした。「ごめん――あの女があなたの奥さんってこと、わたし、すぐ忘れちゃうのよね」

## 6

事務所からの帰宅が遅くなった。ノラは温める必要のない料理《コールドミール》と、書き置きを残していた。

〝ブリッジをしにいくわ。遅くなるから。先に寝て〟

ノラが帰ったのは夜中の一時二十分だった。上等なウールのドレスを着て、毛皮のストールを腕にかけていた。意気揚々と、顔を輝かせている。

「寝てればよかったのに」ノラは言った。

「ゲームはどうだった？」

「負けたわ。でもセルマとわたしのスコアはよかった」セルマ・ラッセルはノラがいつもペアを組むパートナーだ。「終わってから、セルマの家でお酒をご馳走になって、今日の手を確認してたの」軽い口調で付け加えた。

軽すぎる口調だった。プレスコットは、この前の金曜の晩にマーガレット・レイヴンが、カーディフに嫁いだ妹の家に泊まりにいくと言っていたことを思い出した。ということは、ティムはひとりだ……

「もし」プレスコットは言ってみた。「明日、ぼくがセルマに電話をかけて訊いたら、いまの話が本当だと言ってくれるかな」

ノラは切り返した。「はあ？　何言ってるの？」

「聞こえただろ」

ノラはハンドバッグをかき回すと、黄色い紙を彼に突きつけた。「はい、どうぞ、スコアシート。信じないのはあなたの勝手だけどね」

「ブリッジをしたことは疑ってない。だけど、夜中の一時までやってたはずがないだろ」

「だから、言ったでしょ。ゲームのあとで――」

「それは聞いた。坐れ、ノラ」妻は無視する。「坐れ！」

ノラは坐った。「あらあら！　鼠さんが鳴いてるわ、ちゅーちゅーちゅー！」しかし、いつものたばこに火をつけるその手は、震えている。

プレスコットは今夜、レイヴンとの浮気の話を持ち出すつもりはなかった。しかし、家にはいってきたノラが、あまりにも堂々とすました顔をしていたのがしゃくにさわった。

「ぼくには眼があるんだ、ノラ。それに、完全な馬鹿じゃない」

ノラはたばこをくわえたまま大きく息を吸い、煙を吐き出した。「わたしは何も認めないわよ。だけど、あはは、ねえ、仮にわたしがほかの男のベッドに誘惑されたとして、それがそんなに意外なこと？」

ノラは的確に、プレスコットがかかえている罪悪感のど真ん中を突いてきた。彼の怒りは、無力感にとってかわられた。

「だから、離婚したければしようと言ったじゃないか」プレスコットは指摘した。

ノラは、してやったりという顔になった。「言ったはずよ、ジョン。離婚はしたくないって」そしてあくびをすると、腕時計を見た。「それじゃ――」

「まだだ、ノラ」いま話さなければ、二度と話すことができなくなる。「おまえ、誰に脅迫されている？」

腰を浮かせかけていたノラは、すとんと椅子に坐った。「誰にも脅迫されてないわよ」

プレスコットはなるべく淡々と言った。「十日前、アーサー・リースは銀行から五百ポンド引き出した。日曜日、おまえは彼に会いにいって、金を受け取った。夜になって、おまえは金をどこかに運んだ。そうだろう？」

「頭おかしいんじゃないの」ついにノラは立ちあがり、ドアに向かって歩きだした。

プレスコットは、ノラを追い越し、ドアに背をつけて立ちはだかった。「話すまで、ここから出さないぞ」

ノラはけらけら笑った。「ちゅーちゅーー！」そして、小馬鹿にするように顎を突き出した。鞭のように、彼の手がノラの頬を音高く打った。信じられないという顔で立ちつくす妻の頬を、彼はもう一度張り飛ばした。

ノラは後ずさった。「来ないでよ！」甲高く叫んだ。

「ごめ――」詫びの言葉は、ノラの瞳に浮かんでいるものを見たとたん、くちびるの上で死んだ。もう何年も見たことがなかったもの――尊敬。

プレスコットは自分がこれほど激怒することができると知らなかった。あとになればきっと良心の呵責《かしやく》を覚えるだろうが、いまはこの有利な状況をそのまま利用するべきだ。

「待ってるんだぞ」

「わたしのたばこ……」ノラがつぶやいた。それは手から跳ね飛んで、絨毯の上でくすぶっていた。プレスコットはたばこを踏み消すと、新しいのを渡した。さっき彼が打った頬に赤いみみずばれが浮いてきている。

「わたしは脅迫されてないわ」ノラは震える声で言った。「されてるのはリース。誰に脅《おど》されてるか知らないんですって」

「おまえは誰に金を運んだ?」

ノラによると、リースは五百ポンド要求する手紙を受け取ったらしい。日曜日のぴったり九時に、ハウランズ通りのミッドランド銀行の外にある電話ボックスに金を置けと指示されていた。

ノラは電話ボックスの外に〝故障中〟の札が下がっているのを見つけた。間違いなく、ほかの人間がはいらないようにするためだ。ノラは金の包みを置いて、車で去った。

「近くで待って、誰が取りにくるか確かめようと思わなかったのか?」プレスコットは訊ねた。

リースからは、受け取る者の身元を探ろうとするなと釘を刺されていた。それでもノラは脇道にはいって車を停め、歩いてハウランズ通りに引き返した。ちょうど一台の車が電話ボックスの外に停まっており、誰かが乗りこむところだった。彼は反対の方角に走り去った。

「〝彼〟？」プレスコットは聞きとがめた。「男だったのか？」

「さあね。遠すぎたし、暗かったから」

「どんな車だった？」

「わりと小さかったわ」

プレスコットは考え考え言った。「アーサー・リースはひとりで出歩けない身体だ。そいつはどうやって彼に金をハウランズ通りまで運ばせるつもりだったんだ？」

返事はなかった。

「訊いているんだぞ、ノラ」

彼女は仏頂面で答えた。「手紙に書いてあったのよ、わたしに運ばせろって」

「じゃあ、このどういうわけかリースを脅している奴は、おまえのことも同じ穴のむじなだと思ってるのか？」

「同じじゃないわ」

「揚げ足を取るな」

「そっちこそ何様よ、尋問なんかして」復活の最初の兆候だ。

「どういうことなんだ、ノラ？　ピーターに関係してるのか？」

ノラはたばこをもみ消すと、立て続けにもう一本、火をつけた。「そう。ピーターのこと。

これ以上、訊いても無駄よ、答える気はないから」

「いや、答えてもら――」

「無駄だってば。ぶちたきゃぶてば――そんなことしても答えないわよ」

もう、ぶつ気はさらさらなかった。「ノラ、警察はいま、ピーターが殺されたと疑ってる――」

「でも、ピーターは殺されたんじゃないわ。わたしは知ってる」

「なら、リースはどうして恐喝されてるんだよ？」

ノラは頑強にかぶりを振った。

プレスコットは違う方向から攻めてみた。「もちろん、リースは自分を脅しているのが誰なのか、心当たりくらいあるんだろう？」

ノラはためらった。「はっきりはわからないみたいよ。五百ポンドで明るみに出さずにすむなら安いものだと言ってたけど。でも、もしそれ以上の要求がまた来れば――」

「リースはどうするつもりなんだ？」

「あの人を裏切った馬鹿は、さぞ後悔するでしょうよ」

プレスコットにしても、リースがまったくの無抵抗で五百ポンドを吐き出すことなど信じられなかった。「おまえ、電話帳で誰の住所を調べていた？」

「いつ？」

「その日曜の夜に」

「あなたに話したって何の意味もないわ」ノラは言った。「あなたの知らない人だし。そもそも、電話帳にのってなかったしね」

＊

プレスコットは眠れなかった。ノラをぶったことで頭がずっとじくじくしている。が、罪悪感ではなかった。むしろ満足感だ。そうだ、自分は間違っていない。ノラがあんな態度を取るからだ、だから……

暴力をふるってしまったが、結果は出せた。ノラは口を割って、脅迫されていることを、しかもそれがピーターの死に関連していることまで認めた。

プレスコットは過去を振り返ってみた。ピーターが首を吊ったと知らせた時、ノラは当たり前の反応を見せた。ショック、ヒステリー、悲嘆の涙。しかし、アーサー・リースが電話をしてきた時、反応は違っていた。ノラを支配する感情は恐怖になっていた。

なぜ、リースは電話をしてきたんだっけ？　ノラに会計事務所に来いと命令するためだ。夜中の二時半に。ピーターが横領していたという資産の帳簿を確認させるために。たとえ息子が死んで気が動転していたとしても、これがまともな行動と言えるか？　いいや、そうは思えない。

まあ、いい、あの夜、あいつらは会計事務所で何をしてたんだ？　何年もたったあとで脅迫されるようなこと。セックスか？　いやいや、いくらノラでも、婚約者が死んだ夜に、その父親と寝るなんてことはしないだろう。そもそも、あの電話の怒った声は、そういう欲望に駆られていなかった。

ひとつの小さな出来事が手がかりをくれた。ピーターの遺体を発見したあとアッシュ・グローブ館でヘイマン警部に事情聴取された時のことだ。プレスコットが聴取されて部屋を出てくると、アーサー・リースが、遺書のことを警察に話したかと訊ねてきた。警察には話していなかった。興奮とショックのせいで、すっかり失念していたのだ。「別にかまわない――私が見せておく」リースはそう言った。

いつ見せた？　あの夜か？　それとも、次の日、いや、もっとあとか？　もしや、リースとノラが事務所に行ったのは、ピーターの横領を確認するためではなく、横領の偽の証拠を作りあげるためだったとしたら？　そして〝遺書〟をタイプライターで偽造するためだとしたら？　それはつまり、アーサー・リースが息子を殺し、ノラは見てみぬふりをしたということになる。そうでなければ、遺書を偽造するはずがない。

一瞬、プレスコットは間違いなくこれが正しい答えだ、という確信で頭がいっぱいになった。そこでふと、最初の手紙を思い出した――ピーターが身につけていた服のポケットにあったのをプレスコットが発見し、アーサー・リースに手渡した封筒。表書きに〝父さんへ〟と書かれていた、あの封筒。あれには何がはいっていたのだろう？

＊

朝食の席でノラは昨夜のことにひとことも触れなかった。広げたデイリー・エクスプレス紙の裏に頭まで埋まっている。

この日の朝は昨夜ほど自信がなく、おのれを奮い立たせてやっと声をかけた。「ノラ!」

ノラは新聞をおろした。プレスコットの手に打たれたあとがまだかすかに残っている。

彼は続けた。「ピーターが死んだ夜に——」

ノラは顔をしかめてさえぎった。「ああ、もういいかげんにして!」彼女はもう怯えてはいなかった。うんざりしているだけだ。

「ひとつだけ訊きたい。ピーターは本当に横領したのか、それとも、おまえとあいつの親父さんがあとになってから帳簿を改竄《かいざん》したのか?」

ノラはひるんだだか? わからなかった。

彼女はガウンのポケットからたばこを取り出した。「ジョン、教えてあげようか? あなた、いいかげん、精神科にかかった方がいいわよ」

たばこに火をつけ、マッチをティーカップの受け皿に落とした。それは消えずに燃え続けている。

「灰皿を使えよ」プレスコットは言った。

「うるさい!」ノラはあくびをした。

おまえはどうしようもないあばずれだ、と言ってやりたかった。薄いガウン姿で一階をうろうろして朝食を食べている姿を見るのもいやだ。しかし、プレスコットはもうがんばれなかった。もう一度、喧嘩をする元気はなかった。ふたりの力関係はもとに戻った。そして、ノラもそのことをわかっている。

＊

その晩、プレスコットはアッシュ・グローブ館を訪ねた。ハリエットは彼の姿を見て驚いていた。

「うちに来ちゃだめって言ったじゃない」

「わかったよ。帰る」

ハリエットは大笑いした。「むくれないでよ。はいって――居間なら大丈夫よ。お父さんはローソンさんと書斎にいるから」

ピアノを弾いていたの、と彼女は言った。ショパンの練習曲を弾けるようになりたかったのだと。そして、プレスコットの前で披露した。なかなか上手だったが、兄ほどではなかった。そしてプレスコットほどでも。

「そのうち、ピアノを買いたいな」彼は言った。

ハリエットはびっくりしていた。「ピアノ、ないの？」

プレスコットはうなずいた。

「なんで？」

ノラだ。彼が愉しむことならなんでも徹底的に邪魔をする。ノラは自分が愉しめないものは等しく大嫌いなのだ。

プレスコットはハリエットの質問をいなした。「興味が無くなったからかな」

ハリエットは真顔でうなずいた。「でしょうね……」

彼女は飲み物を出してくれた。「覚えてる？　ここにみんなでいて、シェイクスピアの誕生日か何かに乾杯したの」

「ジョージ・ワシントンの誕生日だよ」

「そうそう。お父さんがわたしに、シェリーを飲ませてくれなかった夜」

「ぼくがノラと初めて会った夜だな」

ハリエットの顔が曇った。「あなたたちの誰も、ノラの本性を見抜けないんだもの――あなたも兄さんもお父さんも。わたし、腹が立ってしょうがなかったわ。男ってほんとに馬鹿なんだから。見たいのは女の脚ばっかり――」

「いや。あのころ、きみの脚を見たいと思っていなかったよ」

ハリエットは話をそらされなかった。「わたしは会って十秒であの女がビッチだってわかったし、そのとおりだったでしょ」

「ノラはそんなに悪い奴じゃないんだよ」ハリエットはなんでも物事を白黒はっきりさせようとしすぎる。

「ノラをかばうのはやめなさいよ。あの女があなたに何をしたか、よく見て、ジョン。それこそ、あの女がビッチだって証拠でなくて何なの……」

「ノラがぼくに何をしたって？」

ハリエットは冷やかにプレスコットを見た。「それがわからない人には教えられないわね」

わかっている。これまでの道のりのどこかで、彼は希望というものは失くした。

「そんなことより、昨夜、口を割らせたよ」そして、その顛末《てんまつ》を話して聞かせた。

ハリエットははしゃいだ。「わたしたち、手がかりをつかんだじゃない、ジョン。それなら辻褄《つじつま》が合うわ」

「辻褄って？」

「わたし、兄さんが泥棒だったなんて、一瞬も思わなかったわ——兄さんはそんな人じゃない。でも、お父さんとノラが濡れ衣を着せたんなら——」

「きみ、お父さんがそんなことをした動機は考えたのかい？」

ハリエットの眼がぎらりと光った。「警告したわよね、ジョン。お父さんは人殺しじゃないって……わたし、兄さんはたしかに自殺したと思ってるけど、きっとほかの理由があったのよ。それがものすごくショッキングだから、お父さんは必死にもみ消したんだわ」

「ノラは？」

「巻きこまれたんでしょうね」ハリエットはうなずいた。「それじゃ、今度はわたしからの情報。お父さんが兄さんの遺書を警察に渡したのは、月曜の午前中よ。気が動転していて、すっかり忘れていたんですって」

家のどこかでドアの開く音がしたのに続いて、声が近づいてくるのが聞こえた。

「やだ！」ハリエットが声をあげた。「こっちに来るわ」

プレスコットの第一印象では、アーサー・リースはほとんど変わっていなかった。髪に白いものはまじっておらず、血色もよく、握手も力強かった。

それでも歩く時には左脚を引きずっており、口も片側がかすかにひきつれていた。まぶたは片方だけ、びくびくとひくついている。

リースはプレスコットに、まったく温かみのない口調で挨拶をした。

「先週のあの電話のあとで、きみがこんなところにいるとは驚いたな」

「わたしがお招きしたのよ」ハリエットが嘘をついた。

「なんだ、おまえだったのか？　やれやれ、ジョンが結婚していることを忘れるなよ」

ハリエットの顔が、かっと赤くなった。

エドワード・ローソンが、波風をおさめようとした。「ジョン、どうだ、アーサーは元気そうだろう？」

「ええ、とても」

リースは嘲《あざけ》るように笑みを浮かべた。「ありがとう……実際、もう寝る時間は過ぎているがね。ハリエット、ウィスキーはどこだ？」

プレスコットのためにハリエットが持ってきたデカンタはピアノの上にのっていた。

「こんな時間にお酒を飲んじゃだめよ、お父さん。ホーンビー先生に言われたでしょう」

「ホーンビーは口やかましいだけだ。ほら、どいてくれ」ハリエットは橋の上のホレイショーのごとく（『ハムレット』より）、ピアノの前に立ちはだかった。

「どけ！」リースは怒鳴った。「誰の家だと思っとるんだ」ハリエットは真っ赤になって、脇にどいた。「グラスをひとつ持ってきてくれるか」リースは穏やかな声で言い添えた。「私のじゃない、エドワードのだ……それじゃ、おやすみ」リースは出ていった。

ハリエットがグラスを取りにいく間に、ローソンが言った。「寛大にならなければいけないよ、ジョン。彼は病人なんだ」

「だからといって、ハリエットをあんなふうに扱っていい理由にはならないでしょう」プレスコットは怒っていた。

ハリエットが戻ってきた。「病気になってから初めて会う人の前では、いつもああなの。麻痺で口が歪《ゆが》んでるのをじろじろ見られていると思うみたい。かわいそうだと思ってあげて」

アーサー・リースをかわいそうに思う日は金輪際《こんりんざい》来ないだろう、とプレスコットは思った。

「自分で注いで、エドワードおじさん」ハリエットが付け足すように言った。「お好きなだけどうぞ」

エドワード・ローソンは酒をたっぷり注いだ。彼がこの場を愉しんでいるのは、プレスコットの眼にも明らかだった。ここで見聞きしたことをしっかりと覚えこんで、妻とアリスへの土産話にする気なのだ。「驚いたよ、今夜、ハリエットを訪ねてきたのは誰だと思う……」

そしていま、大げさな仕種でグラスをかかげて、彼は言った。「きみたちの健康に乾杯、ハリエット……ジョン」そして、ソファに歩み寄って腰をおろすと、内ポケットから葉巻を取り出した。「かまわないかね？」

「ええ、全然」

葉巻の帯をむきながら、彼は言った。「誓って言うがね、私なんかはもうきみのお父さんとは三十年もつきあっているが、ひとことだって喧嘩したことはないぞ。扱い方の問題なのさ」マッチをすると、葉巻に火をつける儀式に取りかかった。

プレスコットは得意げな態度をぺしゃんこにしてやらなければ気がすまなかった。「ぼくはあなたがたが口論するのを見たことがありますよ。リージェント・ホテルの婚約パーティーで」

「婚約パーティー？」

「ピーターとノラの」

「あっ、そうそう！」ハリエットも言った。「覚えてる。火花ばちばちで、やりあってたわよね」

ローソンは傷ついた顔になった。「私も覚えているよ」彼は認めた。「きみたちは大げさに言っているんだ。私はただ、不愉快な事実をアーサーに知らせたんだが、アーサーはどうしても受け入れようとしなかっただけだよ。しかしなあ！　のちの出来事で、私の警告が正しかったことが証明されたのさ」言いながら、ローソンはじっとプレスコットを見つめていた。

「警告って？」ハリエットが訊いた。

「いやいや！　私は古い醜聞をほじくり返す趣味はないよ」そう言うと、太い脚を組んだ。「こんなことを言うのはなんだが、ハリエット、このソファは私が坐った中で、最高に坐り心地がいいとは言えないね」

ハリエットはうなずいた。「スプリングがお尻に食いこむんでしょ？　肘掛け椅子の方がいいわ」

ローソンは顔をしかめた。実にお上品なので、人体のいくつかの部分の名称は、彼の語彙《ごい》にないのである。それでも、すなおに肘掛け椅子に移動した。

ハリエットが言った。「エドワードおじさん、警察が事情聴取しにきた？」

「警察？」

「うちには二回来たわ。当然、おじさんのところにも来たでしょう？」

「何のことで？」

「兄さんのことで。警察は兄さんが殺されたかもしれないと疑ってるの」

ハリエットはローソンの攻略法を知っていた。端的にずばりと言わなければならないのだ、はぐらかしたり言い抜けしたりする機会を一切与えてはいけない。

ローソンは眼鏡を引っぱりだすと、愛想よく抗議する小道具として振り回し始めた。「ハリエット、それはまったく馬鹿げているよ。くだらないテレビの見すぎだ」

「だってほんとだもの。ね、ジョン？」

「うん」

ローソンは葉巻の煙を慎重に吐いてきれいな輪を作った。「殺人だって？　馬鹿げている」

そう繰り返した。「そもそも私のところに来られても、警察の役に立てると思えんが」

「おじさんは生きている兄さんと最後に会った人たちのひとりでしょ」

「私が？」

「そうよ。お昼ごはんのあとに兄さんに電話をかけてきて、それで、兄さんが会いにいったでしょ」

ローソンは否定しなかった。「どうしてそんなことを知ってるのかな？」

ハリエットは肩をすくめた。「ちょっと調べて回ったから……どうして、兄さんを呼んだの？」

しかしローソンは微笑んで、かぶりを振った。「さっきも言ったとおり、埋めたままにしておいた方がいい物事というのはあるんだ」今度も彼の眼はじっとプレスコットを見つめていた。「なんにしろ、もし警察が殺人という話をしているなら、局面は違ってくる。朝になったら、レイシーに電話をしてみよう」彼は立ちあがった。「もう行かないと。マッジに、今日は遅くならないと言ってきたんだ。ごちそうさま、ハリエット。いつになったらそのかわいらしい指に指輪がはまるのを見られるのかな？　きみほど魅力的なお嬢さんが、いつまでもひとりでいるなんてもったいない……おやすみ、ジョン」

＊

戻ってきたハリエットは思いきりいやな顔をしていた。「〝いつになったらそのかわいらしい指に指輪がはまるのを見られるのかな？〟」ローソンをまねてみせた。

「漫画から抜け出てきたみたいなおじさんだろ?」

「だけど、あの人は危険よ。ジョン、あのおじさん、あなたを目のかたきにしてない?」

プレスコットは笑った。「何年も前にぼくが彼の娘さんをもてあそんで捨てたと思いこんでるんだ」

「ああ、そういうこと。あのね、笑いごとじゃないわよ。あの人が警察に何を吹きこむか心配だわ」

「大げさだなあ」

ハリエットは怒っていた。「大げさなわけないでしょ! ダチョウじゃあるまいし、砂に頭を突っこんで見えないふりしないで。レイシー警部なんてとっくに、あなたが兄さんを殺したと半分信じてるのよ」

そう言われても、プレスコットにはまだぴんとこなかった。「だけど、ぼくにどんな動機がある?」

ハリエットは真正面からじっと彼を見た。「あなたは兄さんという邪魔者が消えたとたんに、その婚約者と結婚したわ……」

嘘だろ! そんなこと、誰が信じるものか!

「わたしの意見を言ってもいいかしら」ハリエットは続けた。「エドワード・ローソンは、兄さんが生きている間からあなたがノラとつきあっていたと、警察に言うわよ、絶対」

「ハリエット、そんなふうにきみは信じてるのか?」

「まさか。でも、わたしが何を言ったって、エドワード・ローソン相手じゃ、取りあってもらえないでしょ？　だいたいノラの部屋はあの人の家の真向かいだったもの」

そうだ。しかも、あのひと夜があった……

「たしかにローソンは大げさなお喋りの意地悪じいさんだよ。だけど、証拠を捏造《ねつぞう》するとは信じられない」

「わたしはずっと思ってきたけど、いちばん危険な証人は、自分が喋っている嘘を本当だと信じてしまうタイプよ」

つまり、ローソンは自分が真実だと信じたければ、そう思いこめると、ハリエットは言っているのだ。あのじいさん、そこまで本格的に復讐するほど根に持つタイプだったか？　いや、ありうる……

そろそろ十時半だった。もう帰らなければ。しかし、ノラのもとに帰ると思うと、腰が重かった——もしかすると、ノラはまたティム・レイヴンと一緒にいるのかもしれないが。そう思うと、腹が立った。

「脚といえば——」唐突に、プレスコットは言った。

「誰も脚のことなんか話してないでしょ」

「きみの脚は実にみごとに成長したね。始まりは遅かったけど」

ハリエットはすましてスカートを上から下になでつけた。「ありがと、ジョン」

その口調では、脈がなさそうだった。脈がない？　自分は何を考えているんだ？　たしかに、すさまじい孤独に押しつぶされそうで、同情が、慰めが、愛が欲しいと思う。だけどそれはハリエットである必要はない、どんな女の子でもいいはずだ。

プレスコットはハリエットを見つめて、それは嘘だと知った。ほかのどんな女の子でも満足できはしない。自分はハリエットに恋してしまった。いまさら遅いが。

「エドワードは正しいよ」彼は言った。「きみがまだ婚約していないのは驚きだな」

ハリエットは答えなかった。

「その医者の友達というのは」プレスコットは続けた。「彼はきみの――」

ハリエットは怒った声でさえぎった。「どうしても知りたければ言うけど、アランとわたしは別れたの。だから、この前、会いにいったの――わたしたちはもうだめだって言うために。満足した?」

「悪かった、ハリエット」

彼女の頬は真っ赤に燃え、両眼は真っ黒にくすぶっている。「あなたに関係ないでしょ」

「悪かったよ」プレスコットは繰り返した。が、内心は全然違っていた。望んでいた解答を得られたのだから。

辞去しようと立ちあがった。ここでゴリ押しするのは得策でない。

「ジョン、わたしたち、これから何をする?」ハリエットが言った。

一瞬、彼は勘違いした。「す、する?」

「脅迫のことで」

ああ、そっちか！「警察には知らせなきゃだめだろうね」

ハリエットは乗り気でなかった。「だとしても、それはお父さんにまかせなきゃだめだわ。わたしが出しゃばったら、絶対許してくれない――」

「もしピーターが殺されたとした――」

「わかってる、だけど、ほんとに殺されたの？　わたし、まだ信じられない」

「フランク・ホーンビーが、パリー先生は検死審問で証言した以上のことを知っていたようだと言ってたよ」そして、ホーンビー医師が話したことを繰り返した。「もう遅いけどね」と付け加えた。「パリー先生は亡くなったし」

「さあ、どうかしら」ハリエットはゆっくりと言った。

パリー医師はリース家のかかりつけ医で、むかしから家族ぐるみの付き合いをしていた、とハリエットは説明した。そしてパリー夫人は、ハリエットの母親のような存在だった。クロムリーに戻ってからハリエットは、いまは八十キロ離れたシェパトンに移り住んだ老婦人に一度会いにいくつもりでいた。

「明日、行くわ」彼女は言った。

「先生の奥さんが知ってるわけないと思うけどな」

「あのご夫婦はとても仲がよかったの――お互いに何の秘密もない、そんなカップルだったのよ」

「どうやって行くつもりだ？」ハリエットは車を持っていなかった。リースはフランスから車を運んでこなかったのだ。

「バスね、たぶん」何度も乗り換えなければならない、けっこうな長旅になるだろう。

「木曜まで待ってくれたら、ぼくが車で送っていくよ」明日は法廷での仕事がある。

ハリエットは迷う顔になった。「いいのかしら?」

「きみを取って食うことも、味見することも、指一本触れることもしないと誓うから」

彼女は声をたてて笑った。「あら、がっかりだわ!」

## 7

木曜日、プレスコットはあやうく出かけられなくなるところだった。事務所にレイシー警部とロン・ウィリアムスン警部補が訪ねてきたのだ。

レイシー警部は、見かけたことがあり、評判は知っていた。大柄で物柔らかな話し方をする、昨年、クロムリーの麻薬事件で名をあげた人物だ。

先日、ウィリアムスン警部補に話したことをもう一度、さらにゆっくりと念入りに繰り返させられた。「それについてはもうお答えしましたが」プレスコットは何度もそう言った。

「わかっています、プレスコットさん、しかし、もう一度、答えてもらっても差しさわりはないでしょう?」

レイシー警部から敵意を感じたが、単に、これが警部の事情聴取の流儀かもしれなかった。なんにせよ、彼はプレスコットの自信をうちこわす計算をしているのはたしかだった。警部は巌《いわお》のごとく、確固たる自信に満ち、場を支配している。

それはプレスコットとノラが知りあったばかりのころの関係について質問をされた時、いっそうあからさまになった。

「あなたは夜にノラさんの部屋を訪ねましたね？」

「ピーターが亡くなるよりも前にということですか」

「そうです」

「一度、ピーターに頼まれてアッシュ・グローブ館から送っていったことがあります」

「一度だけ？」

「ええ」

沈黙。明らかに、警部たちには反証があるのだ。

「いいでしょう」レイシーはようやく言った。「その、一度だけの機会について訊きます。部屋にはいりましたか？」

「ノラが一杯やっていけと言ったので」

「何時でした？」

「十一時半です」

「なるほど。深夜に、あなたは部屋にはいったと。それで？」

突然、悟った。彼らはもうノラに話を聞いたあとなのだ。ノラがふたりに何を言ったのかもだいたい想像がついた。だが、ノラの言葉対プレスコットの言葉というだけのことである。否定さえすればいい、証拠も何もないはずだ。しかし、プレスコットは若いころに形づくられた病的な良心に、いまだにおかされていた。おいそれと嘘がつけないのだ。

「ノラにキスしようとしました。押しのけられましたが」

警部はいまの台詞を繰り返してから言った。「つまり口説こうとしたと？」

レイシー警部の、感心しないといった口元の皺は、父親を思い出させた。「あれは」むかっ腹を立てて言い返した。「ノラの方から誘ってきたんだ」

「それなら、なぜあなたを押しのけたんです？」

「それはあいつが――」プレスコットは不意に口をつぐんだ。事務所じゅうの人間が耳をすましているに違いない。声を抑えて言った。「妻に訊いてください」

間違いなくふたりはすでに訊いている。プレスコットはちらりとロン・ウィリアムスン警部補を見た。警部補は手帳の上におおいかぶさるようにして、事情聴取の記録を取っている。彼にとっては、情けない、下劣な話のひとつだろう。たしかにそのとおりに違いない。しかし、あれはほんの一瞬の、時の隙間《すきま》に落ちていた、狂気だった。しかも舞台監督をつとめていたのはノラだ。だが、これだけのことをどうやって、味方とは言えない警察官に納得させることができるだろう？

質問は続けられていた。

「ええ」プレスコットはしぶしぶ同意した。「ピーターが亡くなったと伝えるために部屋に行きました。ウィリアムスンにも話しましたよ」警部補は顔をあげずにうなずいた。

「そうですね」レイシー警部は言った。「あなたは二時半まで部屋にいたんですね？」

「ちょっと待った、もしぼくらが一緒にベッドで過ごしていたと考え――」

「落ち着いてください、プレスコットさん。私はひとこともそんなことは言っていませんよ。それでも、あなたがたは二週間とたたずに婚約し、六週間そこそこで結婚した。時間を無駄にしないかたですね、あなたは」

プレスコットは答えなかった。

「ご友人のピーター・リースさんはどう思ったでしょうね？」

ピーターならきっと、ふたりの合理的な行動に拍手したはずだ。彼は合理的な心の持ち主だった。「人間は死ねば、ただの死体さ」むかし、そう言っていたことがある。「誰もそいつを傷つけることはできない――死んだ奴に気をつかうなんて馬鹿馬鹿しいね」

しかし、むかしかたぎの人間にどうやってそんな理屈を納得させられるだろう？　プレスコットはそうしようともしなかった。

刑事たちは一時間ほどねばってから帰っていった。謎めいた秘書のサンドラ・ウェルチは、プレスコットが時々癇癪《かんしゃく》を起こしたのを聞いていたに違いないが、彼らの訪問についてひとことも触れなかった。

「クローリーさんがどうしてもとおっしゃるので」秘書は言った。「今日の午後にアポイントを入れておきました」

「ぼくは不在だよ。町の外に用があるんだ」

「予定表には何もありませんでしたが」

「知ってる。きみの落ち度じゃない」

サンドラは無言で、次の言葉を待っている。何も穿鑿《せんさく》しようとしない無関心さは、およそ人間離れしていた。普段はそんな彼女の資質に感心しているプレスコットだが、いまの気分では、苛立たしいばかりだ。

それに、彼女がジキルとハイドのような二面性を持ちあわせていることには、あまりに意外で驚いたものだ。ある夜のチルトンで見かけた、高価なイヴニングドレスに身を包み、真珠のチョーカーで顔まわりを飾り、照明の下で豊かな黄金の髪を輝かせているサンドラを忘れることができなかった。事務所での彼女のイメージとの落差が激しすぎる。いま、目の前にいる彼女はかっちりと髪をまとめ、ほとんど化粧をしていない――そして、その黒い服はどこにそうする必要があるのか、まったく似合っていないんだが？

「いつ出られますか？」秘書は訊いてきた。

ハリエットを十二時に訪ねる約束だった。「あと十分で出る」

「レイヴン先生もお話があるとおっしゃっていました」サンドラが言った。

「レイヴン先生ならここにいるよ」ティムが言いながら部屋にはいってきた。秘書は出ていった。

「時間がかかるか、ティム?」

「すぐ終わるよ」彼は首を振り向けて、プレスコットの机にのった手紙をじろじろと見た。こちらはまた、どうしようもない穿鑿好きときている。

レイヴンの用事は二十分近くかかり、プレスコットは内心、むかっ腹を立てていた。しかし、自分が出たくてたまらないことをレイヴンに悟られたくはなかった。

ようやくレイヴンが立ちあがった。「ありがとう、ジョン。さすが、鋭い脳味噌を持ってる奴は違うな!」

法律の知識を持ってるだけだよ、とプレスコットは心の内で訂正した。月日と共に、レイヴンはますます不勉強になった。いまではローソン老人と同じくらいさびついている。

「で、どこに行くんだ、ジョン?」

さすがはレイヴン先生、ずけずけと踏みこんで訊いてくるね! それでも、刑事たちの訪問について口にしなかったのは良識か。「シェパトンだよ」プレスコットは答えた。

「シェパトンだって! そんな遠くにうちの顧客なんかいたっけ?」

「顧客じゃない」

短い間のあと、レイヴンが言った。「あ、ああ、そういうこと。女の子か、がんばれよ。それじゃ、今夜、きみが戻れなかったら、ぼくがノラをあったためてあげようか?」

こんな冗談を言うとは、ばれていないという自信があるわけだな。

「あなたが遅刻したのは、わたしのせいじゃないわよ、ジョン」

「ごめん」

「それとね。たいして遅れてないんだから、命がけで急ぐ必要はないの。スピード落としてよ！」プレスコットはメーターの針を時速百キロ以下にするすると戻した。

＊

何もかもがうまくいかなかった。まずは、あのレイシー警部とウィリアムスン警部補との、しょうもない事情聴取だ。いまごろは事務所じゅうの人間が笑っているだろう。次は、レイヴンの問題を片づけるのに腹が煮えくり返るほど時間を無駄にさせられたあげく、ハリエットとの約束に遅刻するはめになった。そして、今度はこれだ。

車中でふたりとも黙りこくっていた。クロムリーから三十キロほどのところで、〈鉄床亭《かなとこ》〉が近づいてきた時、不意にプレスコットが口を開いた。「そこで昼めしにするかい？」

ハリエットが気づいて答えようとした時にはもう、宿屋はうしろにあった。プレスコットはため息をついた。

ハリエットは言った。「車を停めて」プレスコットは草の生えた道端に車を停めた。

「選んで」彼女は言った。「むくれるのをやめるか、わたしを家に送り届けるか。いい？」

プレスコットは気を取り直した。「ぼくが馬鹿だったよ、ハリエット。気がめいっていて――」

「そう、それはわたしのせいじゃないし」

「わかってる。ただ八つ当たりした」

「で、わたしが手近にいてちょうどよかったってわけ？　わたしはね、ジョン、あなたのためならたいていのことをしてあげるつもりよ。でも、あなたの犠牲になって鞭でぶたれる気はないの。だから、二度とこういうことはやめて。絶対に」

「わかった」プレスコットは彼女の顔を引き寄せて、キスした。ハリエットは一瞬だけ、くちびるを触れあわせたままでいたが、そっと身を離した。「そしていまのも、二度とやらないで」声は震えていた。

Uターンして、〈鉄床亭〉に引き返し始めると、ハリエットが言った。「ジョン、自分がかわいそうごっこはやめなきゃだめよ。自己憐憫《れんびん》っていうのは、いちばんくだらない感情だわ」

「それ、ピーターの受け売りだろ」

「ふふ。でもほんとでしょ」

ピーターは、すべての自殺を二十四時間遅らせれば九割は助かる、とよく言っていた。どんなにどん底な気分でも、ほんの束の間しかもたないのだと。そして今日、バーで一杯やったプレスコットは見違えるようになっていた。だいたい自分はいま、きれいな女の子と（プレスコットは、そのわくわくしている顔と、光躍る瞳と、すばらしい黒髪を見つめて、美しい娘、と内心で訂正した）過ごしているのだ――愛し、愛される、美しい娘と。最後の三つの言葉は、知識ではなく、希望にもとづいた言葉だったが。

たしかに、障害はいくつかある。まず、彼が結婚していること。しかし、ノラは自分自身の行動で、彼をくびきから解き放ってくれたようなものだ。そして、ピーターの死に関する疑惑の雲がどんどんふくらんできていること。これはもう無視できない。

昼食をとりながら、プレスコットはレイシー警部との事情聴取について、一部始終を語った。

「もう認めるでしょ」ハリエットは言った。「ただの形式的な捜査なんかじゃないって」

そうだ、レイシー警部の態度は、殺人だという確たる証拠を、警察が握っていることを示している。明らかに、いちばんの容疑はプレスコットにかかっていた。なぜだ？　動機と機会はある。ほかに何が？　ノラとエドワード・ローソンが何を警察に吹きこんだかによるだろう。

「どうでもいいけど」ハリエットは言った。「どうして警部にあれこれ言われたくらいで、あなたがそんなにかっかしてるのかわからないわ」

「あいつのぼくに対する口のきき方だよ。まるで、ぼくが――」プレスコットは言葉を呑みこんだ。ハリエットはきっと理解できないだろう。

しかし、彼女は理解した。「あなたは他人にどう思われるか、気にしすぎなの。堂々と自分の道を進めばいいじゃない、他人の言うことなんて無視よ、無視」まるでピーターと話しているようだ。

ハリエットは続けた。「自信の問題よ。自分自身を信じなきゃ。それだけよ」

それだけ？　その、それだけがどんなに大変なことか。

「どうしてきみはそんなにぼくという人間を知ってるんだ？」プレスコットは訊いた。

ハリエットは赤くなった。「兄さんがよくあなたのことを話していたから。わたしは……興味を持ったの。兄さんはあなたをとても買ってたのよ」

プレスコットに自信を持たせてくれる人間がいるとしたら、それはピーターだ。もしピーターが生きていてくれたら……

ハリエットもまた似たことを考えているようだった。「もしあなたがノラと結婚していなければ……」

*

家々がひと握り、小さな教会がひとつ、よろず屋が一軒。それがシェパトン村だった。村、という称号を持つことさえおこがましいほど、ささやかな集落である。ホーソーン荘は道路から少し奥まったところに建ち、正面には薔薇《ばら》の庭が、裏には小さな野菜畑があった。白壁に蔦《つた》がはっている。

門の外に車を停めた時には三時半になっていた。

「この家、いくらなんでも小さすぎじゃない？」ハリエットは疑っていた。

「シェパトンにホーソーン荘が何軒もあるとは思えないぞ……ぼくは車で待ってるから」

「何言ってるの、ジョン。おば様はあなたのことも待ってるのよ」

パリー夫人は典型的な、小柄でりんごのようなほっぺをした、年月の変化がほとんど見られないご婦人のひとりだった。今日の夫人は、プレスコットが五年前にピーターの葬儀で見かけた時とほとんど変わっていなかった。

ハリエットと愛情あふれる再会を果たすと（よく育ったことに感嘆の声をあげながら）、パリー夫人はプレスコットに礼儀正しく挨拶したが、しかし——何やら——好奇心をあらわにしていた。ハリエットは彼が同行してきたことを、夫人にどう説明したのだろう。

一同は暖炉を囲んでお茶を愉しんだ。部屋は居心地がよく、調度品も好もしいが、こぢんまりとしている。ハリエットの言ったとおり、この家全体がひどく小さい。

プレスコットはまた、パリー夫人の喪服が着古して、てかてか光っているのに気づいた。年配の未亡人が時々、倹約しすぎて吝嗇《りんしょく》に走ることがあるが、夫人ももしやそうなのだろうか。そんなタイプにはまったく見えないのだが。

ハリエットも同じことを思ったのだろう、遠回しに経済状況について探りを入れていた。パリー夫人は恥ずかしがるそぶりをまったく見せずに答えた。

遺産手続きの始末を終えた時、夫人はショックを受けた。借金を返してしまうと、財産がまったく残らなかったのだ。夫人はクロムリーの家を売ってローンを清算し、残りの金でこの小さな家を買った。いまは多いとは言えない年金だけで暮らしている。

プレスコットは仰天した。パリー医師はクロムリーでは名医で通り、かかりつけ医としてかなり多くの患者をかかえていたはずだ。たしかに、そこそこ贅沢な暮らしぶりをしていたが、それにしても……

「デイヴィッドはどうしようもないくらい商売っ気がなかったの」パリー夫人は言った。「患者さんのことばかり考えて、お金をとることは全然考えてなかったのよ」

「うちの父の事務所が先生の会計事務をやってたんでしょう?」ハリエットが言った。「そうよ、あなたのお父さんとピーターがいなければ、うちはとっくに破産してるってよく思ったわ。あの人ったら、請求書を送るのを忘れてばっかり……それに、共同経営者を迎えて、人手が増えたら切りつめるどころか、それまでどおりに散財しちゃうし。フランクがとてもいい人でほんとに助かったわ。そういえば、フランクがここに顔を見せにきてくれてから、まだひと月たっていないかしら。二月にテッサがまた出産するんですって、知ってた?」

「五人目じゃなかった?」ハリエットは答えた。「もう年中行事になってるわね」

プレスコットはパリー家の経済状態のことを考え続けていた。「奥さん、ご主人の顧問弁護士はうちの事務所でしたよね?」

「うち? ああ、そうそう、あなたもあの弁護士事務所にお勤めだったわね。そうよ。わたしの手続きは全部エドワード・ローソンにやってもらったわ」

「ローソンが遺産の処理を?」

「ええ。それに、とても早く。そこは認めなきゃね」

ハリエットはいまいましげな口ぶりに気づいた。「エドワードおじさんが嫌いなの?」

「そうねえ、あなたのお父さんのお友達なのは知ってるけど、でも、何様ってほど、態度が偉そうなんだもの。それに、あの葉巻! この前もうちに来たけど、まだあの葉巻の匂いが家に残ってるわ」

「千客万来ですね」

「そうなのよ。来てほしい人ばかりじゃないけど。ここ二週間で警察が二回も来てね」手間がはぶけた。夫人の方からこの話題を持ち出してくれた。

「警察が来たの？」

「悲しいことを思い出させてしまって悪いけど、ハリエット、あなたも知っておいた方がいいと思うわ。ピーターが亡くなったことに関係してるの」

訪ねてきたウィリアムスン警部補は、詳しく探るべき情報がありそうだと知ると、二、三日後に警部を連れて戻ってきた。

「わかってちょうだい」パリー夫人は言った。「あなたのお兄さんが亡くなった時、デイヴィッドはもう病気だったの。当時のわたしたちは理由がわからなかったけれど、あの人はだんだん物忘れが激しくなって、混乱するようになってきていたのよ」パリー医師は脳の細い血管が一本、さらにまた一本だめになって、心も身体も少しずつ崩壊していったのだと、医師の引退後にプレスコットは聞いていた。

「デイヴィッドが最後に受けた警察の依頼だった。引き受けちゃいけなかったのよ――ピーターだったんだもの。あの人にとっては息子みたいなものだったから……わたしにとっても」夫人はため息をついて、先を続けた。「あの事件のことで、デイヴィッドはいつまでも心を乱していたわ。何をそんなに心配しているのか、どうしてもわたしに教えてくれなかったの。何ヶ月もたってから、ようやく話してくれた」夫人は言葉を切った。

「何だったの、ルーシーおばさん」

「ピーターの首に傷痕を見つけたのよ」

「首に?」プレスコットが口をはさんだ。「そりゃ当然、ロープで——」

パリー夫人はかぶりを振った。「デイヴィッドはロープでついた傷だと思ってなかったわ。ピーターは首を吊る前に殴られて気絶したのよ。うなじの、ここのところを——」

「なるほど、そこですか……先生に打ち明けられた時、どうして警察に行かなかったんです?」

夫人は悲しげにプレスコットを見た。「そのころにはもうデイヴィッドは患者さんの中にグラッドストンやディズレイリがいると言ったり、時々、わたしのことまでヴィクトリア女王だと思ったりするようになってたの。頭がはっきりしている時でさえ、記憶があてにできなかった。だから、きっと警察に言っても、相手にしてもらえなかったわ」

「でも、奥さんはご主人の言葉を信じたんでしょう?」

「あの人が傷痕を見つけたことは信じたわ——ピーターが殺されたかもしれないとは、思わなかったけれど」

「警察は?　いまはご主人の言葉を受け入れているんですか?」

「そうみたいね」

ハリエットが言った。「でも、どうしてその時に先生は何も言わなかったの?」

「言ったでしょう、ハリエット。あの人は病気だったの。もう自分に自信が持てなくなっていたのよ。ずっとフランクがカバーしてくれていたんですって——デイヴィッドが打ち明けてくれたわ。ピーターの件はどう見ても自殺だったから、下手なことを言って恥をかくのが怖かったのよ」

プレスコットは、検視官に対するパリー医師の返答を思い出した。「関連のある傷はほかにありません……」あの〝関連のある〟という言葉がおそらく、医師にとって良心の譲歩だったに違いない。

ピーター・リースは本当に殺されたのだ、とプレスコットが確信したのはこの瞬間だった。こんな証言は法廷では認められない。老人の妄言を、さらに妻からまた聞きしただけだ。それでも、プレスコットはこの証言は真実に違いないと信じて疑わなかった。

「奥さん」と呼びかけた。「いまの話をほかの人に話したことがありますか?」

「いいえ」しかし、その声には迷いがあった。

「たしかですか?」

「それが、先週か先々週に、記者が……」

グローブ紙の記者だと名乗る女から電話がかかってきたのだ。いま紙上では未解決事件を追え、というシリーズが連載されており、ピーター・リース事件も企画にはいっているのだと言う。警察は他殺の証拠を握っており、ピーターは殺される前に昏倒させられていたと考えているようだ。検死審問では、パリー医師がひどいストレスを感じていたのは明らかで、もしや医師が認めたよりも、解剖からわかった事実は多いのではないだろうか。医師は何か疑惑めいたことを奥さんに話さなかったか？

「こっちから切ってやったわよ」パリー夫人は憤慨《ふんがい》していた。「ほんとに生意気な女！」

「奥さんは何も言わなかったんですか？」

「ひとつもね！　あの女、ピーターは頭を殴られたんですよね、って何度も訊くの。そんな馬鹿なことはないって言ってやったわ！」

なるほど。しかし、パリー夫人は嘘がうまくない……。おもしろいのは、〝頭〟という言葉が出されたことだ。脅迫状を書いた犯人と同じ間違いをしている……

「その女はどんな声をしてたの？」ハリエットが訊いた。

「教養のある喋り方ね。若いと思うわ。あなたくらいかしら」

＊

パリー夫人はふたりをなかなか帰したがらなかった。むかしのリース一家が写っている古いアルバムを見せてくれた。アーサー・リースとエリナーが結婚した日の写真もあった。アーサーは口を結んだ堅苦しい顔で、愛らしく微笑む新妻はハリエットをもっと華奢にしたようだった。結婚式に参列した人々も写っている。

「これは誰ですか？」プレスコットは、黒々とした豊かな髪の下の威厳ある顔立ちに見覚えがある気がして、新郎の付添人《ベストマン》を指さした。

「エドワード・ローソンよ」ハリエットが言った。

「嘘だろう！　髪があるぞ！」一同は大笑いした。

スナップ写真が並んでいる。赤ん坊のピーター、ロンパース姿のピーター、真新しい小学校の制服を着たピーター。やがて、母親の腕に抱かれて、満足げに親指をしゃぶっている、ぷくぷくと丸っこいハリエットの写真が現れた。続いて、天使のような幼女の写真。道理で、当時のハリエットを知る人々が、あの不格好なティーンエイジャー時代を過ぎればすばらしい美女になると予知していたはずだ。正しい予見だったな、とプレスコットはちらりとハリエットを見ながら思った。

リース夫人の最後の写真は四歳のハリエットと一緒に写っているもので、明らかに死相が現れていた。それからはパリー夫妻が写りこんでいる写真がぐっと増えた。

アルバムの最後のページには、亡くなる直前に開かれたゴルフコンペの優勝カップを受け取るピーターの写真が貼ってあった。

パリー夫人はアルバムを閉じた。

ふたりが辞去したのは六時半だった。ハリエットがコートを着ている間に、パリー夫人がプレスコットに言った。「ジョン、あの子をよろしくね」夫人の明るい小さな眼がひたと彼を見つめている。この女《ひと》は何ごとも見逃さないんだな、と彼は思った。

＊

車はなかなかエンジンがかからなかったが、やっとかかったと思えば、怪しげな音をたてた。

が、どうにか動きだした。

「すばらしい女性だな」プレスコットは感想を言った。

「でしょ。人生に何があっても前向きな人なの」ハリエットのその言葉だけで、何も付け加えることなくすべてを表していた。

「きみはクロムリーを出てからずっと会ってなかったのか?」

「そうなの。一応、手紙は書いてたけど、もっと頻繁《ひんぱん》に出せばよかった」

しばらく沈黙が続いたあと、プレスコットが言った。「晩めしはどこで食べる?」

「だめよ、ジョン、うちで食べるって言ってきちゃったんだもの」

「電話すればいいじゃないか」

「ノラはどうするのよ」

「電話するさ」

ハリエットは迷っていたが、誘惑に負けた。「冷蔵庫に冷たいまま食べられるお肉がはいってるから、あれでいいわよね……むかしだけど、ヘーゼルフォードのホテルのレストランはおいしかったわよ」

さらに二、三キロ走ったところでハリエットが言った。「あの変な音は何?」

「エンジンの調子がちょっとおかしいんだ。でも、たいしたことないよ」

ふたりはヘーゼルフォード・ホテルから電話をかけた。ハリエットの父親は電話に出たが、ノラは出なかった。

「ブリッジしに行っちゃったんじゃないの?」ハリエットは言った。

「だといいけどね」

「え?」

ちょうどいい機会だ。「あいつはティム・レイヴンと一緒だと思う」

夕食のテーブル越しにプレスコットは事の顚末《てんまつ》を語った。誇張も装飾もしなかった――その必要もなかった。ハリエットは腹を立てたものの、驚いてはいなかった。

「ノラをあまり厳しい目で見ないでやってくれ」彼は言った。「ぼくはあいつ好みのタイプじゃなかったんだ。ぼくは退屈させてばかりなんだよ」

「あのころはあなたにものすごく色目を使ってたくせにね。で、どうするの?」

プレスコットは肩をすくめた。

「このまま何も見ないふりで、水に流すわけにいかないでしょ、ジョン。きちんと――」ハリエットは口をつぐんだ。「ごめんなさい。偉そうなこと言って」

ふたりはゆったりとコーヒーを手に時を過ごした。ハリエットはいままでよりもリラックスしているように見えた。もはや今日の遠出で良心が痛まなくなったように。

十時にふたりはホテルを出た。駐車場に行くまでの間、ハリエットはプレスコットの腕に腕をからませていた。

車がまたおかしな音をたて始め、今度は止まらなかった。ヘーゼルフォードを三キロほど離れたあたりで、エンジンの音が弱まり、完全に途絶えた。車はずるずると停まった。プレスコットはボンネットを開けた。しかし、真っ暗闇の中ではどうすることもできなかった。旗を振ってやっと停まってくれた三台目の車に、ヘーゼルフォードの自動車修理工場に伝言を頼んだ。プレスコットはハリエットの傍らに戻った。

彼女の身体に両腕を回してキスするのは、ごく自然なことに思えた。この時のハリエットはキスに応えてきた。プレスコットの心の中に、これまでの人生の中でいまこの瞬間こそが――人里離れたどこかの真っ暗な道端における、この刹那《せつな》こそが――何よりも大切なものだという思いが閃いた。やっと幸せになる方法を見つけたのだ。

やがて、ハリエットが身を離した。「ジョン、離婚するでしょ?」息がはずんでいる。

「ああ」プレスコットは答えた。「離婚するよ」

ヘーゼルフォードの方から、ヘッドライトが近づいてきた。すぐうしろで停まったその車からは、オーバーオール姿のがっしりした男が降りてきた。

男はプレスコットの車のエンジンを懐中電灯で照らして覗きこみ、ディストリビューターから火花が起きないのを確認した。男が点火プラグを掃除し、配線の具合を直すのを、プレスコットはじっと眺めていた。

「エンジンをかけてみてくれ」男は言った。

プレスコットはスターターのボタンを押した。一瞬、エンジンは反応したが、すぐに止まった。もう一度、やってみたが、同じことだった。

整備工は、ボンネットの下でまた、しばらくがちゃがちゃやっていたが、不意に身を起こした。「今夜はもうだめだな」

「それじゃ、タクシーを呼んでもらえるかな？」

「どこまで？」

「クロムリー」

「ク、ク、クロムリー！　冗談だろ。六十キロ以上あるじゃねえか。無理だよ、無理」

「なら、どこでもいいから、町まで行きたいんだが」

「こんな時間にヘーゼルフォードでタクシーなんか走ってねえよ。だいたいなあ、あんた、おれが残業しててものすごく運がよかったんだぜ。ここはロンドンじゃねえんだ。田舎なんだよ」

男はしぶしぶ、ふたりの車を牽引《けんいん》してヘーゼルフォードまで戻ると言ってくれた。引っぱられる車の中でふたりは、今後のことを話しあった。クロムリーのセントラル・ガレージに電話をかけてタクシーを手配してもらうこともできたが、ハリエットは妙な噂が立つのを心配した。

「ホテルにふた部屋くらい空いてるでしょ」彼女は言った。

「着替えも何も持ってきてないぞ」プレスコットは反対した。

「裸で寝ればいいじゃない」

ハリエットが再び父親に電話をかける間に、プレスコットはフロント係に、自分たちの窮《きゅう》状《じょう》を説明した。

「お客様、運がよろしゅうございました。今週はここで会議が開かれるのですが、ひと部屋だけ空いております」

プレスコットはフロント係の勘違いを正そうと口を開けかけて、思い直した。

「よかった」彼は言った。

「では、ご署名をお願いいたします……」

またしても問題にぶち当たった。が、素知らぬ顔で署名した。〝フェンリー在 J・W・プレスコット夫妻〟

ハリエットが戻ってきた。彼は小声で状況を説明した。彼女はあんぐりと口を開けてプレスコットを見つめた。

「それで、なんて署名したの？」彼女は訊ねた。

「フロントがじっと見ているからさ、どうしていいかわからなくて、とりあえず〝プレスコット夫妻〟って書いた。それでも住所は〝クロムリー〟にしなかったよ。〝フェンリー〟にしておいた」

「あら、よかった！」ハリエットは言った。「それならごまかせるわね」不意に笑いだした。「とりあえず、あなたがこういうことに慣れてないって証明にはなったわ」

部屋は狭く、冷えきって、ダブルベッドが鎮座《ちんざ》していた。ふたりは堅苦しく喋り、身体が触れあわないように気をつけた。ハリエットが服を脱ぐ間、プレスコットは窓の外を見ていた。

「こっちを向いていいわよ」ハリエットはスリップ姿で立っていた。そして、緊張したようにくすくす笑った。プレスコットも笑いだし、場の緊張がふっとゆるんだ。

「ぼくは椅子で寝るよ」

「そこまでしなくても……」

「誘惑のもとは、ぼくの前から排除させてもらう」プレスコットがぴしゃりと尻を叩くまねをすると、ハリエットはベッドに飛びこんだ。

「ひゃっ！　冷たい！」そう言って、シーツの間にすべりこんでいった。

　プレスコットは肘掛け椅子におさまると、両足を小さな椅子にのせた。服は全部着たまま、自分とハリエットのコートを身体にかけた。突きあげる欲望で叫びだしそうだ。でも待つ、待てる。まずノラと離婚して、そして、ハリエットと結婚するんだ。ようやく未来にいくばくかの意味ができた。

　小さな声が呼んだ。「ジョン！」

「なに？」

「凍え死にそうよ！」

「コートをかけてやろうか？」

「いらない」短い沈黙のあと、また「ジョン！」

「なに？」

「あなた、それでも本当に虎なの……」

こんな挑発に勝てる男がいるだろうか？

8

朝食をすませてから、ハリエットはバスでクロムリーに帰っていった。プレスコットは正午に車の修理が終わるまで、ひげ剃りとヘアカットで時間をつぶした。ディストリビュータ—カバーの、ごく細いひと条《すじ》のひびが故障の原因だった。〈鉄床亭《かなとこ》〉で昼食をとると、彼はまっすぐ事務所に帰った。

病的な高揚感《こうようかん》はとっくにはがれ落ちていた。まわりにじろじろ見られているような、すべてを知られているような、そんな気がしてならなかった。罪悪感だ。プレスコットは平然と嘘をつけるほどずぶとくなかった。

事務所の共用スペースを通り抜ける間、急に皆がすっと黙りこみ、ちらちらと視線を向けてくるのを感じた。いや、これも想像なのか？　ハリエットのことが知られているわけがない。

「お疲れ様です、プレスコット先生」秘書のサンドラ・ウェルチは、何も質問せず、何も知りたそうなそぶりも見せなかった。むしろありがたく思うべきなのだろうが、再び彼は苛立ちを覚えた。

「やあ、サンドラ。どんな具合だ？」

「机の上にいくつかメモを残しておきました。クローリーさんが——」

「クローリーの件なら片づけておく。ほかには？」

「ホーンビー先生からお電話がありました。緊急だそうです」

彼女はまたタイプライターに向き直った。プレスコットは思わず言っていた。「サンドラ、何があってもきみのリズムは絶対に狂わないのかい？」

サンドラは顔をあげた。「どういう意味でしょうか」

「笑ったり、すねたり、癇癪《かんしゃく》を起こしたり、一度もしたことがないのか？ 感情ってものを見せないのか？」

「感情をお見せするためにお給料をいただいているわけではありませんから」

やりこめられたのは自業自得だった。自分の部屋にはいってドアを閉め、その向こう側でタイプライターが音を立て始めるのを聞きながら、ようやくプレスコットは、自分がサンドラ・ウェルチを嫌いになってきた理由に気づいた。ノラに似ているのだ。外見ではない。たしかに体格や髪の色は似ているが。本当にそっくりなのは、プレスコットに対する態度だ。人間味のない有能な秘書の仮面の下で、サンドラはノラに負けず劣らず、プレスコットを蔑《さげす》み、馬鹿にしている――不意にそのことを悟ってしまった。

胸の奥でぽっと灯るぬくもりに気づいた。そうだ、ハリエットがいてくれる。もうほかの誰にどう思われてもかまわない。

プレスコットが電話をかけた時、フランク・ホーンビーはちょうど往診で留守だった。五時半に、医師の方からかけ直してきた。ホーンビーが、電話では話しにくいと言ったので、パブで落ち合うことにした。

プレスコットが着いてみると、ホーンビーはすでに仕切り席に坐って、目の前のグラスを空にしていた。プレスコットはウィスキーをダブルで二杯、持っていった。

ホーンビーが開口一番言った。「ジョン、きみは何をしてるんだ？」

「何をって？」

「聞いてるぞ、ふたつの情報源から。きみが昨夜、ハリエット・リースとホテルで一泊したって」

プレスコットは胃袋をどやしつけられた気がした。「情報源ってどんな？」

「まず、ティム・レイヴンだ」

最悪だ。つまり、ノラにも知られたというわけか。

ホーンビーの説明によれば、レイヴンのいとこがちょうどヘーゼルフォードで開催された銀行の会議に出席していたが、朝食の席にいたカップルに見覚えがある気がしたらしい。どうにも好奇心を抑えられず、宿帳を調べて、ティムに電話をかけたのだ。

今朝、プレスコットとハリエットはのんきに、ダークスーツとホワイトカラーの集団の職業を当てようとしていた。会計士かな、とふたりは結論を出した。当たらずとも遠からずだったわけだが、なんという運の悪さか！　まさかあの中にレイヴンのいとこがいたとは！　プレスコットはぼんやりと、そういえば一度、ノラと一緒に会った気がすると思ったものの、まったく顔を覚えていなかった。

「どうしてティムはきみに話した？」プレスコットは訊ねた。

「私ひとりに喋ったと思うか？　あとひと月はあちこちのディナーで話の種にされるぞ」

「あいつこそ他人のことをあれこれ言える立場じゃないくせに」

「どういう意味だ？」

プレスコットはそれには答えず、かわりにこう言った。「もうひとつの情報源って？」

「実を言うと、パリー夫人だよ。実際にきみがハリエットと寝たかどうかまでは知らな――」

「ハリエットと寝たなんて、ぼくは認めてないぞ」

「そうか？　〝プレスコット夫妻〟と書いたんだろう、宿帳に。今度はそれがノラだと言うつもりかい……パリー夫人はハリエットをとてもかわいがってる。きみがあの子を見る目に感じるものがあったらしい。それで私に電話してきて、事の真相を確かめてほしいと……同じのでいいか？」ホーンビーはバーに向かって歩いていった。

プレスコットは毒づいた。みんなは誰にも見つからずに何年も不倫を続けている。レイヴンとノラだって――いつからあんな関係だったんだ？　それなのに、プレスコットが生まれて初めての浮気をしたほんの数時間後に、すっかりおおやけになってしまっているとは。しかも、ひどく下劣に聞こえるはずだ。都合よく起きた車の故障。フロント係の耳に二言《ふたこと》三言《みこと》。最初から計画して性的に誘惑した、卑怯な手口……

「ほら、飲むといい」ホーンビーはグラスをふたつ置いた。「ひどい顔をしてるぞ」

理不尽とわかっていても、プレスコットは知らせを運んできたホーンビーに腹が立った。

「大きなお世話だ」

ホーンビーは顎をこわばらせたものの、ぐっと抑えた声で穏やかに言った。「きみが馬鹿なまねをして、世間の笑い者になるのを見たくないから、おせっかいを焼いてるんだ。どうしても火遊びをしたければ、人目につかないようにやれ。それと、ハリエット・リースのようない娘を巻きこむんじゃない」

プレスコットはさえぎった。「ハリエットとぼくは結婚するんだ」

それを聞いたとたん、ホーンビーは口をつぐんだ。彼の信仰では離婚というものを認めていないのだ。

「そうか」ホーンビーは硬い声で言った。「それで、ノラはどう言ってるんだ?」

「あいつにはまだ言ってない」

ホーンビーはまじまじとプレスコットを見ていたが、やがて肩をすくめた。「まあ、私が口を出すことじゃないか」

ふたりはしばらく黙っていたが、やがてホーンビーが言った。「どうしてパリー先生の奥さんにわざわざ会いにいったんだ?」

プレスコットは事情を話した。

ホーンビーはうなずいた。「ロン・ウィリアムスン警部補が私にその傷のことで話を聞きにきた。これで自殺の可能性は無くなるのかって」

「で、無くなるのか?」

「そうとはかぎらない。いつごろ傷がついたかにもよる」

「パリー先生には、わからなかったんだろうか」

「たぶん、そのことで悩んでたんだと思うよ。自分の判断に自信が持てなくて。晩年のあの人の診断はめちゃくちゃだった。一度なんて、はしかを誤診……いや、亡くなった人のことを悪く言うべきじゃないな……それより、匿名の脅迫状とやらはどうした？」

「ハリエットは父親に、脅迫状を警察に届けろと圧力をかけ続けてる」今日も一戦交えるとはりきっていた。

「アーサーにお伺《うかが》いを立てる必要はないだろうに。あの娘が自分で警察に届ければいい——でなければ、ジョン、きみが」

「ハリエットは、下手なことをして父親がまた発作を起こすのを心配してるんだ」

「たしかに、そのリスクはあるね。だけど、ほかにもリスクがあるよ」

その声には警告の響きがあった。プレスコットは、これこそホーンビーが今日、こうして直接会って話そうとした本当の理由なのだと直感した。

医師のグラスが空なのを見て、プレスコットは言った。「もう一杯——」

「いや、よしておく。今夜、手術があるんだ」そして、たばこをプレスコットにすすめてきた。

「警察はきみがピーターを殺したと疑っている。ウィリアムスンが言っていた」

「知ってるよ」

「知ってるのか！　知ってて、どうしてきみはおかしなことをして回ってるんだ？　証拠を隠したり――」

「証拠？」

「脅迫の証拠。例の脅迫状さ。悪いことは言わない、さっさとロンに話すんだ」

「フランク、ぼくには話せないんだよ。すくなくとも月曜にならないと。ハリエットに約束したんだ」

ホーンビーはじっとプレスコットを凝視していたが、やがて頭を振った。「ジョン、きみは大馬鹿だよ。わからないのか――誰かがきみをはめようとしてるんだぞ。どうして自分から罠にはまろうとするんだ」

＊

プレスコットが家に帰ると七時だった。

二階からノラが声をかけてきた。「あなたなの、ジョン？」

彼は階段を上がった。ノラはドレッサーの前で、眉をいじっていた。灰皿でたばこが煙を上げている。

「ねえ、ダーリン、ジッパーを上げてくれるかしら？」その猫なで声を聞けば、ノラがすでに知っているのは明らかだった。

淡い青の、ノラが身を動かすたびにちらちらと光を放つ生地の新しいドレスは、ジッパーを上げてやると、まるでストッキングのようにぴったりとノラの肌に貼りついた。裸の肩に片手がさっとこすれた時、プレスコットの身体の中を嫌悪の念が通り過ぎた。

ノラは鏡の中の夫の表情を見た。そして、はじかれたように振り向いた。「言っておくけどね、色男さん、わたしと離婚してハリエットと結婚できると思ってるなら大間違いよ！」

「ぼくたちは終わったんだ、ノラ――どうして認めない？」

ノラは立ちあがった。「のんびりお喋りしてる時間はないの。食事に行くんだから」

「ティムと？」

彼女は声をたてて笑った。「悪い？」そして、馬鹿にするように、顔を突き出してきた。「また、ぶつつもり？」

本気でそうしてもらいたがっているのだ、とプレスコットは確信した。彼は歩き去った。

ノラはまたけらけらと笑い、彼の背中に向かって呼ばわった。「晩ごはんの用意をしてなくて、ごめんなさいね。あなたがいつ帰ってくるか、最近はわからないんだもの」

*

プレスコットの希望はくしゃくしゃにつぶされた。自分はなんて馬鹿だったんだろう。ノラとレイヴンが逢っているところを不意打ちしたあの時、見てみぬふりをしてしまった。自分にも非がある、というくだらない良心の咎《とが》めのせいだ。そしていま、完全にノラを取り逃がした。いまさら離婚訴訟を申し立てようが、ノラは手段を選ばず戦ってくる。ハリエットの名を泥の中で引きずり回してでも。

ノラがそうやって離婚させまいとするのは、ティム・レイヴンが絶対に自分と結婚することはない、と見抜いているからだ。ノラが安全に誰かと法的につながれているからこその、安心して遊べる関係なのだ。

九時半にハリエットから電話がかかってきた。

「ジョン？」その声は嬉しさではじけるようだった。「よかった！　もしノラが出たら――」

「ノラはいない」

ハリエットはすぐにプレスコットの気分を察した。「どうしたの、ダーリン？」

彼は話した。

ハリエットは言った。「あなたってば、情緒不安定すぎ。別にそんなの世界の終わりってわけじゃないでしょ。あなたは離婚するのよ、何がなんでもね」

「いまはそんなに簡単なことじゃなくなってしまったんだ。あいつは離婚を阻止しようとする。昨夜のことを大げさにふくらませて騒ぎ立てるだろう」

ハリエットは笑い飛ばした。「だからなに？　もう町じゅうがわたしたちの罪の夜のことを知ってるわ。エドワード・ローソンがご親切に電話をかけてきて、お父さんにさっそくご注進してたもの」

彼女は愉しそうだ。「気にならないのか？」プレスコットは訊ねた。

「気にならない？　いつかわたしたち、結婚するんだもの――わたしはそれしか考えられないわ。十四歳の誕生日からずっと夢見てきたの。実現するなんて思わなかった」

「十四歳の誕生日って何か特別だったのか？」

「あなたがプレゼントをくれたのよ。おっきくて、派手なブローチ。覚えてる？」

「いや」自分が選んだとは思えないプレゼントだな。

「まだ持ってるわ。ダーリン、わたし、誰に何を言われても全然気にならないわよ。昨夜のことだって恥ずかしいと思わない。あなたは？」

「ぼくだって。でも、賢い行動ではなかったな」

「気にしちゃだめ。それより、ジョン、わたしが電話したのはね、お父さんにあの手紙のことで話をしたって、あなたに伝えたかったの」

情緒不安定？　たしかにそうなのだろう。プレスコットはもうすっかり陽気になっていた。

「ご立腹だったかい？」

「まあね。お父さんの話じゃ、誰が書いてるのかはわかっているから、行動を起こすつもりだと言ってたわ」

「行動って？」

「知らない。わたし、月曜までにお父さんが警察に言わなければ、わたしが警察に届け出るって言っちゃった」

「脅迫状になんて書いてあったか訊いたか？」

「怖くて訊けなかった。顔が紫色になってたし」

プレスコットは言った。「ダーリン、月曜まで待つのは得策じゃないと思うぞ」

「お父さんにどうしてもって約束させられたのよ、ジョン。あとたった二日だから……」

9

プレスコットが一階におりてくると、ノラは自分のエクスプレス紙を脇に置いた。「ベーコンを持ってくるわ」ひらひらのガウン姿で、くわえたたばこが揺れている。

プレスコットは坐りながら、テレグラフ紙の見出しに目をやった。

ノラが彼の前にベーコンエッグの皿を置いた。「冷めないうちに食べて」

どういう風の吹き回しだ、ずいぶん親切だな。ノラが新聞をもう一度取りあげようとしないことに、彼は気づいた。

プレスコットには毎朝お決まりの手順《ルーチン》があった。まず一面の大きな見出し記事を読み、株価に目を通し、スポーツの試合結果を見る。それから郵便物を読む。それが終わると、また新聞に戻って、ゆっくりと眺める。

今朝、食卓にのせられた手紙に向き直ったとたん、ノラがぴりぴりと不安げにこちらを注目している気配を感じた。

彼の父からの手紙——これは珍しいとはいえ、ノラが興味を持つとは思えない。リヨン&フェザストンからの五十三ポンドの請求書。ははあ、これか、あいつが気にしているのは。つい先週、ノラが服に金をかけすぎると大喧嘩したばかりだ。プレスコットは何か言おうと口を開きかけたが、ふと、ノラがまだ残っている二通の手紙をじっと見つめていることに気づいた。

上にのっている手紙はなんということもないものだった。電力会社のちらしだ。その下に大型の茶封筒があり、消印は〝一九六七／十一／三　クロムリー〟とあり、〝ジョン・W・プレスコット法学士殿……〟と、いまではおなじみの、特徴のない筆跡で書かれていた。

彼はまずトーストをひと口かじり、コーヒーをひと口飲んでから、封筒を開けた。ノラはそわそわしている。

封筒の中には便箋二枚に大文字だけの、インクで書いた手紙がはいっていた。プレスコットは読み始めた。

〝おまえがピーター・リースを殺したことを知っている。後頭部を殴って吊るしたことだ。一通目の〈遺書〉でおまえは馬脚をあらわした。あれは無くなったと思ったのか？　アーサー・リースが処分したと思ったか。残念だが、彼は処分していない。

私は誰にも言うつもりはない、それは保証する——口止め料如何《いかん》で。小額紙幣で千ポンド、貨物駅入り口の外にある電話ボックスに、十一月の第一日曜日の五日、午後十一時三十分きっかりに届けろ。金を置いたら、すみやかに立ち去れ。

私の身元を探ろうとしたら、取引は御破算《ごはさん》だ。例の遺書は、すぐに警察に送る。言うとおりにすれば、月曜の朝にこの遺書はおまえの家の郵便受けに入れる。約束しよう。

友より〟


プレスコットは二度読んで、折りたたむと、封筒に戻し、ポケットにしまった。そして、また朝食の続きを再開した。

ノラが言った。「ちょっと、ジョン、なんて書いてあるの？」

「おまえに関係ないだろう」

ノラは苛立ったそぶりを見せた。「今回ばかりは、お互いに協力しないと」

「アーサー・リースが脅迫された理由をぼくが知りたがった時、おまえはあまり協力する気がなかったじゃないか」

「いまなら、知りたければ話してあげるわよ」ノラが言った。

「必要ない。だいたい想像がつく」

数日前からその考えは頭の奥で発酵しつつあった。ピーターの遺体が身につけていた、プレスコットが発見したあの遺書は、検死審問で読みあげられた遺書ではなかったのだ。読みあげられたのは、アーサーとノラがリース会計事務所の中で偽造したものだろう。ふたりはさらに、横領の証拠まで捏造《ねつぞう》したに違いない。

「それが真相だ。違うか、ノラ？」

彼女はふくれっ面でうなずいた。「そうしなきゃならなかったのよ」

「なんで？　もとの遺書にはなんと書いてあったんだ？」

「わたしが彼のお父さんと浮気してた、ですって。だから自殺することにしたって。あの人、どうかしてたんじゃないの……」

まったくだ。いくらノラでも、そこまでやるはずがない。まして、アーサー・リースが。どうしてピーターがほんの一瞬でも、信じたりしたのか……

いや、もちろんピーターが信じたはずがない。つまり、最初の遺書も、二番目の遺書と同様、偽造された可能性が高い。ピーターは殺された。殺人者が遺書を仕込んだのだ。

「正確になんて書いてあったか覚えているか？」

「わたしは現物を一度も見てないの――リースに内容を聞かされただけ」

「あいつが本当のことを言っていたと断言できるか？」

ノラは肩をすくめた。「わたしはそう思ったわ。とにかく、あの人が怖くて――そもそも、あの人がそんな話をでっちあげる理由なんか、どこにあるのよ」

「いま現在、リースは脅迫されている。てことは、遺書のすり替えが誰かにばれたのか？」

「そうよ」

プレスコットは手紙をテーブル越しに、ぽいと放った。「我らが友人は、もっと多くのことを知っていると思いこんでいるぞ」

ノラはゆっくりとそれを読んだ。やがて、怯えた眼になって口を開いた。「あなた、やったの？」

「ぼくが何をやったって？」

「ピーターを殺したの？」

「何を言ってるんだ！」プレスコットは手紙を奪い返した。

「だって殺したのよ、誰かが」ノラは言った。「誰か、あっ――」彼女は言葉を呑んだ。

「どうした？」

「わたし、鍵を失くしたわ」ノラは言った。「会計事務所のわたしの鍵。覚えてる？」

プレスコットにはノラの言う意味がわからなかった。

「最初の遺書は」彼女は説明した。「やっぱり事務所のタイプライターで打たれていたの。すくなくとも、アーサーはそう言ってたわ」

やっとプレスコットにも意味がわかった。殺人者はリースの会計事務所に、自由に出入りできる者だ。

「あなたこそ――」ノラが言いかけた。

プレスコットは腹を立てた。「いいかげんにしろ」

手紙を指さしたまま、ノラはあくまで言い続ける。「それじゃ、どうしてこんなことを書いてあるのよ――」

「いいかげんにしろと言っただろう！……ぼくが知りたいのは、誰がこんなクソみたいなことを書いてるのかってことだ」

「元愛人が書いたって、リースは信じてる。フランスで同棲していた女よ。ゴダードって名前」

「あの夜、おまえが電話帳で調べていたのは、その女の住所か」

「そうよ。でも、のってなかったわ」

「おまえはいまも、その女の居場所を知らないのか」

「ええ」

しかし、その言葉にためらいの響きを、プレスコットは聞き取った。「嘘だな、ノラ、そうだろ?」

「わたしが信じられないなら、アーサー・リースに訊けば?」ノラはエクスプレス紙を取りあげると、読むふりをし始めた。

けれども、プレスコットが出ていこうとすると訊ねた。「その手紙、どうするつもり?」

「警察に持っていくよ」

ノラは両眉をあげた。「ふうん、自分の墓穴《はかあな》、掘りたきゃ掘れば?」

＊

土曜は定休日なのだが、プレスコットはたいてい事務所に入り浸っていた。電話や訪問客や毎日の雑事に邪魔されることなく、その週の問題をじっくり考えるのを好んだ。

時々だが、エドワード・ローソンが顔を出すこともあり、サンドラ・ウェルチはさらに頻繁《ひんぱん》に現れた。しかし、この土曜はどちらもいなかった。ところが、ティム・レイヴンの部屋の前を通りかかると、レイヴンが電話越しに誰かと話しているのが聞こえた。土曜にあの男が出勤するなんて、珍しいこともあるものだ。

プレスコットは手紙を取り出すと、読み返した。そうするうちに、興味深い事柄がいくつか気になり始めた。第一に、週末だというのにいったいどうやって二十四時間以内に千ポンドを小額紙幣で用意できるだろう？　アーサー・リースがしたように、株や国債を現金化しなければならないが、いまから明日の夜までの間に、できるわけがない。この恐喝者は、金銭に関する一般常識を知らないとしか思えない。

第二に、〝遺書で馬脚をあらわした〟という、あまりに曖昧《あいまい》な言い分に対して、プレスコットが千ポンドを払うと本気で考えているのだろうか？　仮に、プレスコットが本当に殺人犯だったとする。その場合、どういう理由で馬脚をあらわしたのか、知りたいと思わないだろうか？　大事な金を手放す前に、自分に対する不利な証拠を教えろと、当然、要求するはずではないか？　やはりこの恐喝者は、驚くほど世間知らずであるに違いない。

職業柄、プレスコットはこの手紙を警察に持っていくべきだと、本能的に思った。しかし、それでいいのかという疑念がふつふつとわいてくる。この手紙は何か――それが何なのか指摘できなかったが――表面的な脅《おど》し文句以上の悪意が含まれているように感じられた。

アッシュ・グローブ館に電話をかけると、アーサー・リースが出た。プレスコットはハリエットと話したいと伝えた。

「あれはいま留守だ。それより、率直な答えを聞きたい。きみは木曜の夜、ハリエットとホテルの一室で過ごしたのか？」

「はい」否定してもしかたがない。

「覚悟しておけ。私にそんな仕打ちをして、逃げおおせた者はいないからな」

「あなたに？」

「あれは私の娘だ。リース家の人間だ」

プレスコットはかっとなった。「あんたの息子だってリース家の人間だ。それなのに、あんたは自分の評判を守るために、息子に泥棒の汚名を着せて平気な顔をしてただろう」

しゃがれた声が答えた。「せがれは自殺した、評判を守る権利なんぞ、あれは自分から捨てたんだ」プレスコットに知られていることを意外に思っていないようだった。

「もしピーターが自殺していなかったら？　殺されたんだとしたら？」

「殺された？　馬鹿なことを言うな！　切るぞ」

「ハリエットに——」プレスコットは言いかけたが、通話は切れていた。

受話器を置くのと同時に、部屋のドアが押し開けられて、ティム・レイヴンがはいってきた。

「電話の邪魔をしちゃ悪いと思ってさ。リースのご老体かい？」

「そうだ」

「ピーターに泥棒の汚名を着せたとかなんとか言ってたけど、どういうことだ？」レイヴンはいつもどおり、机の上の書類を勝手にじろじろ見ている。その視線はすぐに、あの大文字で書かれた手紙に釘づけになった。

プレスコットは質問を無視した。手紙を取りあげ、折りたたんでポケットにしまった。

「何か用か、ティム」

レイヴンはモノグラムでイニシャルを入れた金のシガレットケースを取り出すと、たばこを一本選び取って、火をつけた。レイヴンは何から何まで洗練されていた。数学的に正確な比率で髪をきっちり分けた頭のてっぺんから、スエードの靴のつま先まで。

「そろそろ話しあう頃合だと思ったんだ、ジョン。男同士で。率直にね」そして、品よく声をたてて笑った。

「きみがノラを寝取ったことか?」プレスコットは、レイピアの攻撃に斧で反撃するという戦略を以前から何度もためしていたが、一度も成功したことがなかった。

今回もやはり通じなかった。「ずいぶん上品な言い回しをしてくれるね! 人を呪わば穴ふたつ、ってことわざを知らないかい。ま、きみの選択には拍手を送るよ。ハリエットはとても――」

「さっさと本題を言え」

レイヴンは、ちょっとした協定を結びたいと提案してきた。彼は自分とノラが愛人関係にある(〝いつから続いていたかを知ったら、きみは腰を抜かすよ〟)ことを認めた(〝もちろん、不利益になることはごめんだ――いざ法的に争うとなれば、ぼくは否定する〟)。

ノラの方が自分よりもこの関係にのめりこんでいる、とレイヴンはほのめかした。ノラは自分にぞっこんだが、こっちはいつでも広い牧場にうようよしている新しいのを捕まえにいける。

「行けばいいじゃないか」プレスコットは言った。

「ぼくはノラをちょっとおすそ分けしてもらえれば、大満足なんだ」

「でも結婚する気はない？」

「そりゃそうさ！　いいかい、ジョン、ぼくらはうんと、うんと気をつける。絶対に噂にならない、保証する。だから、きみはリースのお嬢さんと自由に愉しんでくれ」

「ぼくはハリエットと結婚するんだ」

「おいおい、ジョン、我が国の馬鹿げた法律のせいで、妻はひとりしか持てないことになっているじゃないか」

「ぼくはノラと離婚する。共同被告として、きみを訴える」

レイヴンの眉間に汗の玉が浮かんできた。すでにハリエットはプレスコットの自信に変化を及ぼしていた。もう、運命はすでに決められたものとして、おとなしく受け入れるつもりはない。自分が行動すれば、未来はいくらでも作り替えられる。

「それは無謀というものじゃないかな」レイヴンは言った。「ノラは戦うつもりだ。きっと勝つだろうね。それに、かわいそうなハリエットは――」

プレスコットは冷笑した。「かわいそうなハリエットは、戦いたくてうずうずしているよ」彼は森の外に出られる道を見つけた。レイヴンがノラの弱点だ。この男は、離婚訴訟で自分の名を出されるのを避けるためならなんでもするだろう。

レイヴンは立ちあがった。「ま、本番前の手合わせとしては、なかなか有益だったよ」唐突に、彼は話題を変えた。「きみのところに来た匿名の手紙について、レイシー警部はどう考えてるって?」

「まだ見せてない。見せるかどうか決めてない」

「見せないのか? ノラの話じゃ――」

「ティム、ノラの言うことは、なんでも信じられるわけじゃないぞ」

レイヴンはにやりとした。「たしかにね。ところで、あの日の午後、ピーターがぼくを訪ねてきたのをきみに話したっけ? 彼が亡くなった日だ」

「いや、聞いていない。そもそも、誰からもそんな話は聞いていない」

「ぼくはちゃんとあの時、警察に話したんだけどね、興味を持ってもらえなかった。警察は自殺だと決めてかかってたし。でも、少し前にロン・ウィリアムスンにちらっと話したら、あっという間にクロムリー警察全体がぼくの言葉を信じてくれるようになった」

プレスコットは話の続きを待った。すぐにそれは披露された。

「ほんとだよ、ピーターがお茶の時間にうちに寄ったんだ。マーガレットが留守だったから、ぼくがビールを出してさ。ピーターは……支離滅裂って感じだった――でも、あとからぼくがこじつけただけかもしれない。ピーターがどうして取り乱したのか、きみこそ誰よりもわかるだろ」

「どういう意味だ?」

「そりゃあ当然、きみとノラの噂を聞いたからじゃないか……」

またレイヴンに一本取られた。プレスコットは、なぜ警察が自分を疑っているのか、だんだん理解してきた。

午後にもう一度、アッシュ・グローブ館に電話をかけたが、誰も出なかった。夕方に二度かけた。どちらもアーサー・リースが出たが、かけてきたのが誰かわかると、受話器を置かれた。かまわない。すでにプレスコットは心を決めていたのだ。

＊

日曜の夜、十時五十五分に、プレスコットは家を出た。ノラは夕方からずっと家を空けており、まだ帰ってきていない。ブリッジの約束がある、とノラは言っていた。

風はやみ、予想されていた雨がいまにも降りそうだった。時おりはじける花火が、町の上にふくらんできた分厚い雲を照らしだしたが、ガイフォークス祭りはいまひとつ盛りあがっていないようだった。

プレスコットはクロムリー中央駅中央口に面した本通りに車を停めた。駅は施錠され、真っ暗だった。日曜は九時半が最終列車だ。高架下《ガード》をくぐる歩行者専用の路地を進むと、貨物駅があるトリニティ通りにぶつかった。貨物駅の入り口は、路地と通りの合流地点から五十メートルほど先にある。

トリニティ通りは丸石を敷いただけの狭い道で、明かりがほとんどなかった。通りの北側一帯は、石炭商の広大な敷地で、南側一帯は、建物こそ並んでいるがどれも廃墟同然だ。フィッシュ＆チップスの店が一軒、窓という窓に板を打ちつけながらも商売していたが、夜間は閉まっていた。この時間でもドアの前には揚げ物の匂いが漂っている。

プレスコットは、トリニティ通りと合流する路地の塀に貼りつくように身を隠して、立ち止まった。トリニティ通りは、貨物駅入り口の近くに鉄道のトラックが二台停まっているほかは、猫の仔一匹いない。点々と設置された街灯の足元に水たまりのようにたまる黄色い光は、あまりにまばらでかえって暗さを強調している。

片方のトラックのコンテナに視界がさえぎられ、駅の壁際にあるはずの電話ボックスがよく見えない。プレスコットはいっそうひそやかに通りを進み、ようやく、照明を浴びて光る電話ボックスを見つけた。

誰かがボックスの中で、電話帳の上にかがみこんでいるのが見えて、プレスコットは忍び足で路地の塀の陰に引き返すと、見張れる位置に身を隠した。午後十一時十分だ。

雨がぽつぽつと降ってきた。プレスコットはコートの襟を立て、片時も目を離さずに見張り続けた。この位置から電話ボックスそのものは直接見えないが、電話をかけていた人物が出てくるのは見えるはずだ。

そうして待ちながらも、今夜、自分はなぜここに来たのだろう、と首をひねっていた。あんな匿名の手紙は額面どおりに受け取れるものではない。あれほど世間知らずの脅迫者などいるだろうか。なんらかの計略だとしよう。では、その目的は？　ちょっとしたジョークか？　そんなはずがない。違う、あれはこちらに何かをさせようと誘導するためのものだ。何を？　自分なら、自然な流れとして警察に行く。

つまり、警察に行かせることが目的だ、と結論を出した。あの手紙は、ピーターを殺した濡れ衣を着せる根拠を追加するための罠だ。ひっかかってたまるか。

ここに来たのは、自分の推理が正しいと証明するために、電話ボックスのまわりで恐喝者がうろちょろしていないことを確認したかったからだ、とみずからに言い聞かせた。だが、時間がたつにつれてどんどん不安になってきた。原因の一端は雰囲気だ。ここの空気は不吉な何かをはらんでいる。それに、あの電話ボックスの中の奴はいったい何をやってるんだ？　ずいぶん長い間、こもっているじゃないか。

腕時計を見た。十一時三十七分。ふっと疑念がわいた。路地から通りに戻ると、もう一度、電話ボックスが見える位置まで、急ぎ足で進んだ。雨が音をたてて道を叩き、首筋を流れ落ちていく。

電話ボックスの中の人物はまだ電話帳の上にかがみこんでいた。かがみこんでいる？　違う、突っ伏している。

プレスコットは駆けだした。ドアを無理やり開けると、人間の身体がずるりとすべり出て、プレスコットはあやうく突き倒されそうになった。

女。金髪。キャメルのコート。「ノラだ！」とっさに、そう思った。

違う。サンドラ・ウェルチだ。

＊

死んでいる。薄暗い街灯の光の中でさえ、それはわかる。両眼をかっと開いて、虚空を見つめたまま、肌はすでに冷たくなっている。

プレスコットは両肩をつかんで支えた。しばらくしてから、彼女の身体を地面に横たえた。仰向けに寝た彼女の両足がボックスの中にはいったままで、ドアを押し開けている。コートと同じ色の靴が、とても高価《たか》そうだな、とプレスコットはまったく場違いなことを考えていた。

電話ボックスの床には点々と血痕が、プレスコットの服にはさらに多くの血がついている。両手がべたついていた――これも血だ。ここに至って彼の視線は、それまで無意識に見るのを避けていた物の上に停まった。キャメルのコートの前から突き出た、忌まわしいナイフの柄《え》。そのまわりの生地が、赤茶色の染みになっている。

プレスコットはナイフをつかんで、引き抜いた。この夜のすべての馬鹿げた行動の中で、もっとも致命的な行為だった。それはありふれたパン切りナイフだが、おぞましいほどに鋭かった。これがサンドラの左胸の奥深くまで突き刺されていたのだ。

プレスコットは遺体をまたいで、電話ボックスの中にはいると、サンドラの足元に血痕を踏んで立った。ダイアルを回しながらも、脳は危険の自覚をうながす警報を鳴らしていた。あの匿名の手紙はやはり罠だった。しかし、考えていたよりも、ずっと巧妙で悪辣《あくらつ》な罠だったのだ。

「警察ですか？　人が殺されていて……」

ボックスから出ると、タクシーが近づいてきてトラックのうしろで停まった。若い娘が飛び降りて、駆け寄ってきた。ハリエットだ。

遺体を見たとたん、ハリエットは息を呑んだが、職業柄、すぐに反応して、脈と呼吸を確かめた。確かめるまでもなく、完全に死んでいた。

「ジョン、あなた、血だらけじゃないの」ハリエットは言った。「その両手……」

「知ってる」彼女のなじるような目つきに気づいて、プレスコットは鋭く付け加えた。「ハリエット、ぼくは殺していない」

タクシーの運転手がのんびり近づいてきた。

「ひゃあああ！」運転手は見おろして叫んだ。「その人、どうしたんだね？」

無言でプレスコットは側溝《そっこう》に落ちているナイフを指さした。

運転手はじりじりと後ずさった。頭の中で考えていることが顔に表れていた。

ちょうどその時、一台の車がカーブを曲がってトリニティ通りにはいってくると、さらにそのあとからもう一台の車が続いてきた。警察が着いたのだ。事情聴取が始まった。

最初の方にされた質問が、何よりも致命的だった。「ここに着いたのは何時ですか？」

答えは準備していた。「十一時半過ぎです」嘘をついた。サンドラ・ウェルチは十一時前後に死んでいるはずだ。十一時半より前に現場に着いていないと主張しても、警察には違うと証明できないだろう。誰にも見られていない自信はある。いつもどおり、プレスコットには真実に対する病的なこだわりがあった。とはいえ、この状況下だ、例外も正当化される。いまは殺人の濡れ衣を着せられそうになっているのだ。

「その時間はたしかですか？」

「駅前に車を停めた時が十一時二十七分でした――腕時計を見たので覚えています。そのあと、路地を歩いてきて――ここまでだいたい二、三分の距離です。十一時半に約束があったので」

「約束？」

彼は警部に手紙を渡した。

ハリエットは少し離れたところで、傘も帽子も使わず雨に打たれながら、無言で凝視し、じっと聞き入っている。

そうこうするうちに、さらに多くの車が到着し、警察医が遺体の上にかがみこんでいた。写真班と指紋採取班が行動を開始している。

レイシー警部が言った。「プレスコットさん、話の続きは署でお願いできますか」そして、興味深そうにハリエットを見た。「リースさん、あなたにもお話をうかがいたいんですが」

「今夜、これから？」

「お願いします。ロン、頼む……」

ウィリアムスン警部補はうなずき、自分のトライアンフ・ヘラルドの後部座席にふたりを乗せた。

「ジョン、どこに車を停めたって？」エンジンをかけながら、警部補は言った。

「駅の中央口の外に」

「じゃあ、車も拾っていった方がいいか」警部補は口笛を吹き始めた。

「どうしてここに来たんだ？」プレスコットはハリエットにささやいた。

ハリエットは座席に背中をあずけようとせず、まっすぐに身体をこわばらせている。「あの人の部屋に行ったの」

「誰の部屋に？」

「ミセス・ウェルチの部屋。その話はしたくないわ、ジョン。いまはまだ」

「サンドラの？　なんでそんな――」

「言ったでしょ、その話はしたくないって」

車が停まった。駅前に着いていた。

「ジョン、きみは自分の車を運転して、ついてくるといい」ウィリアムスン警部補は言った。不意にその声音が変わった。「何時に停めたと言ったっけ？」

「十一時二十七分だ」

「たしか、雨はそれより十五分くらい前に降りだしていたはずだが」警部補はプレスコットのコーティナの下に広がる乾いた地面を見つめていた。

しまった！　うかつだった！　すっかり忘れていた……

「いや、プレスコットさん、やはり車はそのまま置いておきましょうか」警部補はトライアンフの頭を回し、警察署に向かって走りだした。

後部座席でプレスコットはハリエットに向き直って口を開いた。「信じてくれ、ぼくは――」

しかしハリエットは恐怖に縮みあがり、彼から必死に身を離した。「触らないで」彼女は悲鳴をあげた。「寄らないで……」

# 第三部

# 裁判

## 1

裁判は四日目にはいったが、まだ検察側による公訴事実の立証が続いていた。すべての抜け穴は容赦なくふさがれ、あらゆる断片の端と端は無慈悲に継ぎあわされつつあった。

二十世紀の英国において、これほどたくさんの証拠に裏づけられた、有罪間違いなしの事件が、罪無き男に対してでっちあげられるなんて信じられない、とプレスコットは考えていた。罪無き男？ まあ、いま起訴されている事件に関しては無罪だ。

とはいえ、この窮状《きゅうじょう》はみずから進んで作りあげたようなものだった。自分からサンドラ・ウェルチの血にまみれ、凶器に自分の指紋をべったりとつけ、何より到着時刻について嘘をついた――まさに救いがたい馬鹿としか言いようがない。

しかもだ、何者かが――おそらくは本物の殺人犯だろうが――プレスコットに不利な証拠を作りあげた。それだけではない、よくもこれほど大勢の、検察側の証人が立ちあがり、追いつめる証言をすることができるものだ。エドワード・ローソン、アーサー・リース、ティム・レイヴン、おまけに下宿の大家のジャーディン夫人まで。しかもこの先、ノラにハリエットにフランク・ホーンビーが控えている。

彼らは進んで嘘をついているわけではなかった。ただ、プレスコットが有罪であるという〝知識〟によって、さまざまな出来事の記憶を歪《ゆが》められているのだ。だって予審で有罪が証明されたじゃないか? そんなわけで、予審であげられた疑問も異議の声も、捨て去られてしまった。それぞれの記憶は上書きされた……

ノラは十時半に証言台に立った。検察にとっては、鍵となる証人であり、弱点でもあるもろい証人だ。被告人側の弁護人、ジュリアス・ラザフォードは裁判の間、ここまでほとんど割りこむこともせず、反対尋問もほんの少しするだけで半分寝ているように思えたが、ノラのために力を温存していたのだった。

ノラはグレーのスーツで地味に装い、その声はほどよく不安げな響きをはらんでいた。

ヒュー・リンパニー卿は簡潔に、そして同情をこめて、幼少時代から一九六二年の四月にピーター・リースと婚約するまでの、ノラの人生を説明した。

「あなたが被告人と出会ったのはいつですか」検察側の弁護士は訊ねた。

「あのことが起きるひと月かふた月前――たぶん二月でした。ピーターの友達だったんです」

「彼とはよく会いましたか」

「最初のうちはそれほど。でも、最後の方でピーターはずっと残業続きだったので、ジョンが時々、アッシュ・グローブ館からわたしの家まで送ってくれました」

時々だと？　一度だぞ。ノラが忘れたはずがない。いまの間違いは、わざとだな。

「被告人はアッシュ・グローブ館で何をしていたのですか？」

「知りません。いつも、なんとなくいたんです」

「被告人があなたを家に送った時、玄関で別れましたか？」

「たいていは。でも、一度だけ、わたしから何か飲んでいって、と声をかけました。わたしが悪かったんです、そんなことを言ったりして、でも――」ノラは訴えかけるように陪審員を見た。「――あのころ、わたしは本当に世間知らずでしたし、それに――だって、彼はピーターの友達だったんですから。まさかあんなこと……」

ノラは絵に描いたようなおぼこ娘のイメージを作りあげていた。そしてそれは成功していた。プレスコットは、陪審席の細面《ほそおもて》の女が、同情するようにうなずくのを見た。しかし、ジュリアス・ラザフォード弁護士がメモを取っているのも見えた。

「どんなことが起きたんですか、奥さん？」卿はうながした。

「突然、彼はわたしを抱きすくめて、何度もキスをして、そして――わ、わたしの服を――本当に、ひどい」

「あなたは彼に応じたのですか？」

「そんな！　すぐに止めました。わたしはそんな女じゃないと、はっきり言いました」

「それでも、彼とは会い続けたのですか？」

「ええ、とても気まずかったんですけど。ピーターは、彼を悪く言う言葉には絶対、耳を貸さなかったんです。ジョンにどう言われていたのか、ピーターが知っていれば！」

「たとえば？」

「ジョンはよく言っていました。〝わたしと先に会ったのがピーターでなければよかったのに。ピーターさえいなければ〟って……」

ヒュー卿は、最後のフレーズが場の一同の耳に染みこむまで待った。それから、ピーターの死の夜に話題を戻した。

「あなたに知らせたのは誰でしたか？」

「ジョンです。とても気をつかってくれました。親切すぎるくらいに」

「被告人は何時まで、あなたの家にいましたか？」

「二時半です」

「その夜は、被告人からあなたに何かをしてきましたか？」

「いいえ。ただ――」ノラはためらった。「――着替えを手伝うと言って、寝室に無理やりはいってきました。その時のわたしは、気にする余裕もありませんでした。そのあと、車の中で、キスされました」

客観的に見れば、ノラのテクニックは実にたいしたものだ、とプレスコットはうっかり感心しそうになった。すべての非を彼に押しつけるために、下劣に聞こえる一部の事実ばかりを切り取り、ねじ曲げ、強調し、彼は節操のない破廉恥な色魔であるというイメージをみごとに作りあげていく。

ノラは深夜にリースの事務所に行った時のことも説明した。アーサー・リースから、ピーターが父と彼女に裏切られたとなじる書き置きを遺したことを聞かされた、とノラは語った。

「その告発は事実にもとづいているのですか？」

「まさか！　そんなことを信じたなんて、ピーターはどうかしていたとしか思えません」

「あなたはその書き置きを実際には見ていないのですか？」

「ええ。でも、リースさんがそんな作り話をするはずないでしょう。あの時のリースさんは、とても取り乱してらっしゃいましたし」

ノラによると、リースはその書き置きを握りつぶすと決意しており、もうすでに、横領を苦に自殺するという新たな遺書の下書きを作りあげていた。リースはタイプライターに便箋をはさみ、絶対に指紋をつけるなと警告して、ノラに清書させた。その新しい遺書を、リースはもとの封筒に入れ直した。その後、偽の横領の告白と辻褄《つじつま》を合わせるために、ノラはリースが帳簿を改竄《かいざん》するのを手伝った。

ノラの説明は、先のアーサー・リースの証言を裏づけていた。

「リースさんがあなたに命じてすべてやらせたと？　あなたは、よくないことだと自覚していたのでしょう？」

ノラはうなずいた。「わたし、あの人が怖かったんです。それに、誰にも迷惑はかからないでしょう？　何をしても、ピーターは帰ってこないんですから……」

「最初の遺書も偽造かもしれないとは、思わなかったのですか？」

「全然」

「ジョン・プレスコットがあなたの婚約者の死に関与しているとは？」

「その時には想像もしませんでした。もし、そう思ったとしたら、結婚しようとするはずがないじゃありませんか」

「では、結婚について話していただけますか」

ノラは説得力のあるストーリーを作りあげていた。ピーターが亡くなって、悲しみのあまりショックで茫然とする日々の中、彼の家族に拒絶され、葬式にも招かれなかった彼女は、ただひとり、親切にしてくれた人に慰めを求めるようになっていった――ジョン・プレスコットに。彼はたしかに慰めと安らぎを与えてくれて、気がつくといつの間にか登記所にいた。反動による結婚は、たいていのそれと同じく、不幸な結婚であった。夫の彼女に対する性的な執着が満たされたとたんに、この結婚はもろく崩れ始めた。

「彼はなぜあなたと結婚したのですか」検察側の弁護士は訊ねた。

「いま申し上げたとおりです。わたしの身体目当てですよ」

「それはわかりました、ですがなぜ結婚する必要が？」

「そうする以外、わたしを手に入れられないと知っていたからです」

自分はできるかぎりよい妻であろうとしたけれども、むなしい努力だった、とノラは語った。夫はすぐ、別の女に目を向けた。

「彼はあなたを裏切っていたのですか？」

「証拠はありませんでした——最近まで。でも、わたしにはわかっていました……」

「そして、最近というのは？」

判事は、異議の申し立てがあると予想して、被告人側の弁護人をちらりと見たが、ラザフォード弁護士はあくびを噛み殺しているところだった。あの女はどうせ自滅する、好きにさせておけばいい、というように……

ノラは肩をすくめた。「いまは十分すぎるほどの証拠を持っているとだけ言っておきます。クロムリーじゅうの人も、ご存じでしょう」

プレスコットは検察側の戦略に驚いていた。なるほど、ろくな証拠もなく彼が最初の殺人を犯したと主張するなら、動機を作るために、彼をまったく自制のきかない色情狂に仕立てあげる必要があったというわけだ。さらに、結婚が破綻《はたん》した責任をすべて彼の肩に負わせることも必要だったのだろう。なぜなら、陪審員というものは、夫の不利になる証言をする妻に対して、たいてい反感を持つからだ。とはいえ、なかなか危険な戦略であることに違いはない。

ノラは、昨年の十月にアッシュ・グローブ館に呼び出された時のことを話しているところだった。今度もまたアーサー・リースの証言を裏づけることとなった。リースは複数の手紙を受け取っていたが——最初の二通はフランスにいる間に届いた——手紙の内容は、書き手が例の遺書のすり替えを知っていることを、はっきり示していた。リースは、手紙を送ってくる犯人を見つけるためだけに、クロムリーに戻ってきたのだ。彼はノラに協力を求めてきた。

三通目の手紙は、より具体的だった。リースとノラが、殺人を隠すために証拠を偽造したと告発しており、沈黙を守る対価として五百ポンドを要求していた。ノラは、自分がどのようにして金を恐喝者に届けたのかを説明した。

「リース氏は唯々《いい》諾々《だくだく》と金を支払ったわけですか」

「いいえ。あの人は罠をしかけたんです。わたしはお金を指定の場所に置いて、車でその場を離れてから、もう一度、引き返して、電話ボックスに誰がはいっていくのかを見張ることになっていました」しかし、恐喝者はずっと素早かった。

「リース氏には犯人の心当たりがまったくなかったのでしょうか?」

「アレクサンドラ・ゴダードに違いないと確信していたみたいです、あの人の――そのう、元愛人の」ノラはその言葉を口にしながら、頬を赤らめてみせた。プレスコットは腹の中で、あいつ、やりすぎだ、と考えていた。

先に証言したリースによれば、ヘイストンベリのアレクサンドラ・ゴダードという娘がフランスまでついてきて、一年か二年、彼と一緒に暮らしていた。しかし、ふたりの関係は次第に壊れ、やがて娘だけが英国に帰国することになった。リースは、彼女なら一連の匿名の手紙を書いてもおかしくはない、と信じていた。

ノラはリースのために調査を始めた。そして、この娘がウェルチという旅商人と結婚したものの、すぐに破局してヘイストンベリに戻り、結婚後の姓を名乗って――ひとりで――暮らしていることを発見した。さらに、W・B・クライド&サンズ法律事務所に雇われたことを――もっとはっきり言えば、ノラの夫、ジョン・プレスコットの秘書として雇われたことも知ったのである。

ノラは、殺人事件の前日にプレスコットが受け取った手紙について語った。

「恐喝の犯人から届いた手紙だとわかりました」ノラは言った。「あのおかしな大文字を見てすぐに」

「彼の反応はどうでしたか？」

「読んだとたんに、真っ青になっていました」

「彼はあなたに手紙を見せましたか？」

「わたしが頼むまで見せてくれませんでした。そして、恐喝者は誰なのか、わたしに言わせようとしました」

「それで、話したのですか？」

ノラはためらった。「リースさんに約束させられたんです、絶対に誰にも話すなって……あの人が直接、ミセス・ウェルチと話をつけたいからと言って……。でも、わたしはジョンにほのめかしはしたんですよ、あなたの秘書だって」

また嘘をついたな。恐喝者がゴダードという名だとは言ったが、どこの誰だとはひとことも言わなかったじゃないか。

いまさら、それがどうした？　そう思いながらも、プレスコットの興味が尽きることはなかった。心は死んでいたかもしれないが、頭脳はまだ養分に飢えている。

廷内を見回した。判事、双方の弁護団、陪審員、係員、記者、傍聴人。ひとり残らず、彼が有罪だと信じている――傍聴席にいる父だけは、おそらくそうではないが。皆、間違っている。何者かが事態をあやつり、証拠を捏造《ねつぞう》したことで、無実の男がこうして被告人席につき、有罪の判決を受けそうになっているのだ。検察側の証人による、一部だけが真実の言葉とはぐらかしというちっぽけな燃料が加わっただけで、なんと効率よく燃えあがることか。

いったい誰のしわざだ？　おそらく、証人たちの中にいる。間違いなく、人間心理というものを熟知している者だ。あの匿名の手紙を受け取った彼がどう反応するか、正確に予見できるような……

ノラはいま、殺人のあった夜について質問されていた。

「ブリッジの会の約束がありましたので」彼女は言った。

「何時に帰宅しましたか？」

「玄関のドアを開けた時に、時計が十一時を打つのが聞こえました」

「あなたの夫は家にいましたか？」

「いいえ。車も無くなっていました」

「ありがとうございました」ヒュー卿は坐ろうとしたように見えたが、不意に言い添えた。「もうひとつ。あなたは夫との関係が不幸だとおっしゃいましたね。肉体的に乱暴なことをされたのですか？」

「はい」

「話してください」

「ウェルチさんが殺される数日前のことでした。わたしたち、口喧嘩をしていて――何が原因だったのか、もう覚えていませんけど――そうしたらいきなり、主人がわたしの顔を殴ったんです。二回も」片手で身振りを交えて説明した。「もう力いっぱい。何日も、顎の腫れがひきませんでした」

「ありがとうございました」今度こそ、ヒュー卿は坐った。

被告人席のプレスコットにメモが回ってきた。〝口論の原因は?〟プレスコットは走り書きした。〝ティム・レイヴン〟そしてメモを返した。ジュリアス・ラザフォード弁護士はそれを読んで、ひとつうなずくと、のっそり立ちあがった。

彼は太鼓腹の大柄な男で、ぶよぶよと肥った顔は輪郭がはっきりと見えなかった。目の前にいない時にはどんな目鼻立ちをしていたか思い出せない、そんな顔だ。

六十がらみの彼はむかしかたぎの法廷弁護士で、その法廷戦術は、世間話のような口調でなく演説のように大げさで、インテリ風ではなく感情に訴える、そんな古風なスタイルだ。弁護士として、彼はトップクラスではなかった。緻密《ちみつ》な頭脳の持ち主とは言えず、法廷における微妙なさじ加減の駆け引きはあまり得意ではない。彼の評判は――陪審員が洗練されてきている近年、輝きは薄れつつあるけれども――センセーショナルな殺人事件の裁判における、大げさで派手なパフォーマンスにもとづいていた。

不正直な証人を完膚《かんぷ》なきまでに叩き潰《つぶ》すことにおいて、ジュリアス・ラザフォード弁護士の右に出る者はいなかった(残念ながら正直な証人に対しても同じ手法を取りがちで、その場合はあまり成功しない)。ノラ・プレスコットは格好の標的だった。

「奥さん、あなたのお話によると、一九六二年の六月に結婚されたそうですね」

「そうです」ノラは警戒するように答えた。

「あなたは処女でしたか?」この質問はごく軽い調子で投げられた。

ヒュー・リンパニー卿は爆発した。「裁判長、いまのは不作法極まりない、まったく不適切な質問で——」

ヤードリー判事は被告人側の弁護人に向かって片眉をあげた。「ラザフォード弁護士?」

ラザフォードは答えた。「裁判長殿、証人は私の依頼人の人格をおとしめることに力を注ぎ、自分はまるで美徳の見本であるかのごとく振る舞いました。その点を——」

判事は片手を振った。「質問を許可します」例の乾いたかすれ声で言った。

ノラは無言で立ちつくした。

判事は苛立ったように言った。「ミセス・プレスコット。被告人側の弁護人は、結婚した時、あなたは処女だったかどうかと訊ねています」

「完全にではありません」やっと答えた。

ラザフォード弁護士はその言葉に飛びついた。「完全にではない? 完全にではない? どうかご教示いただけませんか、処女性というものに、どういった程度があるのか」彼は嘲笑を分かちあうように、陪審員の方を見やった。しかし、早すぎた。同情はいまだノラに向けられている。

根本的にノラという女は愚かだった。自分が罠に足を踏み入れようとしていることに気づくべきだったのだ。「ロンドンで働いていたころ、ある男が――実を言うと、職場の上司が――わたしに乱暴したんです。あれがたった一度の経験でした。あのころのわたしは本当に、まだ若くて、世間知ら――」

「たった一度？　私の得た情報によれば、あなたはその男性と一年以上、交際していたそうですが？」

「わ、わたしは――」

「さらに、離婚訴訟における共同被告として法廷に召喚されたそうですが？」

プレスコット自身もこのことは、彼の弁護団が探り出してくるまで、まったく知らなかった。ヒュー・リンパニー卿の顔つきを見れば、検察側も知らなかったのは明らかだ。

ノラの貞淑なイメージは音をたてて崩れ去った。ラザフォード弁護士は情け容赦なく追及し、ノラに長年にわたってティム・レイヴンの愛人であったことを告白させ、彼女が夫の不利になる証言をことさらに言いつのる動機となった悪意を、万人の前にさらけ出させた。

ラザフォード弁護士が攻撃をやめた時には、ノラは完膚なきまでに叩きのめされていた。ヒュー卿が再尋問したが、いまさらそのダメージを回復することはできなかった。

ラザフォード弁護士は、してやったりといわんばかりだった。今回も大成功だ。明日の一面は彼を賞賛する記事になる。

しかしプレスコットは、ノラが首をうなだれて法廷を去っていくのを見送りながら、同情せずにいられなかった。

## 2

毎日、プレスコットは法廷の裏手にある小部屋で、戸口に立つ警官に見張られつつ、昼食をとる。食事がすむと、たいてい弁護士と数分間、話をした。

しかしこの日は、父親が面会したがっていると知らされた。なぜ父親が会いたがるのか、プレスコットには完全に予想がついた。

老人は、ノラが尻尾を巻いて逃げていったことで、大はしゃぎだった。「これでもうひと安心だなあ、ジョンや」

「あれだけじゃ、何も変わらないよ」

父親はため息をついた。「おまえがもう少し信じることを知っておればなあ」

信じる？ 何を？

プレスコットは言った。「もう家に帰った方がいいよ、親父。ここにいても、ぼくのためにできることは何もない」

「地獄の業火に焼かれないように助けることなら、決して遅すぎはしないよ」

また、それか！ 神が何だ！ それこそ何年も前に、自分は背を向けたのに。

父に言ってやりたかった。「全部、親父のせいだ。もし親父にほんの少しでも人間味ってものがあれば——」だが、そんなことをして何になる？　父もプレスコット自身と同じくらい、過去に囚われている人間なのだ。

いまのプレスコットには、父に怒りをぶつけることができなかった。こんなにも意気消沈し、打ちのめされた父。心のよりどころにしてきた信仰さえ、もはや支えにならないというように。妻に先立たれて、父は坂を転がり落ちるように衰えていた。

プレスコットは言った。「ぼくが親父にとって失望でしかなくて、本当にごめん」

老人はまたため息をついた。「ジョン、どうして戦わない？」

＊

「どうして戦わない？」なぜなら、戦う目的が何もないからだ、ハリエットを失ったいまは——いや、ハリエットに裏切られたいまは。プレスコットはなんとかして彼女を忘れようとしていた。

それなのに、昼食後の法廷で判事の入廷を待つ間、プレスコットはこの裁判におけるどの場面よりも、不安と期待でそわそわしていた。

「開廷！」雑談のざわめきがやみ、一同が起立する椅子や靴が床をこする音が響く。

ヤードリー判事はきびきびと廷内にはいってくると、着席した。痩せこけた小柄な紳士は、ローブが重すぎるように見え、いつ見てもかつらが少し傾いている。判事はあまり口を出さず、めったに介入しなかったが、横柄な態度にはすぐさま水をぶっかけた。そんなわけで、エドワード・ローソンとティム・レイヴンに、判事は厳しく当たった。

「フランク・ホーンビー博士」

その名が呼ばれたのは、プレスコットにとってまったく意外だった。てっきり、次はハリエットがはいってくるものとばかり思って、ドアを見つめていたのだ。

「フランク・ホーンビー博士！」外の廊下で声がこだまする。

明らかに、ヒュー・リンパニー卿は午前中の大失敗の直後に、二度目の大失敗をするリスクを避け、もっと信頼がおけそうなホーンビーの打順を繰りあげたに違いなかった。

フランク・ホーンビーは、プレスコットが逮捕されて二、三日後に面会にきてくれた。しかしそれが最初で最後の訪問であることに、暗黙の了解があった。ふたりは共に殺人の話題をひたすら避けて、当たり障りのない会話を続ける間、耐えがたいほどの緊張で空気は張りつめていた。

ホーンビーの証言は主として、彼の患者であり個人的な友人でもあった、ピーター・リースに関するものだった。ピーターは死の二週間ほど前にホーンビーの診療所を訪れ、頭痛と不眠の相談をしていた。ホーンビーは診察したが、特に悪いところが見つからなかったので、弱い鎮静剤を処方した。

その翌週、ピーターはまた病院にやって来て、全然眠れないと訴えた。医師は前よりも強い薬を処方し、不眠の原因についてさらに突っこんで訊いた。何か気にかかることがあるのか？

ピーターは、ある、と認めた。

「仕事のプレッシャーがずいぶんあったそうですが」ホーンビーは言った。「それが問題というわけではありませんでした。個人的な問題で悩んでいると」

「どういう問題か具体的に話しましたか?」

ホーンビーはためらい、判事の方を向いた。「どうしても言わなければなりませんか――」

判事はうなずいた。「適切な質問と考えます。どうぞ」

「わかりました。ピーターは、彼の父親がヘイストンベリの若い娘を相手に馬鹿なことをしているといっていたのです」

「それがミス・ゴダードというわけですね」

「名前は言っていませんでした」

「彼の悩みというのはそれだけですか?」

「ほかにもあるけれども、まだ事実がはっきりしていないので、それについて話すつもりはないと言っていました」

ピーターがプレスコットに言ったこととまったく同じだ。

「二度目の診察のあとで、彼に会いましたか?」

「もともと、ゴルフクラブでしょっちゅう顔を合わせる仲でしたから。毎週日曜日は四人で集まってプレイしていました――ピーターとジョン・プレスコットとティム・レイヴンと私で」

「彼が亡くなった日曜日は?」

「あの日、私は都合がつかなくて行けませんでした。実のところ、誰も行かなかったようです」

「ピーター・リースには会いましたか」

「ええ。五時四十五分ごろに、我が家を訪ねてきました」

「なぜです？」

「処方箋を書いてほしいと」

「先生は日曜も診察を？」

「いいえ、ですが、ピーターは私が家にいるとわかっていたんですよ。言ったでしょう、私たちは個人的な友人だったと」

「では、それだけが訪問の理由ですか」

ホーンビーはためらった。彼は証人として理想的だった。落ち着いていて、公正で、堂々とした態度。親しくつきあっていたプレスコットだけは、緊張している兆候に気づいていた。しきりにくちびるをなめる舌。握りしめたこぶしの白さ。だが、まったく動じていないように見えるその様子は、医者が患者に接する時の態度をそのまま証言台に持ちこんだだけだった。

「いいえ」ようやくホーンビーは口を開いた。「それだけではありませんでした」

「そのことを話してください」

「昼食後にエドワード・ローソンから電話がかかってきて、そして――」再び、舌がくちびるをなめ始めた。「――ジョン・プレスコットがピーターの婚約者を奪おうとしていると忠告されたと。私は、馬鹿馬鹿しいと言ってやりましたよ」

「彼は馬鹿馬鹿しいと思っていたのですか、ホーンビー先生？」

法廷じゅうの者がすでに、ローソンとレイヴンが、ピーターはそのことでとても取り乱していたと証言したのを聞いている。そのあとでは、ピーターがなんとも思っていなかったとは、いくらホーンビーでも言いづらそうだった。

ホーンビーは詫びるように被告人席をちらりと見た。「ピーターは興奮していました」医師は言った。「夜、ジョンに会うので、その時に問いただすと」

「まだ質問に答えてもらっていませんよ」

「私に言えるのは、仮にピーターがそんな与太話を信じたとすれば、私が思っていたよりもはるかに愚かな男だったに違いないというだけです」

「それがふたつ目の問題というわけですか」

「はい？」

「彼を悩ませていたもうひとつの問題だったのですか。もしかすると、その時には前よりも詳しいことがわかっていて……」

「わかりません」ホーンビーはぴしりと答えた。

「たしかですか、わからないというのは？」

判事が言葉をはさんだ。「ヒュー卿、証人はすでに答えています」

「失礼しました、裁判長。では、ホーンビー先生、ピーター・リースが自殺をはかったと聞いた時、あなたは驚きましたか」

「それはもう」

「なぜです？」

「そんなことをするタイプではなかった。人生が楽しくてしかたがないという男でした」

「それなのに、あなたは彼が亡くなるほんの数時間前に、それほど重要な会話をしたことを、警察に話さなかったのですか」

「関係があるとは思わなかったからです」

「ほう？」検察側の弁護士は眉をあげた。

ここで初めてホーンビーは苛立ちをあらわにした。「いいですか、あれは自殺に決まっている。意識があって、抵抗できる大の男を、どうやれば吊るせると言うんですか」

「先に殴って気絶させてしまえばどうです？」ヒュー卿が提案した。

「検死を担当した私の同僚が、ほかに傷はなかったと私に保証してくれましたのでね」

「傷はあったと、いまはわかっていますが」

ホーンビーは肩をすくめた。「いまはわかっていることです」同意した。

「他殺かもしれないと最初に思ったのはいつですか」

「去年の秋、アーサー・リースがクロムリーに戻ってきてから、匿名の脅迫状について耳にした時です」

「それはリース氏から聞いたのですか」

「いえ」

「では、誰から？」

「ジョン・プレスコットです」

「あなたはそのことを警察に報告しましたか」

「報告した方がいいと、プレスコット君に忠告しました」

「おや、そうですか」弁護士は皮肉っぽく眉をあげた。「市民の義務を大切になさるかたなのですね……ありがとうございました、ホーンビー先生」

反対尋問は短かった。

「ホーンビー先生、被告人とはどのくらい前からの知り合いですか？」

「六年ほどになります」

「友人としてですか、医師としてですか？」

「両方です」

「あなたの彼に対する評価を聞かせていただけますか」

ホーンビーは被告人席を見た。「大変繊細で、頭のよい男です。非常に引っこみ思案ではあります。だから、彼の内面は氷山の一角ほどしか見えません」

「あなたは彼を好きですか」

「とても」

「彼に殺人を犯せると思いますか」

「人間は誰でも、めぐり合わせでそういう機会に直面すれば、殺人を犯せると思いますよ」

ラザフォード弁護士は赤信号を無視した。「先生、それは言葉遊びでしょう。私が訊いているのは――」

ホーンビーは怒気をあらわに、声を荒らげて言葉をさえぎった。「あなたが何を訊いているのか、そのくらいわかっています。私はあなたに、ジョン・プレスコットは友人だと言いました。それで十分ではありませんか？」

「ありがとうございました、ホーンビー先生」ラザフォード弁護士は急いで坐った。

馬鹿な質問をするなよ……プレスコットは心の中でつぶやいた。あのホーンビーが偽証するわけないだろう？　ホーンビーはこの法廷内の全員と同じで、プレスコットが有罪だと信じているのだから。

*

ヒュー・リンパニー卿による戦略は理路整然としていた。彼はまず、ふたつの死に関するいくつもの事実に議論の余地がないことをはっきりさせるために、医学的な根拠と、警察が握っている証拠を並べるところから始めていた。続いてさまざまな証人たちを呼び――エドワード・ローソンからホーンビー博士に至るまで――それぞれの証言によってジョン・プレスコットへの嫌疑を次第に積み重ねていった。仕上げとして呼ばれたのがレイシー警部とそのチームだった。ここで警察の捜査を最初からなぞり、それまでに出た証言を全体的にまとめることで、検察側は王手をかける、という作戦らしい（それにしても、ハリエット・リースはどうした？　あの娘《こ》を呼ばないわけはないのに）。

　警部は、去る十月に刑事課に匿名の手紙が届いて、ピーター・リースの死に関する捜査が再開された経緯を説明した。手紙の書き手は、ピーターは殺されたと主張し、警察はパリー医師の未亡人に協力をあおぐべきだと助言していた。

　手紙は法廷に証拠品として提出された。やはり例の手書きの大文字で綴《つづ》られている。のちに専門家が登場し、アーサー・リースとプレスコット当人に届いた脅迫状と同じ筆跡だと証言した。言い換えれば、すべてがサンドラ・ウェルチによって書かれたということだ。検察側の主張に弱いところが一点あるとすれば、これらが書かれた動機についてだった。なぜミセス・ウェルチは、リースとプレスコットを恐喝しようと決意しながら、警察に忠告をして、自分の企てを危険にさらすまねをしたのか？　彼女は欲張りすぎたのだろう、というのが検察側の出した答えだった。金は欲しいが、同時に、獲物を檻にぶちこみたい欲望もかなえたかったのだ、と。プレスコットは心の内でつぶやかずにいられなかった。いやいや、どう考えてもそれは無理があるだろう……。

　レイシー警部は十一月五日の出来事の説明を始めた。プレスコットからの通報。警察が到着し、死体を確認。プレスコットの服と両手についた血液。彼の指紋がついたナイフ。彼のポケットにはいっていた脅迫状。警察署に着いてからのプレスコットの供述、それと矛盾する車の下の乾いた地面。

警部は供述調書を読みあげた。裁判の冒頭で被告人側の弁護人は阻止しようとしたのだが、反対は認められなかった。それは事件当夜に警察署でプレスコットが〝自供〟したという供述調書であった。

「〝……万が一を考えて、ブロードベンツでナイフを買ったんだ。今夜、脅迫者の態度が凶暴になった時のために持っていった。だけど、使う予定じゃなかった。だけど、犯人がサンドラ・ウェルチだとわかったとたん、かっとなった。ナイフは、コートも、ブラウスも、身体も、するっとはいっていったよ。バターを切るようだった。まさかあんなに簡単だとは思わなかったな〟。質問〝五年前に、ピーター・リースも殺したのか?〟。返答〝おい、まさか、いまの冗談を本気にしたんじゃないだろうな?〟そう言うと、自供を撤回しました」

「被告人の様子はどのようなものでしたか、警部?」

「非常に興奮していました。私は警告しましたが、彼はひどく話したがっているようでした。まるで、何もかも話してすっきりしたいというように。犯人というものは得てしてそういうものの……」

「一般論は必要ありません、警部。あなたはそれを本気の自白だと受け止めたのですか」

「もちろんです。しかし、突然、危険に気づいて、そこからどうにか逃れようと……」

会話を文字に起こすとどれほど意味をねじ曲げられるのかがよくわかる、いい例だ、とプレスコットは思った。一言一句、たがえることなく記録されているのに、それが与える印象はまったく違う。

〝非常に興奮していました〟というレイシー警部の形容は、控えめだった。あの時、プレスコットは鬱積《うっせき》した憤怒に駆られ、我を忘れていた。警察に、ノラに、自分自身に、運命に。そして何よりも、ハリエットに。彼女の瞳に浮かんでいた嫌悪の色を、一生忘れはしない。

だから、その苦々しい気持ちをすべて、自嘲めいた嘘の自供の中にぶちまけた。刑事が額面どおりに受け止めたのを見て、本気で驚いた。警察はブロードベンツを調べて、凶器となったナイフと同じ商品を取り扱っていることを確認した。これで決まりだった。

陪審員にとっても、これで決まりというわけか、とプレスコットは思った。証言に対する彼らの反応を見るかぎりでは……

## 3

六日目の朝は軽い息抜きで始まった。ジュリアス・ラザフォード弁護士は、専門家の証人たちを相手に、まるでスポーツのように舌戦《ぜっせん》を愉しみ、検察の筆跡鑑定家であるエドワード・ヴィラーズをこてんぱんにのしてしまった。ヴィラーズはまさにラザフォード好みの相手だった。尊大で、怒りっぽく、単純な考えを小難しい専門用語でくるむのを好むタイプだ。ヴィラーズの主張は、匿名の手紙はどれも同一人物によって書かれていたというものだったが、さんざん圧力をかけられると弱気になり、責任を逃れようと主張をやわらげたので、ラザフォードはこんな質問で締めくくることができた。「ということは、あなたが証明できたのはこういうことですか。これらの手紙は同一人物、もしくは別々の人物によって書かれたものであると?」巻き起こる爆笑の中、答えが返ってきた。「そうです」

廷内にはリラックスしたムードが漂い、判事までもが微笑みを浮かべた。陪審員たちが、初めてラザフォード弁護士の味方についていた。専門家がめちゃくちゃにやりこめられるところを見て喜ぶのは、人間の性《さが》だ。

ヴィラーズ博士は真っ赤になってぷりぷり怒りながら証言台をおりた。少しの間をおいて、呼び出しがかかった。「ハリエット・リース!」

ざわめきがさざ波のように廷内に伝わっていった。その場のムードの変化が、はっきりと肌に感じられる。プレスコットは繰り返し、自分に言い聞かせた。「ぼくはあの娘をなんとも思っていない」それなのに、眼はひたとドアを見つめ、鼓動はどんどん速くなる。

はいってきたハリエットはちらりと顔を振り向けたが、彼の姿を認めた様子はなく、そのまま視線をすべらせた。黄褐色のスーツに身を包んだ彼女は、三ヶ月前に最後に会った時よりも痩せて、顔色も蒼く見えた。その瞳にはもはや光が躍っていない。

最初、聞いていることが堪えられなかった。ハリエットの声に呼び起こされる記憶が、痛くて、苦しくて、たまらなくて。必死に精神力をかき集め、判事の顔を鉛筆でスケッチすることに集中したが、思うような出来にならず、破り捨てた。いろいろな書体やデザインで自分のサインを書くという、お気に入りの落書きに切り替える。きっと心理学者なら、この行動に何か名前をつけるんだろうな。とりあえず、あの匿名の手紙の書体をまねてみることにした。〝J・W・プレスコット〟。何かが足りない気がする。そこで付け加えた。〝法学士殿〟。まだ何か違和感がある。ふと思い出した。たしか、あの封筒には〝ジョン・W・プレスコット法学士殿〟と書かれていた。この些細な違いに、きっと何か重大な意味があるはずだ。漠然とだが、そう直感した。

しかし、いつまでもそのことばかりを考えていられなかった。なぜなら、形式どおりの穏やかな質疑応答がいつの間にか壊れて、ハリエットと検察側の弁護士が苛烈な言葉を投げつけあっていたからだ。いくらプレスコットでもこれを目の前にしては、無視し続けるわけにいかなかった。

「ミス・リース、思い出させてさしあげましょうか」ヒュー・リンパニー卿は言っていた。「お兄さんが亡くなった時の検死審問で、あなたがどう証言したのかを」彼は片手を背後に伸ばし、急かすように指を鳴らした。助手は必死に書類をぱらぱらめくり、ようやく一冊のファイルを広げて手渡した。

ヒュー卿は開かれているページに視線を落とした。「ああ、これです！　読みあげます。〝八時四十五分ごろに、兄は裏口でノックの音がしたと思うと言って、誰が来たのか見にいきました。ドアの閉まる音が聞こえて、わたしはそれっきり、生きている兄とは会っていません。九時ごろに玄関の呼び鈴が鳴りました。ジョン・プレスコットでした〟こう言ったのを覚えていますか？」

「はい」ハリエットは言った。

「それなのに、事件から六年近くたったいま、あなたはこうおっしゃるのですか、あの時の証言は——ええと——間違いだった——もしくは、嘘だったと?」

「どっちも違います。八時五十分はだいたい八時四十五分だし、八時五十五分はだいたい九時でしょう。あの検死審問の時は、ぴったり正確な時刻がそれほど重要だと思わなかったんです」

「しかし、いまはその重要性に気がついたと?」

「たったの五分間で、ジョン・プレスコットが兄を殺してから家にはいってくるなんて、できるわけがないと気がついただけです」

「なるほど」ヒュー卿は、最後にもう一度、なだめるような仕種をした。「ミス・リース、六年もたっているのなら、あなたの記憶はそれほど正確ではないと思いますが」

「そんなことはありません」

ヒュー卿はうしろを振り向き、助手や事務弁護士たちと小声で何やら相談した。

プレスコットはハリエットをじっと見つめ、嘘をついているのかどうかをはかろうとした。彼女は身じろぎひとつせずにたたずんで、視線を落としたまま、一度も彼の方を見ようとしない。

ハリエットが言ったことのひとつは真実だ。あの夜、プレスコットがアッシュ・グローブ館に着いたのは、間違いなく八時五十五分だった。ハリエットはあの時、ピーターは家を出ていったと言っていた。正確な言葉は何だった？　たしか〝ちょっと前〟と言っていた気がする。なんであれ、その時のプレスコットは、五分以上前という意味に受け取ったのはたしかだ。

ヒュー卿は判事に向かって言った。「裁判長、証人の返答と態度をかんがみ、彼女を敵性証人とみなし、そのように尋問する許可をいただきたいのですが」

ヤードリー判事はうなずいた。

検察側の弁護士はガウンを肩のうしろに跳ねあげた。「あなたはいつから被告人に恋愛感情を抱いていますか」彼はハリエットに質問した。その声のうわっつらを飾っていた敬意は消えていた。

ハリエットはゆっくりと被告人席の方に顔を向けた。「わたしの十四歳の誕生日からです」

傍聴席から興奮したざわめきがあがった。

「静粛に！」判事がぴしゃりと言った。

検察側の弁護士は続けた。「それは何年前でしょう？」

「七年近く前です」

「初めて肉体関係を持ったのはいつです？」

新たなざわめきが起こり、判事はいっそう苛烈に叱責した。

ハリエットは答えた。「昨年の十一月にホテルで一緒にひと晩、過ごしました。その時だけです」

ヒュー卿は信じられないというように片眉をあげて、肩をすくめた。そして言った。「あなたはまだ彼を愛していますか」

ハリエットは被告人席の方を向いたままでいる。まるで、プレスコットの顔に何かを探しているかのように。

「はい」彼女はささやくように答えた。

「聞こえませんよ」判事が注意した。

ハリエットは力強く繰り返した。「はい！」

なんて神々しいんだ！　プレスコットは胸の内で叫ばずにいられなかった。ハリエットは頭を高くあげ、揺るぎないまなざしで、落ち着き払った表情をしている。頰の赤みだけが、感情の高ぶりを示している。

「これではっきりしました」ヒュー卿は微笑みながら言った。「あなたの記憶がこれほど奇跡的に回復した理由が……おや、答えてもらえないのですか」

「質問された覚えはありませんけれど」ハリエットは言った。

「では、申し訳ないがはっきり言わせていただきましょう。あなたは恋人を救いたいがために嘘をついているのではないかと、私は思うのですが」

「それが質問なら、答えは〝ノー〟です！」

ヒュー卿はじっとハリエットを凝視していたが、やがて肩をすくめた。「陪審員諸君にご判断はまかせましょう」そう言うと、書類をぱらぱらめくった。「では、ミス・リース、別の件についてですが……」彼の声はまた淡々としたものに戻った。

プレスコットはこの瞬間を嚙みしめるように味わい、細かいこともあまさず記憶に刻んだ。判事がメモを取るペン先が音をたてている。ヒュー・リンパニー卿は、敵愾心《てきがいしん》をむき出しにした証人に対する苛立ちを、長年にわたる職業的な訓練によってうまく隠し、わざとらしく大げさな芝居をしたり、無関心を装ったりしている。ジュリアス・ラザフォード弁護士は、あくびをしながらかつらの位置を直し、自分が満足していることを、やはりうまく隠している。陪審員の九人の男と三人の女は、それまでぼんやりと退屈そうな表情を浮かべていたが、俄然、興味津々で身を乗り出している。そして証言台にはハリエットがいる。誰よりも気高いハリエットが。

決断の瞬間だった。その瞬間、戦う決意が生まれた。傍聴席では、厳格な信心深さに凝り固まったプレスコットの父が、感心しないという目でハリエットを見つめている。だがプレスコットはもはや、父に対する恨みつらみも罪悪感も感じなかった。かわりに、一瞬にして怒りがわいた。腹の底から憤《いきどお》りが吹きあがってくる。何者かが自分に殺人の濡れ衣を着せたのだ……

ハリエットは、父親が受け取った匿名の手紙について質問されているところだった。

「あなたはその手紙について、お父さんに訊いてみましたか」

「何回も。でも、どうしても話そうとしてくれませんでした」

「手紙が来たことをほかの人に話しましたか」

「はい。ジョン・プレスコットに」

「なぜ、プレスコットに話したのですか」

初めてハリエットは微笑んだ。「なぜ、いけないんですか」

ヒュー卿は淡々と受け流した。「それから？」

「わたしたちは、父が脅迫されていることを突き止めました」ハリエットは、どのようにして知ったのかを説明した。「ジョンは警察に行こうとしましたが、わたしが、父に話すまで待ってほしいと説得して止めたんです」

「どうせ、たいして説得する必要はなかったんでしょう？」ヒュー卿が疑うようにつぶやいた。

ハリエットの眼が燃えあがった。「でたらめを言わないで」

「あなたはいつお父さんに話しましたか？」

「金曜日です」

「十一月三日の？」

「はい」

父親は脅迫されていることを認めた。そして、週末のうちに行動を起こすと約束した。

「〝行動を起こす？〟ミス・リース、それはどういう意味です？」

「わたしは、父が自分の口で警察に通報するという意味だと思いました。だから、月曜まで待つことにしたんです」

「ふたを開けてみれば、一日長すぎたというわけですね？」

「ええ、一日長すぎました」

「こうは思いませんか、あまり賢いこととは言えなかっ――」

ハリエットはさえぎった。「そんなのあなたに言われなくてもわかってるわ、だけど、いまさらでしょう。わたしは水晶玉を持ってたわけじゃないし、ただの看護婦だもの。あれ以上言い争えば、父の身体にさわるということしか考えられなかったんです」

「よくわかりました。それから、何が起きましたか」

日曜の夜の十時十五分にタクシーが玄関先に来た。車を呼んだのが父であると知って、ハリエットは仰天した。父は病気になってからほとんど外出していないばかりか、夜に出かけたことが一度もなかったからである。

ハリエットは玄関口に立ちはだかり、絶対に譲《ゆず》らず、とうとう、父がどこに、何の目的で行こうとしているのかを白状させた。

脅迫者に会いにいく、と父は言った――ハリエットが思ったとおりだ。父によれば、脅迫者はかつての愛人のアレクサンドラ・ゴダードで、現在はミセス・ウェルチと名乗っている。ノラがこの女のあとをつけ、ヘイストンベリの住みかを突き止めていた。父はその家に押しかけて、死んだ方がましだと思えるほどのきついお灸をすえて、金を取り返す決心をしていたのだ。

「でも行かなかったのですね?」検察側の弁護士が口をはさんだ。

「行けなかったんです。ひどく興奮していて、父は自分でも、とても行けないとわかっていました。それで、わたしがかわりに行ってあげると言ったんです」

「なぜですか?」

「何より、父をなだめたかったからです。それと、好奇心で……」

ハリエットはミセス・ウェルチの住居の外でタクシーを停めた。それはヘイストンベリの大通りにある薬局の上の貸し部屋だった。表側の窓に明かりはついていなかった。階段をのぼり、呼び鈴を鳴らした。応えはなかった。すでにハリエットはタクシーを帰したことを後悔し始めていた。

ハリエットはドアマットの下に鍵を見つけた。それでドアを開け、中にはいった。

「鍵がそこにあると思っていたわけですか」ヒュー卿は訊ねた。

「自信があったわけではありませんけど。でも、実際あったので使いました」

「なぜですか」

「ドアに鍵がかかっていたからです」

廷内に笑いが起きた。

「ミス・リース、あなたは他人の家に忍びこむ習慣があるのですか」

「父を脅迫していた女の顔を見るために、はるばる出かけていったんですよ。そんな人の権利だかなんだかを気にかけるほど、わたしはお人よしじゃありません」

「中で何を見つけましたか」

こぢんまりとした下宿だった――寝室、居間、台所、浴室。質素だが、魅力的な調度品に飾られている。ここの住人は、審美眼に恵まれているけれども、財力には恵まれていないようだ。

寝室には香水の残り香がまだ漂っていた。女が出ていってから、それほど時間がたっていないのだろう。ハリエットはさらに興味深いものを見つけた。男物のガウンとスリッパ、そして電気かみそり。同居人というより、むしろ、通う男がいる証拠に見える。たぶん、それでドアマットの下に鍵があったのだ。

居間にある胡桃材《くるみ》のロールトップデスクの上に、額にはいった金髪の若い女の写真がのっている。しばらくたって、ようやくそれが誰なのか、ハリエットは気づいた。ジョン・プレスコットの事務所で見た女。秘書だ。〝サンドラ〟と彼は呼んでいた。間違いない、アレクサンドラの愛称だ。

ハリエットの胸につかえていた良心の咎《とが》めの最後のかけらが消えた。デスクにかぶさっている蛇腹《ロールトップ》のふたの鍵は見つからなかった。ハリエットは自分の爪やすりを隙間《すきま》に突っこんで鍵をこじ開け、ふたを上げた。

小さく仕切られた棚には、小切手、毎月の銀行口座通知書、支払い済み小切手、受領書などがはいっていた。天板には便箋と封筒（茶封筒もあった）、スケジュール帳、計算早見表、クロムリーの地図、青と赤と黒のボールペン。何もかもがきれいに整理整頓されている。

ハリエットはその下の引き出しを開けた。これもまた几帳面な女だという証拠そのものだった。ファイルがしまわれており、それぞれに〝車〟〝家賃〟〝保険〟〝税金〟等々、きっちりとラベルが貼られている。私的な書簡は一通もなかった。

スケジュール帳をぱらぱらとめくっていった。ミセス・ウェルチはあまり遊び歩くことをしなかったらしい。美容院か歯医者の予約ばかりで、ほかには夕食の約束が一件と、結婚式の予定が一件はいっているだけだ。二、三日おきに〝R〟という謎の文字が書きこまれていた。この〝R〟が、ガウンやスリッパや電気かみそりの持ち主なのかもしれない。

十一月五日の日曜日の欄には〝午後十一時〟という赤い文字の書きこみがあるだけで、ほかには何もなかった。ハリエットは似たような書きこみを見かけた気がして、もう一度、前の方をめくっていき、見つけ出した。二週間前の日曜、十月二十二日だ。ここには赤インクで〝午後九時〟とあった。

ハリエットはこれらの書きこみに首をひねった。たぶん、ミセス・ウェルチはいままさに、十一時の約束に向かったのだろう。では、二週間前は？　そこで思い出した。十月二十二日の日曜の夜に、ノラが五百ポンドを運んだはずだ。午後九時に。

ふと、別の場所の小さな赤い色が視界にはいった——机の上に広げたままの道路地図だ。赤いインクでふたつの輪が記されている。ひとつはハウランズ通りのミッドランド銀行に。もうひとつは貨物駅入り口に。そういえば、たしかここにも電話ボックスがあった。

そう気づいたとたん、ハリエットはパニックに襲われた。まさか、お父さんに騙された？　この部屋に来るのではなく、電話ボックスでミセス・ウェルチと落ち合う約束を守るつもりでいたの？

廊下に電話があった。ハリエットはアッシュ・グローブ館に電話をかけたが、誰も出なかった。大丈夫よ、きっとお父さんはもう寝ている。でも、もしそうでなかったら？

十一時二十五分。雨が窓ガラスで音をたてていた。しかたがない。ハリエットはクロムリーのセントラル・ガレージに電話をかけ、タクシーをもう一度、頼んだ……

　ヒュー・リンパニー卿はほとんど口をはさまずにハリエットに話させていた。が、このあたりでいくらか手助けが必要になった。「タクシーが着いたのはいつですか」検察側の弁護士は訊ねた。

「十一時四十五分でした。もう間に合わないのはわかってましたけど、それでも、行かなきゃならなかったんです」

「どこに？」

「駅に。わたしはただ——とにかく、父が行ったら命が危ないと思って」

「その小さい赤丸がついているというだけで？」

「だって、その時は、そう思ったんです……」

「なるほど、続けてください」

「タクシーの運転手はトリニティ通りにいたトラックのうしろに車を停めました。わたしはタクシーを降りて、電話ボックスに向かって歩いていきました。そうしたら、ちょうどジョン・プレスコットが中から出てきたんです。女性がひとり、歩道で横になっていましたが、ひと目で亡くなっているとわかりました。ジョンの両手にも服にも血がついていて、血まみれのナイフが溝の中に落ちているのが見えて」

「ミス・リース、それらの事実からあなたはどんな結論を導き出しましたか」

「わたしはジョンが彼女を殺したのだと思いました」

「まだそう思っていますか」

ハリエットは一瞬黙った。「いいえ」そう答えた。

「いつ、考えを変えたのです？」

前よりも長い沈黙。「今朝です」

ヒュー・リンパニー卿は、思いがけないプレゼントに飛びついた。「今朝、今朝？」

ハリエットは言った。「わたしはあの夜からずっとジョンに会っていませんでした。今朝、この法廷にはいってすぐ、彼を一瞬でも疑うべきじゃなかったと悟ったんです」

「突然、神のお告げが降ってきたと？」

「そう思いたければどうぞ」

「被告人席にいる彼を見ただけで？」

「はい」

ヒュー卿は微笑んだ。「これほど感動的な話もありませんな」彼は振り向いてプレスコットに顔を向けた。「陪審員の皆さん、彼をとくとご覧あれ！　高潔さの権化《ごんげ》、生ける清廉潔白ですぞ！　残念ながら我々のうち――」卿は陪審員たちをなでるように片手を大きく振った。「――一部の者は信心が足りずに、ついつい、血にまみれた手や、指紋や、車の下の乾いた地面といった、余計なものを考えてしまいがちですが……ありがとうございました、ミス・リース」検察側の弁護士は坐った。

ヤードリー判事は被告人側の弁護人をちらりと見た。ジュリアス・ラザフォード弁護士は立ちあがった。「質問はありません」

ハリエットは証言台をおりていった。法廷を出ていく彼女は、一度も被告人席に視線を向けなかった。

休廷となった。

4

その夜、一同は会議を開いた――集まった面々は、ラザフォード弁護士と、助手の下級法廷弁護士と、事務弁護士のエリオット・ワトソンと、プレスコット本人である。

プレスコット以外の皆はリラックスして、よく食べよく飲んでいた。

「すばらしい証人だったな、あのお嬢さんは」ラザフォードがしみじみと言った。「ヒューもまさか予想していなかっただろう、なあ?」

助手のヴィズビーが言った。「反対尋問をしなかったのは大正解でしたね」

「敵にはどんな隙も与えないこと――法廷弁護士のレッスンその一だよ」

「まさにおっしゃるとおり、大正解ですよ」ヴィズビーは繰り返した。彼の前には輝かしい未来が開けていた。先輩の消極的な法廷戦術に関するコメントは、彼の株を下げていないはずだ。

「コートニー事件を覚えているかい」ラザフォード弁護士が喋っている。「下院議員が――」

プレスコットがさえぎった。「こうして集まったのは、ぼくの件の証拠について議論するためじゃなかったのか」

エリオット・ワトソンはぎょっとした顔になったが、ラザフォード弁護士はおおらかに笑った。「彼の言うとおりだよ」そして内ポケットから葉巻を一本取り出した。ヴィズビーはすでにライターをかまえている。

「きみは実にいい仕事をしてくれたよ」弁護士はプレスコットに言った。「あの娘さんを味方に引きこんでくれたんだからな。彼女のおかげで、我々のチャンスは二倍に増えたぞ……ありがとう、モーリス――」弁護士は葉巻に火をつけた。「――そうだな、一パーセントが二パーセントになった」

こびるような笑いが起きた。プレスコットは次第に腹が立ってきた。

「明日の作戦だが、受け答えはできるだけ短くしよう。はいかいいえで答えられる質問には、はいといいえだけで答えてくれ。リンパニーが食いついてくるような餌をひとかけらも与えちゃいけない。そう思うだろう、モーリス?」

「まったくおっしゃるとおりです」

プレスコットは言った。「ぼくは反対だ。何も隠すことなんかない」沈黙の沼に彼は石を投げこんだ。「あんたたちはみんな、ぼくが有罪だと思ってるんだろう?」

三人は眼を見かわした。ワトソンが言った。「プレスコット、きみも弁護士なんだからわかるだろう。我々はそういう疑問を持たない――考えているのは、陪審員たちにきみの無罪を納得させることだけだよ」

「というよりも、合理的な疑い有りと思ってもらうことかな」ラザフォード弁護士が言い直した。

「合理的な疑い有り?」プレスコットは言い返した。「わからないのか、誰かがぼくをはめたんだぞ。ぼくはそいつの正体をあばきたいんだ」また沈黙が落ちた。「もういい」彼はぴしゃりと言った。「あんたたちはぼくを信じてないんだ。なら、明日の作戦とやらの方針にぼくが従うとは期待しないでくれ。〝合理的な疑い有り〟と思ってもらうチャンスがたった二パーセントなんてオッズを、ぼくが気に入ると思ってるのか」

ラザフォードはなだめるように笑いかけた。「二パーセントというのは、まあ、言葉のあやだよ。忘れてくれ! 私が若いころには、これよりもずっと難しい裁判で勝ったものだ、そうだろう、モーリス?」

「はい、おっしゃるとおりです!」

「あまり賢く立ち回ろうとしないでくれ、プレスコット君。私がお願いするのはそれだけだよ」

＊

〝あまり賢く立ち回ろうとしないでくれ〟……それがどういう意味かはわかっていた。余計な口をきくな、ぼろを出すな。連中がプレスコットを被告人席に坐らせているのは、そうしなければ、絶望を認めたことになるからという理由にすぎない。

合理的な疑いを抱かせる、というのがジュリアス・ラザフォード弁護士の野心の限界だった。もし陪審員たちがハリエット・リースの言葉に半分でも納得してくれたら、第一級殺人罪に関しては無罪と判断してくれるかもしれない。そしてもしいま証言台に立っている弁護側のひとり目の証人、レナード・フィンチの話を半分でも信じてくれたら、再審の請求も無くなるかもしれない。もし……もしも……

フィンチ氏はひょろりと痩せたのっぽの男で、巨大な頭が危なっかしく乗っかっている骨と皮だけの細長い首は、まるで蛇つかいの笛に合わせるように動いていた。褐色のスーツに緑の蝶ネクタイ。シャツのボタンがひとつ留まっていない。

彼は四十八歳で歯科技工士だが、いまは休職中なのだと言った。トリニティ通りからはずれたキーラー街に住んでいる。十一月五日、日曜日の夜十一時になる少し前に、彼は犬を連れて夜の散歩に出た。トリニティ通りの途中から、歩行者専用の路地にはいって、中央駅まで五十メートルほど近道をするつもりだった。

貨物駅の壁に貼りつくように建つ電話ボックスのそばに、ふたりの人物が立っていることに気づいた。ひとりは薄い色のコートを着た金髪の女性で、もうひとりは女性の身体に半分隠れ、残る半分も影の中だった。女は早口に喋っており、怒っているか怖がっているように聞こえた。

「ふたり目の人物は——男性でしたか、女性でしたか」ラザフォード弁護士が訊ねた。

「それが、あの、暗かったもんで」

「女性が薄い色のコートを着ていたとおっしゃいましたね。何色ですか」

「真っ白じゃなかったです——黄色か、薄茶色か、そんな感じの」キャメルのコートの描写として、妥当である。

「ありがとうございます。続けてください」

フィンチは、トリニティ通りから枝分かれする路地にはいった。路地を二メートルほど進んだところで、視界からはずれた貨物駅の方向から奇妙な音が聞こえてきた。叫び声か笑い声のようだった。あとで考えてみれば、悲鳴だったのかもしれない。

高架下《ガード》をくぐるトンネルのような路地を歩いていき、駅の中央口外の本通りに出た。本通りを歩いている途中で、一台の車が追い越していき、中央口近くの街灯の下に停まった。男がひとり、降りてきた。

「その男性を見ればわかりますか?」

「それが、あの、顔が見えなくて。ただ、すごく背が高くて、がっしりしていました。レインコートを着てて、帽子はかぶってなかったです」

「雨が降っていたのですか」

「いえ、まだ降ってなかったですよ」

「いまのお話は何時ごろのことですか」

「ええっと、十一時五分ごろ、かな」

「どんな車でしたか」

「すみません、あのう、車には全然詳しくないもんで。一応、大きさは中くらいで、深緑か紺色で、屋根は白かったです」プレスコットはツートンカラーのコーティナを持っていた。屋根は白で、ボディはライムグリーンだ。

「その男はあなたを見たと思いますか？」

「見てないと思います。私はもう、車を追い越していましたし。でも、日曜のこんな時間に、駅に車が停まるなんて不思議だなあと思って、振り返って見たんです。だって最終列車はもう行ってしまってたから」

「その男は車を降りたあと、どうしましたか」

「高架下の路地に、はいっていきました――えっと、私が出てきた路地です」

「トリニティ通りに続いている？」

「そうです、そうです」

フィンチは散歩を続けた。しかし十一時十五分ごろに雨が降ってきたので、家の方に向かった。帰りはトリニティ通りと貨物駅には近寄らず、別の道をたどった。十一時半を少し回ったころ、帰宅した。

変わった男だな、とプレスコットは思った。見るからに風変わりではあるが、いかにも正直そうな印象を与える男だ。仮に、彼の話が真実だとすれば、プレスコットは実質、無実だ。悲鳴を勘定に入れないとしても、サンドラ・ウェルチと話をしていた、い、や、口論していた第二の人物がいたことになる。誰だ？　その人物は無実なら、なぜ名乗り出てこない？

しかしまだ、レナード・フィンチ本人に関する質問が残っている。ヒュー・リンパニー卿がそれを訊いていた。

「フィンチさん、殺人があった翌日、警察がお宅を訪ねてきましたか」

「来ましたよ。近所じゅうの家を回っ――」

「そうですね。それで、あなたはいまここで話したことを、警察に話しましたか」

「いいえ、あの」ぐるぐるする頭の動きがいっそうせわしなくなり、緊張のあまり、咽喉《のど》ぼとけが激しく上下し始めた。

「なぜです？」

「に――女房が、だめだと。その、私の具合がよくないので」

「おや、でも、散歩はできるくらいお元気だったのでしょう？」

「それは、前の日の晩です。次の日、具合がよくなくて。病院に行かなきゃならなかったんです」

「どこの病院ですか」

「サウスクレーグスです」地元の精神病院だ。「自分から行ったんですよ」彼は急いで付け加えた。「ほんの少し、精神的に、その、あれだったもので」

「なるほど……フィンチさん、あなたは歯科技工士だそうですね？　最後に仕事をしたのはいつですか」

「あの、そ、それは――」眼は宙を見つめ、眉間に汗の玉が浮き始めている。

「どうしました、簡単な質問ですよ……」

最後に仕事をしたのは十二年前だった。精神的に参ってしまったというエピソードが次から次へと引き出された。フィンチの返答はどんどん支離滅裂になり、声は甲高くかすれてきた。

その様子を見るのも聞くのも痛々しかった。当のフィンチ本人にとっては地獄だっただろう。ヒュー・リンパニー卿にようやく解放された時には、フィンチはわけのわからないたわごとを言う滑稽《こっけい》な道化にされてしまっていた。卿とのやりとりの中で、十回以上も自分の証言の重点とは矛盾することを言わされていたのだ。

それでも、犬の散歩について彼が語ったもともとの話は、ひとこと残らず真実のように聞こえる、とプレスコットは思った。そして、陪審員がそう思わないとはかぎらないのではないだろうか。検察側の弁護士の戦術がうまくいったかどうかは疑わしい。だいたい、証人を侮辱することは賢明とは言えない。特に、こんなにも自分の身を守るすべを持たない哀れな証人を。

ジョン・プレスコットが証言台で宣誓をしたのは十一時二十五分だった。廷内はドラマが始まる予感に満ちあふれ、記者席は黒山の人だかりとなり、傍聴席は隙間《すきま》なく埋めつくされた。

一週間前、いや、二日前でさえ、プレスコットは希望を失い、今後の運命などどうなってもいい、と自暴自棄になっていた。ハリエット・リースの口から出た、たったのひとことが、そのすべてを変えてしまった（〝あなたはまだ彼を愛していますか？〟〝はい〟）。

ハリエットがほかにしてくれたのは、陪審員たちの同情を集めることだった。陪審員はハリエットに好意を持ち、ノラを嫌悪した。幾人かがハリエットに抱いた好意はプレスコットに対する気持ちに影響を与えていた。たぶんいまだに彼らは――彼らの多くは――プレスコットを有罪だと信じているのだろうが、もはや鬼畜を見るような目を向けてはいない……

ジュリアス・ラザフォード弁護士による質問は、宣言した戦術どおりだった。守りに徹した質問で、否定の返事ばかりを引き出した。プレスコットがなんとかして自分の言葉で答えようとするたびに、弁護団はすぐに彼をさえぎり、次の質問に移ってしまう。

時おり、プレスコットは陪審員の方を盗み見た。そして失望した。彼らは味方してくれていない。前日、前々日は一度か二度――特にハリエットが証言している間は――振り子がこちら側に傾いた気がしていた。しかし、いまはまた戻ってしまっている――眼鏡をかけた細面《ほそおもて》の女の軽蔑のまなざしと非難するように歪《ゆが》んだ口元を見れば一目瞭然だ。

陪審員が考えていることはわかっていた。〝彼でなければ、誰がやった？〟選択肢として、ほかの容疑者がいまだに提示されていないのだ。ラザフォード弁護士が別の可能性の存在を示していないのは、彼が本心では、ほかに犯人などいないと信じているからである。よし、ラザフォードが示さないなら、自分がやる。やらなければならない。だらだらと守りに徹するだけではだめだ、反撃だけが唯一の希望だ……

ラザフォード弁護士は大げさな身振りで質問の締めくくりにはいった。よく響く声で彼は訊ねてきた。「あなたはピーター・リースを殺害しましたか」

「いいえ」

「あなたはアレクサンドラ・ウェルチを殺害しましたか」

「いいえ」

「どうもありがとうございました、プレスコットさん」

法廷は昼休みにはいった。

「この調子でいこう、プレスコット君」エリオット・ワトソンが話しかけてくる。「きみは実によくやっているよ」

よくやっている？　昼休みにはいる前、陪審長は本当に居眠りしていたぞ。まあ、いいさ。

午後になれば眠るひまなど無くなる。

＊

ヒュー・リンパニー卿の最初の質問は、あいかわらずの調子で始まった。「ピーター・リースの婚約者を自分のものにしたいと思い始めたのはいつですか」

「彼と婚約する前からです」ヒュー卿を相手にするなら、素早く考えなければだめだ。間違って答えることより、ためらうことの方が危険だ。そして、ヒュー卿の弱点は意外にも、自分の頭のよさを鼻にかけるところだ。時々、卿は相手方の証人を見くびる癖がある。

「彼女を自分のものにしたかったことを認めるのですか」

「その表現は不適当です。ぼくは彼女に魅力を感じ、ピーターが羨ましいと思いました」

「それで、彼女を奪い取ろうとしたのですか」

「いいえ」

ヒュー卿はこの調子で、第一の殺人の動機を確立させようとし続けた。というのも、ここが検察側にとっていちばん弱い部分だからなのだが、何の証拠もない言いがかりばかりで、結局はむだ骨だった。

すると、今度はピーターが死んだ夜の話になった。ヒュー卿はプレスコットの証言のことごとくに疑問を呈した。

「遺体が身につけていた〝遺書〟を、あなたが発見したのですか」

「そうです」

「それはまた、ずいぶんと信じられないほどの偶然ではありませんか」

「どういう意味です?」

「ほかの誰でもなく、あなたがその遺書を発見した? 殺人の容疑で起訴されたまさにその人物が?」

「その論理は間違っていますよ」プレスコットは答えた。「有罪なら、当然、遺書を発見したふりをします。無実なら、当然、遺書を発見しています。何の証明にもなりません」

「私の質問にのみお答えください」

「そうしましたが」

判事は微笑した。「ヒュー卿、私もそう思います」

検察側の弁護士は無理に笑顔を作った。「そうですね、裁判長」

ジュリアス・ラザフォード弁護士が盛大に眉を寄せて、頭を振っている。プレスコットはその警告を無視した。生まれて初めて、彼は自分自身に絶大な信頼を抱いていた。ハリエットが信じてくれていると知ったことで、強くなれたのだ……

検察側の弁護士は第二の殺人に話を移していた。

「では、プレスコットさん、お答えください。脅迫状を受け取った場合の一般的な反応とはどんなものでしょうか」

「怒り、でしょう。恐怖、かもしれません」

「そうですね。ですが、その脅迫状の内容が、やってもいない罪を犯したと糾弾する内容だったとしましょう。それを受け取った人はどうすると思いますか」

「警察に持っていくでしょうね」

「まさにそのとおりですよ。ですが、十一月四日に受け取った脅迫状に対するあなたの反応は違いましたね？　あなたは警察に持っていかなかった」

「ええ」

「なぜですか。脅迫状の糾弾が真実だからですか。あなたがピーター・リースを殺したという糾弾が？」

「いいえ」

「では、なぜです？」

無難な答えはあった――ハリエットに父親と話をつけるまでは脅迫のことを黙っていてほしいと懇願されたからだ、と。

プレスコットは無難な答えを選ばなかった。真実の答えを言った。「罠が口を開けていることに、すでに気づいていたからです。ぼくに罪をなすりつけるための」

ヒュー卿はにんまりした。自分の思うとおりにことが運んでいると言わんばかりに。「ほう！　あなたは罪をなすりつけられそうだった。誰にです？」

「脅迫状を書いた人間です」

「不運なミセス・ウェルチですか」

「いえ、彼女ではありません。ウェルチさんはリース氏に脅迫状を何通も書きました。しかし、警察に出した手紙と、ぼくに宛てた手紙は、彼女が書いたのではありません」

ラザフォード弁護士はまじまじとプレスコットを見つめている。が、彼は気にしなかった。これが自分のチャンスだ。検察側が自分たちのミスに気づいて証拠を握りつぶす前に、勝負をかけてやる。

「これは驚きですね」ヒュー卿が言った。「この不気味な大文字を使って脅迫状を書くのが好きな人間がふたりもいると言うのですか」

「偶然ではありません、あなたがそういう意味で言っているのであれば。ひとりがもうひとりをまねたんです」

「手紙がすべて同一人物によって書かれたという証言を聞いていなかったのですか」

「ぼくには納得できません」

「あなたはご自分が筆跡の専門家だとおっしゃるわけですか」

「筆跡の専門家ではありません。しかし、ウェルチさんはぼくの秘書でした。彼女がぼくに手紙を出すなら、宛名をどう書くかわかっています」

「説明してください」

「ぼくは署名する時、必ず〝J・W・プレスコット〟と表記します。あの脅迫状の封筒には〝ジョン・W・プレスコット〟と書かれていました。サンドラ・ウェルチがあんなふうに書くのは不自然――」

検察側の弁護士は馬鹿にするようにさえぎった。「そんな論拠を陪審員の方々が本気にするとは思えませんが」

「会社勤めをしたことのあるかたなら、本気にしてくれるはずです……そもそも、ぼくは、自分がピーター・リースを殺していないのだから、ウェルチさんがぼくの殺人の証拠を見つけることは不可能だと知っています。ゆえに、あれは本物の脅迫状ではない。ゆえに、ウェルチさんはあれを書いていないということになります」

「では、誰が?」

「ピーター・リースを殺害し、サンドラ・ウェルチも殺す計画を立てていた人物です」

プレスコットはちらりと陪審員たちを見た。表情は読めないが、すくなくとも陪審長は目を覚ましていた。

ヒュー卿は、皮肉というお気に入りの武器を振りかざして攻めてきた。「しかし、その犯人の親玉が誰なのかはわからないのでしょう?」

いるとしか」

「ええ」プレスコットはそこで衝動的に付け加えた。「ただ、この裁判で証言をした人の中に

この言葉に誰もが、はっと居住まいを正した。しかし、実証できない以上、戦略として失敗である。それでも、これまでの裁判の間に言われた言葉がずっとプレスコットの無意識にひっかかっていたのだ。誰かが嘘をついた。不用意な嘘をついた。正体をあらわにする嘘をついた。もし、もっと早くから、彼が真剣になっていれば……

ヒュー卿は得たりとばかりに、徹底的にそこを突いてきた。「ほう、証人が？　なるほど、推理小説の中では、もっとも犯人らしくない者が犯人というのが伝統ですからな。では、レイシー警部が犯人？　違う？　筆跡鑑定家のヴィラーズ博士はどうです？　それで、こんな複雑な計画を練りあげた動機が何なのか、教えてもらえますか」

これぞプレスコットが待っていた突破口だった。「それこそ、ぼくが持っているとあなたが主張している動機ですよ。いいですか、ウェルチさんはもう一通書いたんです。それはぼく宛じゃない――本物の殺人犯に宛てた脅迫状だ。十一月五日の日曜の夜、十一時半ではなく、十一時に来るように指示したんです。おかげで犯人にとっては計画を練るのに十分な時間が……」

「空想もいいところだ」検察側の弁護士は嘲《あざけ》るように言った。「何の証拠もない」

「ウェルチさんのスケジュール帳には十一時と書いてありましたよ。ぼく宛の手紙には十一時半と書いてあったのに」

しかし、ヒュー卿はまったくのたわごとというように無視して喋り続けた。たとえ狼狽して

いたとしても、卿はまったく顔に出さなかった。

反対質問の残り時間は盛り上がりに欠けた。殺人の夜の決定的な事実は、どう説明しても言い逃れができなかった。ヒュー・リンパニー卿は最後の一滴までしぼり取った。プレスコットが提示してみせた、別の容疑者がいる可能性について、触れもしなかった。

ラザフォード弁護士の再質問は形式的なものだった。

プレスコットが証言台をおりて被告人席に戻る時、陪審席の細面の女が、隣の緑のスーツを着たずんぐりした女に話しかけているのが見えた。耳をすますと、こんなことを言っていた。

「……マジョルカ島なのよ、今年の夏休みは……」

5

ジュリアス・ラザフォード弁護士の最終弁論は一時間半も続いた。感情を揺さぶる、新聞の見出しに使われそうなフレーズをちりばめた、いかにも彼らしい大言壮語の塊だった。この大演説の主題は、無実の人間に有罪判決が下される悲劇的な結末についてであったが、極刑が停止された現在では、これぞというインパクトに欠けていた。

ラザフォードによる事実関係のおさらいはずさんだった。詳細を間違え、被告人側にとって有利な点を取りこぼし、無視した方がいい点を強調した。

一応、ハリエット・リースとレナード・フィンチの証言は検察側の起訴内容に無罪を検討するに値する合理的な疑いを投げかけた、と、かなりはしょった弁護もした。プレスコットが濡れ衣を着せられたという推論についても、それなりに口にした。唯一、有利な証拠として述べたのは、ミセス・ウェルチのスケジュール帳にあった時刻――十一時――と、プレスコットを呼び出した時刻が十一時半であることの矛盾だけだった。

ラザフォード弁護士は、聞いている方が恥ずかしくなるほど感情的な、仰々しい長広舌の演説をぶった。まるで現代劇に出てくる古くさい役者だな、とプレスコットは思った。舞台の上を大またに歩き回り、グロテスクなほど大げさに芝居をするタイプの役者そのものだ。

ヒュー・リンパニー卿はまったく対照的だった。穏やかに、世間話をするような調子で、論理的に証言を並べていき、そのおさらいの過程でラザフォードの事実誤認をさりげなく訂正していった。ミス・リースの証言はたしかにプレスコットには第一の殺人のアリバイがあるという疑念を生じさせたかもしれない、と卿は認めた。しかし、ミス・リースには記憶違いをする（卿は〝嘘をつく〟という表現を避けた）もっともな動機がある。彼女は自分でも認めているが、被告人に恋をしている。そしてまた気の毒なフィンチ氏だが、彼の証言に耳を傾ける価値があるかどうか、陪審員諸氏はおのおの自分の胸に訊いてほしい。

スケジュール帳に十一時と書かれていることについては、ヒュー卿はまったく重要ではないとばかりに一蹴《いっしゅう》した。たしかに、プレスコットは十一時半に来るように指示されている。しかし、ミセス・ウェルチはもっと早い時間に行っておきたかったのだろう。彼が来る様子を見張り、警察が罠を張っていないことを確かめるために……

そして、穏やかな口調のままで締めくくった。「陪審員の紳士淑女の皆さん。我が博識なる友人は、無実の人を有罪にする危険があることを心に留めてほしいと、皆さんに願われました。たしかにそのとおりです。英国の司法の根幹において、被告人は無実を証明する必要はありません。検察側に有罪を立証する責務が求められているのみです。合理的な疑いを超える証明、言い換えれば、合理的な疑いをさしはさむ余地のない程度に立証する必要があるということです。しかし〝合理的な疑い〟とは、単純な事実を当てずっぽうや空想でねじ曲げた屁理屈を意味するものではありません。常識人たる陪審員の皆さん、被告人が提示し、我が博識なる友人が申し訳程度に触れた、未知の第三者が殺人を犯してその罪を被告人にかぶせるために証拠を捏造《ねつぞう》した、などという奇想天外な仮説を一瞬でも受け入れられますか？　そのようなことはなさらない方が賢明だと、あえて申し上げましょう。私はただ、ミセス・ウェルチが亡くなった夜、流された血がまだ温かいうちに、ジョン・プレスコットが自分の口から語った供述の内容を思い出してくださいと申し上げるのみです。そう、殺人の自白です。どちらの事件においてもジョン・プレスコットに不利な証拠は圧倒的なものであり、〝有罪〟以外の評決はありえないと訴えるものであります」

ヤードリー判事は九日目の昼食後に事件要点の説示を始めた。彼は目の前に置かれたメモをほとんど読みあげなかった。乾いたかすれ声がなめらかに流れ、すべての文は完璧に調整され、主語、述語、目的語が一度たりともぶれることがなかった。まさに言語学的離れ技であり、公平な証言の要約としてもみごとな職人芸であった。あえて言えば、被告人側に少々肩入れしている気がする、とプレスコットは思った。おそらく、双方の弁護士の差によって生じた偏りを是正《ぜせい》しようとしているのだろう。判事は、ヒュー・リンパニー卿によるスケジュール帳に書きこまれた時刻に関する説明は、その二週間前の書きこみにアーサー・リースに宛てられた脅迫状で指定された時刻とまったく同じ時刻が記されていた事実を無視している、と指摘した。

証人について論評するにあたって、判事はレナード・フィンチの証言にはあまり重きを置かなくてもよさそうだとほのめかした。一方で、判事はハリエット・リースにたいそう感銘を受けたようで、彼女に偽証する動機があることは、偽証したという――単なる〝記憶違い〟であっても――証拠にはならない、と、あらためて陪審員に指摘した。

判事は念入りに、明白な言葉を選び、陪審員たちが決めなければならない事項と、〝合理的な疑い〟という刑事訴訟用語を、わかりやすく嚙みくだいて説明し終えると、評議に送りだした。

陪審員たちが退廷したのは、四時十五分であった。

＊

ジュリアス・ラザフォード弁護士はプレスコットに声をかけた。「いまの説示のおかげでオッズが上がったんじゃないか」

「そうだね、三パーセントになったかな」

ラザフォードはにやりとした。「手厳しいねえ……私はどうだった？」

「心の臓をわしづかみにされる思いだったよ」

恰幅《かっぷく》のよい弁護士は嬉しそうにうなずくと、足音を轟かせて去っていった。褒め言葉と受け取ったらしい。

モーリス・ヴィズビーが言った。「陪審員が一時間たっても戻ってこなければ、こっちの勝ちですよ」

深い言葉のように聞こえるが、浅い台詞でしかない、とプレスコットにはわかっていた。それでも、腕時計の針がのろのろと一時間分の長さを進んでいくのを、爪を噛みながら見守っていた。

五時十五分になり、そして過ぎた。五時半になったところで動きがあり、法廷は再開され、陪審員たちが戻ってきた。

しかし、期待ははずれた。陪審員たちは、アーサー・リースが最初の脅迫状を受け取った日付の証言を確かめにきたのだった。速記の記録が調べられ、解答がなされると、陪審員たちはまた戻っていった。

そんな情報でいったい何が変わるというのだろう、とプレスコットはいぶかしんだ。陪審員たちの心の動きというものがどれほど予想外に不規則なものかという、いい例だ。慎重に並べた証拠と証言の数々、弁護士同士の応酬、判事による説明と指導――こんなものはすべて、陪審員たちのまったく理性的ではない偏見と誤解の前では無に等しい。もしもまともな評決が出されるとすれば、それは何かの間違い……

時が苦痛を刻んでいくように進む中で、プレスコットはピーター・リースの金言をひとつ思い出した。〝自分じゃどうにもできないことを、くよくよ悩むなよ〟簡単に言ってくれるよな。六時五十五分に、陪審員たちが戻ってきた。彼らの厳粛な表情から、ついにその瞬間が来たのだとプレスコットは知った。

陪審員が被告人を見なければ評決は有罪だ、とよく言われている。プレスコットはじっと観察していた。陪審員の何人かはちらりと彼を見て、何人かは見ようとしなかった。

「陪審員諸君、評決は出ましたか？」

「出ました」

「第一の事件において、被告人は有罪ですか、無罪ですか？」

陪審長はドラマの主役になった瞬間をじっくりと味わいつつ、ゆっくりと廷内を見回した。やがて、きっぱり言った。「無罪です」

廷内がざわついた。誰かが軽蔑するように大きく息を吐いた。

「第二の事件はどうですか？」

「無罪です」

「全員一致の評決ですか？」

「そうです」

判事の言葉は喧騒《けんそう》に埋もれてしまった。プレスコットに聞こえたのは、「……無罪放免」という言葉だけだった。

　人々が握手を求めてきた。ラザフォード弁護士は大喜びだった。「いやはや、よくも火中の栗を拾えたもんだよ！」

　プレスコットはほとんど聞いていなかった。ただハリエットのことしか考えられなかった。彼女は廷内にいなかったが、きっと外で待っていてくれるはずだ。いや、わかっている、あの娘《こ》は待ってくれている。

　廊下で父が近寄ってきた。その顔を幾筋もの涙が流れ続けている。「よかった、おまえ、主のおかげだ！」父は言った。「主よ、ありがとうございます！」

　ほだされちゃだめだ、とプレスコットは胸の内でみずからを戒めた。もう二度と、ほだされてはいけない。絶対に、もう二度と。

「ありがとう、親父」彼は言葉少なに言った。「ちょっとごめん――外で会おう」

　プレスコットは大急ぎで廊下を通り抜けた。記者たちをうまくかわし、階段をおりて、スイングドアの外に出る。カメラのフラッシュが光った。

　外は暗く、雨が降っていた。外の歩道には、傘をさした人たちがわずかにたむろしている。彼らはプレスコットを見ると、ブーイングしてきた。誰かが叫んだ。「人殺し！」

　ハリエットの姿は影も形もなかった。

# 第四部

# 1

列車は人影のないヘイストンベリ駅を通過し、クロムリーに向かう長い坂を下り始めた。ジョン・プレスコットはコートを身につけて、網棚からスーツケースをおろした。ねずみ色の空の陰気な二月の朝だった。家々の煙突から立ちのぼる煙が毛布のように町にかぶさっている。

「クロムリー中央駅です！」

ジョン・プレスコットは列車から飛び降り、プラットフォームを隅から隅まで見回した。ハリエットはいなかった。きっと電報が間に合わなかったのだ。

若い男がふたり、近づいてきた。プレスコットは、そのうちのひとりがクロムリー・アドバタイザー紙の記者であることに気づいた。

「ノーコメント」自動的に、前日に治安判事裁判所の外で、夜にはフェンリーで、答えた同じ言葉を言い放った。

「いや、あのねえ、プレスコットさん――」

彼はさっさとふたりの横をすり抜けた。駅の外にある新聞の売店のポスターが叫んでいた。

〝プレスコット裁判の判決〟

三ヶ月前のあの夜に車を停めた場所に、タクシーが列を作っていた。プレスコットは先頭の車に乗りこんだ。「ネルソン大通りへ」運転手は好奇の目で彼をちらりと見た。

タクシーが渋滞をかき分けて突き進み、やがて前方に見慣れた街角が現れると、試練の時が差し迫っていることをひしひしと実感し始めた。自分は本当に変われたのか？　またしても、はかない夢だったのか……？

ノラが呼び鈴に応えて出てきた。彼女の装いは——お決まりの——青いひらひらのガウンとスリッパに、くわえたばこだった。

「おかえりなさい」ノラは言った。

プレスコットはコートをかけて、居間にはいっていった。ノラはついてきた。

「昨夜のラジオで聞いたわ」彼が答えずにいると、彼女は甲高い声で続けた。「何をじろじろ見てんの。なんか言いなさいよ！」

彼はじっとノラを観察し続けた。いったいどうして彼女を一度でも愛することができたのだろう。どうして結婚生活が破綻《はたん》した責任がほんの一部でも自分にあると思ったのだろう。こいつはこんなにも意地が悪く、ひねくれて、性根《しょうね》の腐りはてた女だったのに。最初からハリエットが言っていたとおり、この女はビッチだった。

ノラは怯えた顔になった。「ジョン、離婚したければしていいわよ。わたしから争うつもりはないから」

ようやくプレスコットは口を開いた。「おまえが争おうが争うまいがどうでもいい……それと、もうひとつ。この家から出ていけ。今日の夜までに」

「でも——」

「夜までにだ。わかったか?」

彼が口をきいたことで、ノラの恐怖は薄れたようだった。「ハリエットのために、ベッドメークしておいてほしい?」

プレスコットは目もくらむほどの憤怒に襲われた。ノラの両肩をつかむと、彼女の歯がぶつかって音をたて、息もできなくなるまで、揺さぶり続けた。そして、くたくたの人形を投げ捨てるように、床に突き飛ばした。ノラは床の上に這いつくばったまま、すすり泣き、ぜいぜいと咽喉《のど》の音をさせながら、首をさすった。ガウンの前が、裾まで大きくはだけている。

プレスコットは見おろしたが、何の情もわかなかった。この女は、彼に殺人の罪を着せる嘘をついた。

ノラは彼の眼を見つめたまま、ようやく立ちあがった。「やるじゃないの、ジョン」彼女はあえいだ。「あなたがもっと、いまみたいにやってくれてたら……」ノラの顔は恐怖よりも興奮で上気している。

プレスコットは顔をそむけた。「何か着ろ」彼は言った。「見苦しい奴だ」

ノラの息づかいのほかは、何の音もしなかった。やがて彼女は毒を含んだ言葉を投げつけてきた。「もうハリエットの婚約者には会った?」

＊

アッシュ・グローブ館に電話をかけた。これで三度目だ。前の晩にフェンリーの父の家から、すでに二度かけている。

今度も電話口に出たのはアーサー・リースだった。「ああ」彼は言った。「きみからのことづてなら娘に伝えた」

「今朝、電報も送りましたが」

「それも受け取っていた」

「ハリエットに直接、会いにいきます」プレスコットは言った。

しゃがれた声がびりびりと耳に響いた。「やめておけ。ハリエットはきみに会いたくないと言っている」

「彼女の口から直接聞くまで信じません」

「そもそも、今日の昼間はずっと外にいる。アランと一緒だ」

「アラン？」

「アラン・スタッドレーだ」

受話器の向こうから、含み笑いが聞こえた気がした。「今夜、ぼくが行くと伝えてください」そう言って、電話を切った。

三日前、ハリエットは法廷で宣誓をしたうえで、ジョン・プレスコットを愛していると宣言した。あの娘《こ》がそんな移り気のはずがない。ハリエットがそんな……

*

一時十五分になると、空腹でたまらなくなった。ノラは二階で歩き回っている。荷造りをしているならいいが、とプレスコットは思った。

上階に向かって声をかけた。「昼めしを食ってくる」返事はなかった。

コーティナの右うしろのドアに深い擦《す》り傷ができており、バンパーがへこんでいる。ノラはむかしから運転が下手くそだった。

リージェント・ホテルまで車を走らせた。レストランに知っている顔はひとりもいなかったが、食事の間じゅう、じろじろと見られているのをずっと感じていた。彼は時の人、有名人なのだ。二重殺人の容疑から無罪放免された男。

ホテルの外に出ようとして、ふとバーをのぞいたプレスコットは、フランク・ホーンビーがテーブル席でひとり、飲み物とタイムズ紙のクロスワードを愉しんでいるのを見つけた。プレスコットは近づいていった。

ホーンビーが顔をあげた。とたんに、立ちあがって、プレスコットの手を握り、盛大に振った。「ジョン、おかえり」

たったの三ヶ月ほど離れていただけで、友人たちが以前とは違って見える、とプレスコットは感じ入っていた。ホーンビーは中年に見えた。たくましい肩は変わっていないはずなのに、いま真っ先に目にはいるのは、中年太りの太鼓腹と、たるみ始めた二重顎と、ぶくぶくした両手だった。

テッサが入院しているんだ、とホーンビーは説明した。五人目の子供が――男の子だ――火曜日に生まれたのだ。

「乾杯、ジョン！」医師はグラスをかかげた。それから、声を落として続けた。「言葉にできないくらい嬉しいよ」

「ありがとう……きみは証言台でも、かばってくれたよな」

「できるだけのことはしたけどね」

「おかげで助かった。それはそうと、フランク、アドバイスしてほしいことがあるんだ」

ホーンビーはあたりを見回した。バーの中の会話は凍りついていた。全員の眼がふたりを見つめている。「わかった、いや、ここではちょっと」医師は答えた。「うちに行こう」

ふたりはグラスを空けると、バーを出た。

ホーンビーはまた新しい車に乗っていた。ゼファーに続いて買い替えた車同様にこのローバーも、プロ顔負けの腕前とはいえ明らかにスピードを出しすぎだ。タニクリフの交差点にさしかかると、前を走るホーンビーのローバーは、黄信号で角を曲がっていってしまい、プレスコットの車は置いてきぼりになった。

信号待ちをしながらプレスコットは、フランク・ホーンビーにリージェント・ホテルの婚約パーティーから車で家まで送ってもらった夜を思い出した。あの時もここの信号で止まった。

そして、事故を起こした。あれは母が死んだ夜だった。そう、あれは——

うしろのドライバーがクラクションを鳴らしている。信号は青になっていた。プレスコットは車を前に出すと、西に曲がってタニクリフ通りにはいった。

ほとんど無意識のまま、プレスコットは車を走らせていた。意識だけが六年前のリージェント・ホテルに飛んで、そこにはピーターとノラとアーサー・リースとまだまだ子供のハリエットもいた。いまも——法廷でのひと時と同じく——自分が発見の扉の前に立っている気がしてならない。何かがあのパーティーで起きた。ピーター・リース殺しを予兆し、説明する何かが。思い出せさえすれば……

ホーンビー一家は、ハーストパーク大通りに面するモダンな一戸建てに住んでおり、裏手にフランクの診療所がくっついていた。

プレスコットが着いた時にはもう、書斎に酒の用意が整っていた。診察室につながる散らかった小部屋の、数々の調度品には居心地のよい革張りの肘掛け椅子が二脚あった。

「子供たちは？」プレスコットは訊ねた。

「テッサのお母さんの家にあずかってもらっている。で、いつ帰ってきたんだ？」

「十二時になる少し前だよ。昨日の裁判が終わってから、親父と一緒にフェンリーに行って、実家にひと晩泊まってきた」

「ここの誰かともう話をしたかい」

「きみだけだよ。あと、もちろんノラとも」

「ああ、そうだね、ノラと……離婚するのか、やっぱり」

「うん」

「ノラはあまり具合がよくないんだよ」

「それは気の毒に」

「ノラは私の患者なんだ。きみがいま追い出せば、ノラはきっと野垂れ死にしてしまう。間違いない」

「あいつにふさわしいじゃないか」

ホーンビーは眉を寄せた。「きみの奥さんだぞ。きみはノラと結婚したんだぞ」

「フランク、ぼくらの結婚は死んでいるんだ」

「結婚を殺すのにはふたり必要だよ」

ホーンビーはたいていのことに寛容なのに、結婚の神聖な義務というものに対しては、恐ろしく狭量《きょうりょう》であった。彼自身の結婚生活がまさに、生存確率がすさまじく低いのに生きのびている見本だった。ホーンビーの妻は自分勝手で、無礼千万で、浪費家で、しかも患者として夫に頼りきっていた。それでもふたりは今なお互いを、そして家族を、大切にしている。

ホーンビーは言った。「そのあとは？　ハリエット・リースと？」

「そうなればいいと思っている」

医師は何か言おうと口を開けたが、思い直したようだった。彼はパイプに刻みたばこを詰め始めた。「ジョン、さっきバーにいた人たちのことだが――どう思った？」

「ぼくに敵意を向けているように見えたな」

「それはずいぶん控えめな表現だよ。クロムリーできみの名前は禁句にさえなっている。ひとり残らず、きみがやったと思っているんだ」

「陪審員はそう思わなかった。問題なのは彼らがどう考えるかだ」

ホーンビーはしげしげとプレスコットを見た。「ジョン、きみが私にアドバイスを求めてきたから答えるけどね、クロムリーを出ていって、どこか別の新天地で新たに出直すのがいい。特に、きみがハリエット・リースを人生に巻きこむつもりでいるなら」

「逃げろって言うのか?」

「現実的にならなきゃだめだ。ここにい続ければ、きっと辛いことになる――ハリエットにとってはなおさらだ」

「フランク、誰かがぼくをはめて殺人の濡れ衣を着せたんだ。きみが、ぼくと同じ境遇に立たされたら逃げるか?」

「いや……だけど、私はきみじゃない。私の方が精神的にずっとタフだし、傷つきにくいからね」

フランク・ホーンビーを相手に脅《おど》しをかける者はいそうになかった。彼の温かさと人懐っこさは本物だったが、誰よりも自分が大切で、非情なほどに利己的な根っこは、隠しきれなかった。自分の身が脅《おびや》かされれば、彼は必ず嚙みつき返す。それも容赦なく。

プレスコットは言った。「フランク、ぼくは変わったんだ。もう誰のドアマットでもない。

ぼくは戦う」

ホーンビーは無言でパイプの煙をくゆらせていた。やがて、彼は言った。「〝戦う〟ってどういう意味だ？」

「両方の殺人事件の真実を見つけ出すんだよ」

「警察は協力してくれないぞ。ロン・ウィリアムスンが言っていたが——」

「わかってるさ」警察にとって事件は終わったのだ。彼らは容疑者を逮捕し、裁判にかけたが、容疑者は無罪放免された。判決が出た以上、警察はもう手も足も出せない。

ホーンビーはきびきびと言った。「わかった、私はどうすればきみを助けられる？」そして、ふたりのグラスに酒を注ぎ直した。

「ぼくが探しているのは動機だ。なぜピーターは殺されたんだろう？」

「私は法廷で話した以上のことは知らないよ、ジョン、しかし、推測ならできる。ピーターは死ぬ前の数週間に、どういうところが普段と違うと思った？」

「いらいらして怒りっぽかったな」

「うん、それはまあ、そうだが、私が言ったのはどちらかと言うと、行動だ」

「残業続きだったことか？」

「そのとおり。毎晩毎晩、事務所にひとりで残って遅くまで仕事をしていた。なぜだと思う？」

〝帳簿を改竄《かいざん》していた〟というのが一般的な見解であったが、いまとなってみれば、それは除外していい。

ホーンビーは続けた。「ピーターは所得税の経理を扱っていた。あいつが仮に、顧客のひとりが内国歳入庁をごまかしているのを発見して、脱税を報告すると言ったらどうだ?」

ありえなくはない。だが、殺したくなるほどの動機だろうか。脱税したくらいでは、社会的に葬られるような烙印を押されるわけでもない。

「それならぼくが調べるよ」プレスコットは言った。かつての顧客のリストなら、アーサー・リースから手に入れればいい。もしくは、ノラから。

「ジョン、もうひとつ、思いついた——ウェルチさんについて調査するべきだ」

「あの女を?」

「彼女がどこで情報を得たのかを調べるんだよ」

「調べるまでもない。もう何年もリースの愛人だったんだぞ」

「それはわかっている、彼女はリースの秘密に接することはできただろうさ。間違いなくそこから、遺書がすり替えられたことを知ったんだ。だけど、きみの推理だと、ウェルチさんが殺されたのは、本物の犯人を発見して、そいつにちょっかいを出したからということになる。そうだろう?」

「そうだよ」

「うん、だけど、どうやって犯人の正体を知ったんだ?　どこで証拠を見つけ……いや、もちろん、もしも——」そこで言葉が途切れた。

「なんだ？」

「いや、ちょっと思ったんだ。でも、それはないか……最初の遺書を誰も見ていないってのは残念だな。もちろん、アーサー・リースは別だよ」

「しかも、処分してしまったし」

「本人はそう言っているがね。どうだろう……もう一杯、飲むか、ジョン？」

「いや、ありがとう。もう行かないと。ところで、あそこにあるのは医師名簿かい？」

「そうだよ。見たいか？」ホーンビーは書棚から赤い表紙の分厚い本を二冊抜き取った。「去年のだが」

プレスコットは二冊目を開き、Sの項をめくった。あった、思ったとおりだ。〝スタッドレー、アラン・ハンター。クリヴデン通り、サウサンプトン。外科医学士、一九六〇、リーズ大学卒〟。サ、ウ、サ、ン、プ、ト、ン……同じ男だ。

2

プレスコットがフランク・ホーンビーの家を出て間もなく、ぽつぽつと雨が降りだして、四時にはもう、十二月半ばのように真っ暗になった。

次はどこに行く？　アッシュ・グローブ館か？　いや、ハリエットはまだ帰っていないだろう。

セルウィン広場に車を停めてから、雨の中、通りを渡って、なじみ深い〈W・B・クライド&サンズ〉と書かれた真鍮《しんちゅう》の表札の脇をはいっていった。階段をのぼるうちに、胸の内で不安がふくらみ、具合が悪くなってきた。かつての優柔不断な自分に戻った気がする。皆を不愉快にさせてしまうのではないか、まわりからどんな目で見られるだろうか、という恐怖に襲われる。それに対処する特効薬は、怒りだった。もしも陪審員のひとりでも悪意に満ちた解釈をしていたなら、いまごろ自分は終身刑に服していたはずだ、とあらためて思い出す。自分を陥れようという計略は失敗させたが、それだけでしかない。証拠をもって真犯人に罰を受けさせるのが筋というものだ。

懐かしい、ニスと古い書物のかびくさい匂いに出迎えられた。階段で、郵便物のはいった袋を運ぶ、赤毛のミニスカートの娘に追い越される。新しいスタッフだろう――見覚えのない顔だ。

大部屋の事務室をのぞいた。とたんに、しんと静まり返った。

プレスコットは言った。「ごきげんよう。ローソンさんはいるかな?」

総務のミス・バローズが最初に声を取り戻した。「今日は町の外にお出かけです」

「レイヴン君は?」

「いらっしゃいます。ベティ、プレスコット先生を――」

「行き方は覚えているよ」

室内に、ひそやかに敵意が流れているのがわかる。だが、それがなんだ？　他人にどう思われようが、痛くもかゆくもない。自分が傷つくことはない。自分が勝手に傷ついているだけだ。そのくらいのことは、大むかしに気づけばよかった。

通りすがりに、自室のガラスのドアに書かれた自分の名前に、かぶせるように貼ってある長方形の白い厚紙に、別の名が印刷されているのを見た。〝ミスター・ガンストン〟

ティム・レイヴンは椅子から立ちあがり、手を差し出してきた。「やあ、おかえり、おかえり！　元気そうだね」

「ありがとう。きみも元気そうだ」

「ま、なんとかね」四十歳にしてレイヴンはあいかわらず細身で、小ざっぱりとして、白髪は一本もなく、眉間に皺など刻まれていなかった。いつ見ても、新品そのものの服を身につけている。

「おめでとうと言わせてくれ、ジョン、あの評決が出て、ぼくは本当に嬉しいよ」

「きみの証言はそんなふうに思えなかったけどな」

「そりゃあ、きみ、ああいう場では真実を言わなきゃならないしね」

プレスコットはひとまず、いまの言葉は聞き流すことにした。「ガンストンって誰だ？」

「助っ人が必要になったんだよ、ジョン。ガンストンはすごくいい奴でね――ぼくの同窓生を通じて紹介してもらったんだ」

「で、雇ってすぐ、ぼくの部屋に入れたのか？」

「一時的にだよ。もちろん、もしきみが戻ってくるなら――」

「〝もし〟って何だ、ティム」

レイヴンは落ち着かない顔で微笑んでみせた。「ぼくたちは思っていたんだよ、きっときみは――そのう、休暇が欲しいんじゃないかって――最初は」

「欲しくない。ガンストン君には、今夜じゅうに出ていくように言ってもらおうか」

「エドワードと話してくれないかなあ。ぼく個人はさ、きみが戻ってきてくれるのは嬉しいよ、でも知ってるだろ、彼はほら、頭ががちがちに固いから」

「ぼくが知ってるのは、自分がこの会社の共同経営者ってことだけだ」

レイヴンはついに本音をさらけ出した。「いいかい、ジョン、ぼくは陪審員の評決を受け入れる。エドワードもたぶん受け入れるだろう。だけど、クロムリーでそうする人間はぼくらふたりだけだ。だから、うちで仕事を続けてもらうわけにいかないんだよ、殺人事件の――二重殺人事件の容疑者には」

「心配しなくてもいいよ、ティム。そう長くはないから。ぼくが犯人を見つける、約束する」

レイヴンは納得しきれない顔で肩をすくめた。「エドワードと話してくれよ」彼は繰り返した。

「話すよ」プレスコットは話題を変えた。「ノラとは離婚する」

「だろうね」

「きみを共同被告として訴えるつもりだ」

「まあ、別に驚きゃしないよ」情けない顔で苦笑した。「きみには絶対に証明できなかったはずなのにな、あの馬鹿女が証言台で取り乱さなければ……マーガレットにはもう話した。それはもう大変な愁嘆場だったけど、ま、わかってくれたよ」

「まだノラと逢っているのか？」

「あんなことのあとで？　冗談じゃない！」

プレスコットは注意深く地ならしをしていたのだ。そして、彼はいま、その質問を投げつけた。「じゃあ、きみはふたりとも失ってしまったんだな？　ノラもサンドラも」

「サンドラ？　何を言ってるんだ、きみ？」立ち直りは素早かったとはいえ、その眼にはショックを受けた痕跡がありありと残っていた。

「おや」プレスコットは言った。「ぼくが思うに、ミセス・ウェルチの遺品の中には、きみのガウンとスリッパがまぎれこんだままじゃないのかなあ……ああ、それと電気かみそりも」

レイヴンは降参だというように肩をすくめた。「どうしてわかった？」

たいして難しい話ではない。サンドラ・ウェルチのように魅力的な女性がいれば男が放っておかない。特に、職場の誰とも親しくしようとしない女ならなおさらだ。面倒なことになる危険がないのだから。

「あの女はきみを利用していたんだよ」プレスコットは言った。

「は？」

「きみの魅力に参ってベッドを共にしたわけじゃないって意味さ」

ティム・レイヴンはむっとした。「彼女は愉しんでいたぞ。あの最中も、そりゃあ積極的で……」

「かもしれないね。それでも、きみを利用していたことに変わりはない。もし、きみにひとりの男としてほんの少しでも興味を持っていたとすれば、手帳の予定表に〝R〟ではなく〝T〟と書いたはずだ。あの〝R〟ほど、人を馬鹿にしたものは思いつかないな」

プレスコットは愉しんでいた。ティム・レイヴンにはひとつならず貸しがある。

「何を話したんだ、サンドラと?」

「どう思う?」レイヴンはからかうように言った。自尊心を取り戻そうとするように。

「ぼくがどう思っているか教えてやるよ。サンドラはきみと、へどが出るほどリースの話をしたはずだ。父親――」

「そりゃ当然だろ。あの娘《こ》はアーサーの愛人だったんだから」

「――と息子の。特に息子の話を。きみがピーター・リースの死について知っていることを、それこそ一滴残らずしぼり取ったはずだ。違うか?」

レイヴンは押し黙っている。

「きみからしぼれるだけしぼったころにはもう、きみとピーターが交わした最後の会話を完璧に暗唱できるようになっていただろうよ。ティム、どうしてピーターはあの日、きみに会いにきたんだ?」

「それはもう話しただろう――きみとノラのことで来たんだ」

「馬鹿も休み休み言え。ピーターがそんなことをきみに相談するはずがない」レイヴンが黙っているので、プレスコットは付け加えた。「よく聞けよ、ティム。どういう方法を使ったか知らないが、サンドラ・ウェルチはピーターを殺した犯人を突き止めたんだ。きみを通じて知ったのかもしれないし、そうでないかもしれない。だけど――」

「ぼくからのはずはない。ぼくは誰がピーターを殺したのか知らないんだから」

「無自覚に教えたのかもしれないぞ。きみがあの女に何を話したのか、正確に知りたいんだ」

レイヴンはハンカチを取り出して、額をこすった。すっかり落ち着きを失くして、震えあがっている。

あの日の午後、ピーターはひどく取り乱して、支離滅裂だった、とレイヴンは言った。ピーターは喋るのをやめられずにいた。父親のこと、職場のこと、職業上の規範や法的な義務やモラルのこと。

「ぼくに弁護士としての意見を求めているようだった」レイヴンは言った。「でも具体的なことは教えてくれないんだ。だから、何がどう問題なのか、わからなかった。もしこうだったら、ああだったらと、曖昧《あいまい》に訊かれても答えようがないとぼくは言ったよ。そうしたら、話の終わり際にピーターが、きみとノラのあの話のことをちらっと言ったんだ。エドワード・ローソンからたったいま聞かされたって」

「それできみは、ピーターがそのことで悩んで、きみからアドバイスをもらいたがっていると、早とちりしたわけか」

「そんな言い方はないだろ、そう思うのが普通じゃないか」

反駁《はんばく》するだけ無駄だった。「よく考えてくれ、ティム。きみの話だと、ピーターは彼の父親とエドワード・ローソンとノラとぼくについて喋ったんだよな。ほかの人間の話は？」

「しなかったと思う」

「じゃあ、ピーターとした会話をサンドラに話した時に、きみはほかの人間の名前を口にしたか」

「何度も訊かれたから、自分でも何を話したか覚えてないよ。そりゃもう、しつこかったのなんの」

「何年も前に起きたことをそんなにしつこく訊いてくるなんて変だと、きみは思わなかったのか」

「死とか自殺とかに、病的に興味を持っている娘だと思ったんだ。それ以外は、いい娘だったからね。ちょっとくらい変わったところがあっても、別にかまわないだろ」

＊

帰りがけにプレスコットは、リース事件の検死審問に関するファイルを見せてほしいとミス・バローズに頼んだ。秘書は迷ったものの、出してきた。それを家に持ち帰ると言うと、秘書はいっそう渋る顔になった。プレスコットが冷やかかに彼女をじっと見つめると、秘書はおろおろして、手渡した。

家まで車を運転しながら、プレスコットは思い返していた。ティム・レイヴンはじゃぶじゃぶと情報を漏らした。スポンジのように、ちょっとしぼるだけで簡単に。いや、まだしぼり方が足りなかっただろうか。

今朝、帰ってきたプレスコットの列車を待ち構えていた、あの地元の記者が雨の中、家の門の前に張りこんでいた。反射的にいつもの答えが口から出かかったが、気が変わった。「ぼくが真犯人を突き止める手がかりとなる証拠を見つけたと、書いていいよ」

もちろん、誰も信じないはずだ。ただ、罪の意識があるただひとりの人物だけは、ひょっとすると、信じてくれるかもしれない。そうなれば、あせって何かをやらかして、ぼろを出す可能性がないともかぎらない。

「証拠って？」記者が訊いた。

「それはまだ言えない」

青年は小馬鹿にしたようにうなずいて、手帳をしまった。「どうも。そういえば、奥さんが三十分くらい前に、スーツケースを山ほどタクシーに積んで出かけていきましたよ。どこかに旅行されるんですか」

「いや、出ていったんだ。離婚する」

「それ、書いてもいいですかね？」

「どうぞ」

たちまち、手帳が再び出現した。「そのあとはどうするんですか、プレスコットさん？　将来の計画は？」

「たくさんあるよ。公開はしない」

それ以上の質問は振り払って、家にはいった。

ノラは書き置きを残していた。


〝明日、残りの荷物を取りにきます。何か用があれば、わたしは母の家にいるけど、連絡しないでほしいわ〟


プレスコットはそれを引き裂いた。

持ち帰ったファイルをじっくりと調べてみる。サンドラ・ウェルチが一度借りた、一九六二年五月のピーター・リースの検死審問についてまとめた、薄い紙ばさみだ。アーサー・リースは息子が死んだ翌日、クライド&サンズ法律事務所に監視の指示（当事者以外の第三者による、目下の状況に直接関与しないで監視だけをするようにという弁護士に対する依頼）を出していた。

ファイルには、リースとローソンの間で交わされた契約の書簡が数通、リースの証言の草稿、フォトスタット（写真複写機の商標。感光紙に黒白逆に再現される）で複写した〝遺書〟の写真。検死審問のすべてを記録したクロムリー・アドバタイザー紙の記事の切り抜き。すべての資料にミス・バローズの几帳面な筆跡でナンバーが振られ、番号はすべて目録と一致していた。紛失したものはひとつもない。

プレスコットはすべての資料を最初から最後まで二度、読み通したが、知らないことは何ひとつ見つからなかった。彼が何かを見落としたのでなければ、サンドラ・ウェルチは身を滅ぼすことになった知識を、このファイルから得たのではないということだ。

## 3

夜の八時。プレスコットが車をバックさせて道路に出ていくと、街灯の下、雨が歩道で躍っていた。近所のコリン・モーテンセンが、風に向かって傘をさし、自宅の門に向かうのが見える。プレスコットは挨拶がわりにクラクションを軽く鳴らした。傘は上がらなかった。

街は暗く、人気《ひとけ》がなかった。聞こえるのは、ワイパーがこすれる音と、時おり水たまりでタイヤが水を撥ねあげる音だけだ。

アッシュ・グローブ館の玄関の外には古いランチェスターが停まっていた。エドワード・ローソンの車だ。プレスコットは呼び鈴を鳴らした。

ドアを開けたのはアーサー・リースだった。

「ハリエットに会いたいんですが」プレスコットは言った。

「娘はいない」その声にはまったく歓迎の響きがなかった。

「いつ帰りますか」

「さあな」少し間が空いて、やがて、しぶしぶという口調で言った。「はいるといい」

彼はプレスコットの先に立って二階の書斎に上がっていった。ほとんど脚を引きずっていなかった。

「娘はスタッドレーを見送りにいった」リースが口を開いた。「列車で帰るそうだ」

あの八時十九分の列車だ。ということは、ハリエットはもうじき帰ってくる。

エドワード・ローソンが肘掛け椅子でくつろいでいた。褐色のゆったりしたスポーツ用ズボン、真っ赤な蝶ネクタイ、眼鏡、葉巻――どれもこれも演出用の小道具だ。

ローソンは立ちあがって、にこにこしながら歩み寄ってきた。「やあ、きみ！」彼は大声を出した。「おかえり！」そしてリースを振り返った。「アーサー、これはお祝いをしなければならないよ。実を言うと私はあのすばらしいブランディに目がないんだ――」

リースは唸って、また部屋を出ていった。

「今日の昼間、事務所に顔を出してきました」プレスコットは言った。

「知っているよ、ティモシーが電話をくれた。留守にしていて、すまなかったね」

「ティムの奴、変なことを言うんです、ぼくはしばらく休暇を取るべきだって」

ローソンは葉巻を灰皿にのせると、眼鏡をはずして磨き始めた。「世間の目というものがあってだね。申し訳ないが、いまのきみの株はあまり高いとは言えないんだ」

「共同経営の契約はまだ法的に有効のはずですが」

眼鏡が宙に大きな弧を描いた。「そこは話し合いでなんとか解決できるだろう、なあ、きみ。

ほら、来た来た！」アーサー・リースが盆を持って再び現れた。「牢屋でパンと水だけで生きのびたにしちゃ、元気そうじゃないか、なあアーサー？」

リースは答えなかった。ブランディを注ぐと、ふたりにグラスを手渡した。

リース自身は前より健康になったようだ、とプレスコットは思った。もはや不自然にまぶたがひくつくこともなく、身体の肉付きもよくなっている。

「ふたりともいてくれて、よかった」プレスコットは言った。「と言うのも――」

「ハリエットがいなくて残念だったな」ローソンが口をはさんだ。「でも、あの娘《こ》は別の約束があるんだろう、なあ、アーサー？」

プレスコットは誘導されなかった。「――と言うのも」彼は続けた。「ピーターの死の件で訊きたいことがあるからです」

ローソンが眉を寄せた。「アーサーを興奮させちゃいかんよ」

「私のことは気にせんでいい」リースはそう言って、たばこに火をつけた。

プレスコットは言った。「エドワード、あなたはあの日の午後、ピーターを呼びましたね？」

「うちに来てくれと言ったよ、うん」

「お宅にはどのくらい、いましたか」

「三十分くらいかな。だけどジョン、全部、法廷で証言しただろう」

「あなたはピーターに、ぼくがノラと浮気をしていると、信じさせようとしましたね？」

「私はただ、事実を伝えただけだよ」

「そして、ピーターはあなたの言うことを笑い飛ばしましたね？」

「気の毒だがジョン、法廷で証言したとおりピーターは、それはもう腹を立てて――」

「ピーターは笑い飛ばしたはずだ。あいつはぼくという人間をよく知っていた。そんな話を一瞬でも信じたはずがない。特にあなたの口から出た話なら」

「どうして特に私なんだね？」

プレスコットはまじまじと相手を見た。「どうしてあなたがぼくを目のかたきにしていたか、ぼくが知らないと思ってるんですか？　ピーターが知らなかったと本気で思ってるんですか？」

ローソンは眼鏡をまたごしごし磨き始めた。「もちろん」彼はしぶしぶ認めた。「ピーターは私の言葉を頭から信じたわけではないよ。調べてみる、と言っていた」

「なんにしろ、ピーターは家を出ていく時、取り乱していたわけではないんですね？」

「腹を立てていた――」

「ぼくはいま〝取り乱していた〟かどうかを訊いたんです」

「もちろん、そんなことはない。冷静そのものだったよ……」

それこそがプレスコットの求めていた答えだった。なぜならその約二時間後、レイヴンを訪ねた時のピーターは、まったく冷静ではなかったからだ。その間に何があった？

プレスコットは頭の中で、当日の午後のピーターの行動を再現してみた。午後二時十五分から二時四十五分までエドワード・ローソン宅。四時半から五時半までレイヴンと一緒。五時四十五分から六時半までフランク・ホーンビーと一緒。六時四十五分に帰宅。文字どおり命取りの空白が、二時四十五分から四時半までの間ということだ。

プレスコットはアッシュ・グローブ館でピーターが自分宛に残した書き置きを思い返した。〝ごめん――今日は行けない。言い忘れていた〟――とかそんなような文面だったと思う。つまりピーターは前もって、都合がつけられないことを知っていたのだ。それなら、ゴルフに行けなくなったのは、ローソンが急に呼び出したこととは無関係だ。あの日の午後、ピーターはすでに誰かと約束していたことになる。

いったい誰と? プレスコットは、自分が知っているはずだという気がしていた。たしか、聞いた覚えがある。しかし、あまりにもむかしのことで……

プレスコットはローソンに訊ねた。「ピーターが帰る時に、次はどこに行くと言ってませんでしたか」

「六年も前のことだ――細かいことはいちいち覚えていないよ」ああ、そうだろうさ、あんたに都合のいいこと以外はな……

プレスコットはアーサー・リースを振り返った。彼はまるで禁じられた果実を口にするように、たばこをじっくりと味わっていた。「リースさん、あなたは知っていますか」

「いや、興味もない」

「自分の息子を殺した人間が誰なのか知りたくないんですか」

リースは憎々しげにプレスコットを凝視した。「もう知っている」

一階でドアが開き、閉まった。アーサー・リースはうしろめたそうにたばこをもみ消した。しかしハリエットは上がってこなかった。やがて、ピアノの音が聞こえてきた。出だしの音でプレスコットは、シューベルトのアンプロンプチュだと気づいた。

リースは口を開いた。「尋問が終わりなら、一階に行ってハリエットに会って、もう帰れ」

「まだ終わっていません」ハリエットに会いたいという衝動はあらがいがたかった。が、踏みとどまった。「あなたはピーターの死についてサンドラ・ウェルチにどれだけ話したんですか」

リースのまぶたがひくつき始めた。「きみに何の関係がある?」プレスコットがじっと見つめ続けると、リースはぶっきらぼうに付け加えた。「何も話しとらん」

「話したはず――」

「何も話しとらん」

ローソンが警告するように頭を振っている。プレスコットは黙殺した。「それじゃ、彼女はどこから情報を得たんでしょう?」彼は追及した。

リースは苛立った声で答えた。「あいつは遺書を見つけたんだ、情報源はそれだ。遺書を見つけて、あれやこれやを考えあわせたというわけだ」

「本物の遺書ですか?　ぼくがピーターの遺体から見つけた?」

「そうだ」

「でも、先週、あなたは法廷で、遺書をすり替えた時にオリジナルは処分したと証言しましたよね」

リースは肩をすくめただけで無言だった。

「それを見たいんですが」プレスコットは言った。

「遅かったな。もう処分してしまった」

「信じられませんね」

「私を嘘つき呼ばわりするのは許さん――」リースの顔は紫色になり、声は怒りに震えた。

「そのくらいにしたまえ、ジョン！」エドワード・ローソンは両腕を無駄にばたつかせた。

「アーサーは病人なんだぞ……」

「それが何か？」プレスコットは言った。「ぼくは真実を知りたいんです」

リースが怒鳴った。「この家から出ていけ、人殺し！」

一階のピアノの音が止んだ。

プレスコットは立ちあがると、リースの視線を真っ向から受け止めた。「一分でいい、考えてみてください」静かな声で言った。「あなたが間違っていると。ほかの誰かがあなたの息子を殺したのだと、想像してみてください。あなたはいいんですか、このまま犯人をまんまと逃がしてしまっても？」

ドアが乱暴に開かれた。「どうしたの？」ハリエットだ。

アーサー・リースは気づいてすらいないようだった。その眼はプレスコットの眼を凝視し続けている。彼は感情のない声で言った。「あの日の午後、ピーターが誰と会う予定だったのか、私は知らん。遺書のことなら、中身は私が法廷で証言したとおりだ」

「それでも実際に見たいんです」

「無理だ。あれはフランスにある」

ハリエットが鋭く言った。「もう十分でしょう！　エドワードおじさんも、もう用がすんだら……」

「ああ、わかっている」ローソンはブランディの残りを飲み干すと、眼鏡を緑の革ケースにおさめた。「お騒がせしてすまなかったね、本当に。ただ、わかってほしいんだが――」彼はちらりとプレスコットを見た。

「ええ、わかっています」ハリエットは言った。険しい、蔑《さげす》むような口調に、プレスコットは知りたかった答えを知った（〝あなたはまだ彼を愛していますか？〟〝はい〟本当に彼女はそう言ったのか？）。

「ジョン、おいとましよう」ローソンはすでにドアのそばにいた。

「ハリエットと話すまで帰りません」

彼女は父の椅子に歩み寄ると、腕を差し出した。「寝る時間よ」プレスコットを無視して言った。

リースはまだ荒い息をついていたが、顔にのぼった血の色はひいてきていた。

彼は言った。「ハリエット、その男と話した方がよかろう」

＊

「十分間あげる」ハリエットは言った。「それ以上はだめ」

ふたりは居間にいた。アーサー・リースは寝室に行き、ローソンは立ち去っていた。プレスコットは無関係な物音が気になってしかたがなかった——時計の針がかちかちかちかちと刻む音、窓ガラスを時々叩きつける雨の音、二階でドアが閉まる音。

話をどう切り出せばいいのかわからなかった。目の前にいるのは見知らぬ他人——オレンジとピンクのストライプのドレスを着て、背筋をまっすぐに伸ばして坐り、身じろぎひとつしない、冷やかで美しい、見知らぬ他人だった。不意に身動きしたとたん、彼女はまたハリエットに戻った。黒髪をかきあげるあの仕種。彼はよく知っている。

「指輪はしていないのか」プレスコットは言った。

ハリエットはちらりと自分の左手を見た。「まだね」

「そいつを愛してるのか」彼女は答えずにいる。「どうしてなんだ、ハリエット。どう、し、て、こんな」

ささやくような声でハリエットは言った。「まだあなたの血まみれの手が目に浮かぶわ。あの人の死体の上にかがみこんでいるあなたの、血だらけの両手……それに兄さんの姿も忘れられないの、あんなふうに吊るされ——」

「ぼくは殺していない」

「――まるで人間じゃない、ただの肉の塊みたいに――」

「ぼくはやってない、ハリエット！」

彼女は疲れたように言った。「あなたがやったんでしょ、わかってる」

「ハリエット、本当に信じられるのか、このぼくがピーターを殺すなんて？　本心から信じられるのか。だめだ、ぼくの眼を見ろ！」

しかし、ハリエットは立ちあがり、窓に歩み寄ると、カーテンを手で少し持ちあげた。「覚えてる？　こんな夜だったわよね」暗闇の中を突き通すように見つめていた。「嵐のように雨も風もひどくて……あなたはあの大雨の中、ひとりで庭をずっと歩いていったわ――兄さんの帰りが遅いっていう理由だけで……」

「きみが心配していたからだ」

「違う！　あなたが、兄さんがそこにいるのを知っていたからよ、あなたは〝発見者〟になりたかっただけよ」

「それは違う」

ハリエットはため息をつき、手を開いてカーテンをぱさりと落とした。そしてピアノにのっている箱からたばこを一本取った。プレスコットは自分のライターをつかむと、火を差し出した。

ふたりの手が触れあい、ハリエットはぶたれたかのように、飛びのいた。腹立たしく、プレスコットは火をぱちんと消すと、ライターを彼女に向かって放った。

「そんなにぼくが嫌いなら、どうして法廷であんな証言をしたんだ?」

ハリエットはたばこに火をつけた。「被告人席のあなたが、とても——とても、ひとりぼっちで、助けを求めているように見えて。それで、思ったの——」

「うん?」

「思ったの——〝あの人が殺人犯のはずがない。だってわたしがあの人を愛しているんだから〟って。でも、あとになって、そんなのは馬鹿げているって気づいた。どんな殺人犯にも、愛してくれる誰かがいるに決まってる」

ハリエットはまるで何かを暗唱しているようだった。「それはアラン先生の診断ってわけか」プレスコットは訊いた。

「アランを馬鹿にするのはやめてよ!」ハリエットはぴしゃりと言った。そして腕時計を見た。

「そろそろ、あなた——」

プレスコットはさえぎった。「ハリエット、考えてくれ、もしもぼくが、あれはぼくのやったことじゃないと証明したら、もしもぼくが本物の犯人を見つけたら——」

「やめて!」苛烈な語気にプレスコットは言葉を呑んだ。「お芝居はやめて、ジョン。わたしにだけは。うまく逃げられたことに感謝するのね」

「ハリエット、考えたことはあるか、二度殺した人間は、もう一度やるかもしれないって」

プレスコットは彼女の眼に恐怖が浮かぶのを見た。ハリエットは半分しか吸っていないたばこをもみ消した。「もう帰って、ジョン」彼女は小さな声を絞り出した。「お願い、帰ってよ」

「わかった……おやすみ、ハリエット」彼女が止める前にプレスコットは両腕をハリエットの身体に回し、くちびるをしっかり合わせた。こぶしが彼の胸を激しく叩いていたが、やがてあきらめたのか、ハリエットの身体から力が抜けた。彼女は静かに泣きだした。

プレスコットは顔をあげた。「ハリエット、話してくれ」

「帰って！」彼女はうめくように言った。「お願いだから、行って！」

彼は優しく解放した。部屋を出る時もまだハリエットはすすり泣いていた。

＊

プレスコットはふたつのことを確実に知った。ハリエットは彼をいまも愛している。そして彼が殺人犯だとは信じていない。いや、本気で信じたことなど一度もなかったのだ。

そしてさらにもうひとつのことを発見した。ハリエットは怯えている。

## 4

テレグラフ紙には何も書かれていなかった。エクスプレス紙にも書かれていなかった。〝プレスコット事件〟はもはや全国的なニュースではないのだ。しかしクロムリー・アドバタイザー紙には、前日のインタビューが〈〝真犯人の正体をあばいてみせる〟プレスコット談〉という陳腐極まりない見出しのもとにのっていた。

プレスコットは前夜、二時まで起きていた。遅い朝食をとりながら新聞を読んでいると、電話が鳴った。

ティム・レイヴンからだった。「ジョン、今朝は出勤しないだろう？」

「ええと――」

「土曜から働き始める気はないね。どうして？」

「ええと――」レイヴンの声はどう切り出すか迷っているようだった。「――ずっと考えていたんだ、サンドラ・ウェルチについてきみといろいろ話したあとで。それで、思い出したんだよ、もしかすると大事かもしれないことを」

「何だ？」

「彼女がフランスでリースの親父と同棲していたのを知ってるだろう？」

「ああ」

「いつものようにリース一家の話をしていた時、一度、ぼくがそのことについて訊いてみたんだ。サンドラはフランスの家の説明をしてくれたんだが、急に笑いだして、見る人が見れば、あそこには隠し財宝が眠っていると言ったんだ。もう何年も前から家にあるのは知っていたのに、たったいまその本当の価値に気がついたって。それでひと儲けするつもりだと言っていた」

「その会話はいつのことだ？」

「サンドラが死ぬ二、三週間前だよ。ぼくが最後に彼女の部屋に行った時だ」

「最後？　その会話のあと、サンドラはきみを捨てたってことか？　もうきみに利用価値が無くなったから？」

　レイヴンが怒った。「いちいち喧嘩をふっかけてこないでくれよ。ぼくはきみを助けようとしてるんだ」

「ごめんごめん、ティム」しかし、これで知りたかった答えを聞けた。パズルのピースが少しずつはまり始めた。

「じゃあ、ほんとに今日は来ないのかい、ジョン？」

「二日くらい休む。フランスに行くからね」

「なんで？」

「真犯人を捕まえに」

　沈黙が落ちた。やがて、「ずいぶん自信がありそうだね」

「あるからな」彼は受話器を置いた。

　振り返ると、ノラが玄関に立っていた。毛皮のコートを着て、スーツケースをふたつ足元に置いている。彼女が家にはいってきた音は聞こえなかった。

　ノラはアドバタイザー紙を投げつけてきた。「〝プレスコット夫妻は離婚に合意した〟」彼女は暗唱した。「本当のことを言ってやればよかったのに。あなたがわたしを蹴りだしたって」

「言ったさ。向こうがそのとおりに書くのに、二の足を踏んだんだろ」

　ノラは肩をすくめてスーツケースを持った。「わたしの物を二階から持ってくる」

「待ってくれ、ノラ……いや、まずそれを置け」

彼女はスーツケースをふたつとも床に置いた。

「鍵をよこせ」ノラがためらうと、鋭くたたみかけた。「おまえの好きに、この家に出入りさせる気はないぞ」

ノラはコートのポケットから鍵を取り出すと、テーブルに放り投げた。「そういうタフな台詞を、あなたのハリエットちゃんにためしてるわけ？」馬鹿にしたように笑った。「で、あの娘《こ》はそういうのが気に入ったの？」

「黙れ、ノラ」もう怒りさえ感じない――二度と顔も見たくないだけだ。

彼女はしつこかった。「あの娘はずっとあなたを狙って、こそこそ立ち回っていたわね」悪意のしたたる声で言った。「初めからずっと……わたしのはいりこむ隙間《すきま》もないくらい」

もうひとつだけ、ノラがプレスコットのためにできることがあった。彼は、前の晩に書きだしたリストを見せた。

「この中の誰が、リースの顧客だった？」

ノラはリストを調べた。警察関係者以外で、プレスコットの裁判で証言をした者の名が並んでいる。

「あなたの共同経営者たちだけ」ノラは言った。

「ローソンとレイヴンか」

「そうよ。ピーターがあのふたりの所得税の手続きをしてたわ」

「ほかには誰もいないのか」

「わたしには心当たりがないわね」

「たとえば、ノラ、リースの会計事務所でもしも不正があったら……おまえにはわかったか？」

ノラは鼻を鳴らした。「わたしが？　あの会社では、頭からっぽのブロンド女としてしか扱われなかったわよ。わかるわけないでしょ」ノラはスーツケースを取りあげると、二階に上がっていった。

プレスコットは電話のそばに戻ると、フランク・ホーンビーにかけた。

「きみが考えたとおりだったよ。アーサー・リースは遺書を処分していなかった」

「やっぱり……きみはもう読んだんだろう？」

「いや、まだ読んでない。フランスにあるんだ。なあ、フランク、覚えてるか、昨日、話しあっていた時、きみが急に何か思いついて、話してくれなかったことを――」

「ああ、あまりにも荒唐無稽《こうとうむけい》だから――」

「ひょっとして、このことか？」プレスコットは説明した。かなり長い時間がかかった。ホーンビーは言った。「まさにそのとおりだよ」

「まだ荒唐無稽だと思うかい？」

「どうだろう……でも、それが事実だったとして、どうやって証明する？」

「証拠ならブルターニュの家にある」

「リースが黙ってきみを行かせると思うかい？」

「止められるものなら止めてみればいいさ！」ホーンビーは言った。「ジョン、気をつけろ。きみが相手にしようとしているのは、良心ってものがない奴だ。三度目の殺人事件が起きたらどうするんだ……」

＊

アッシュ・グローブ館に着いたのは十一時だった。通いの家政婦が呼び鈴に応じて出てきた。

「リースさんは？」

「お休みになっています。今日はお加減があまりよろしくなくて」

「じゃあ、お嬢さんは？」

「電話をかけておいでですが、お伝えし――」

「いや、いい。自分で行くよ」

ハリエットは居間で、敷物の上に坐りこみ、左手で受話器を持ち、鉛筆を持った右手を、膝にのせたメモ帳の上でかまえていた。プレスコットがはいっていくと、彼女は振り返り、眉をひそめた。

あのぴったりした黒いジーンズに、今日は鮮やかな黄色のセーターを着たハリエットは、身体の優美な曲線すべてがくっきりと浮かんでいる。さすがは未来の妻だ、とプレスコットは誇らしく思った。

旅行代理店と話しているらしく、メモ帳には時刻が書かれている。

「とにかくなんとかして」ついに彼女は言った。「そのあと、うちにかけ直して。クロムリーの22471番よ」床におろしていた電話機をもとの場所に戻すと、立ちあがった。

「旅行に行くのかい」プレスコットは訊いた。

ハリエットは冷やかに言った。「もう来ないでって言ったわよね」そして、肩をすくめて付け加えた。「お父さんがフエナンに戻るって言いだしたの。だから、わたしがひと足先に戻って、家がどうなっているか見てくるのよ」

「いつ？」

「月曜か火曜に行けたら行くわ」

プレスコットはしげしげと彼女を見た。「なんであせってるんだ？」

「あせってる？　何を言ってるの？」

「きみのお父さんはそんなに慌てて戻る気があるはずない」

「あなたに関係ないでしょ」

「それはきみの勘違いだ……ぼくも一緒に行くつもりだよ」

「あなた、頭おかしくなったの？」

「いいや。ぼくも遺書を見なきゃならないからさ」

「わたしが持って帰るわ」

「それじゃ遅すぎるんだ。なあ、いいかげんにわかってくれ、ハリエット、人殺しが野放しになってるんだぞ」
「一緒になんか連れていかないわよ」ハリエットは頑固に繰り返した。
プレスコットはドアの方を向いた。「きみのお父さんと話す——」
ハリエットが彼の腕をつかまえた。「だめ、ジョン！」そして、怒りともどかしさで険しい顔のまま言った。「わかったわ、一緒に来て、でも、お父さんにひとことでも言ったら承知しないわよ」

＊

ふたりは火曜日の午後に車で発った。水曜の朝に海峡を渡るカーフェリーが出るので、フェナンにはその日の夜中までには着くはずだった。プレスコットは飛行機の座席を熱心に探そうとはしなかった。時間のかかる旅の方が都合のいいこともある……

最初のうち、ハリエットは身も心も硬くし、口をきこうとしなかった。けれどもM6号線を車が唸りをあげて飛ばしていくにつれ、次第に柔らかくほどけてきた。もともとハリエットは人なつっこい娘なのだ。いつまでもひとりですねていられるたちではない。

ケニルワースで休憩のお茶をとるころには、当たり障りのない世間話を普通にしていた。本、音楽、映画、旅行。ハリエットはすがすがしいほど、自分自身の好みをはっきり持っていた。権威や他人の評価というものを一切信用していなかった。

ひとつだけ、残念な出来事があった。お茶のあとで車に乗りこみながら、プレスコットが声をかけた。「ハリエット、カレンダーが気にならないか？」

彼女は妙な顔で彼を見た。「どうして？」

「今日は二月の十三日。ジョージ・ワシントンの誕生日の九日前だよ」

「なにそれ！」ハリエットは口の中で言うと、それから三十分も黙りこんでいた。

七時前にサウサンプトンに着いた。プレスコットは目抜き通りに面したホテルに車を停めた。

「いい、ジョン、部屋はふたつ取ってよ。おかしなまねをしたら、わたし、夜通し街じゅうを歩き回――」

「自惚《うぬぼ》れなさんな。今夜はぼくも眠りたいんだ」彼女はにこりともしなかった。

夕食の席のふたりは赤の他人同士のようだった。ハリエットは自分の殻に引きこもってしまっていた。疲れて不安そうだった。

プレスコットは急くつもりはなかった。明日になれば風向きも変わるだろう。

＊

夜明けは二月らしく雨が降って寒かった。ハリエットはスキー用のズボンに分厚いセーターを着こんでおりてきた。

彼女はプレスコットにおはようと言われても、知らん顔をしていた。ふたりともだんまりのまま、レストランの席についた。ハリエットがメニューをじっくりと見始めると、プレスコットは彼女の前の皿に素早く包みをのせた。

ハリエットはメニューを置くと、包みを取りあげ、ゆっくりと包装紙をはがし始めた。はらり、とカードが落ちた。

そのカードに書くメッセージを、プレスコットは考えに考えたものだ。最終的に、シンプルにこう書いた。〝ハリエットへ　二十一歳の誕生日に　愛をこめて――ジョン〟

「これって、ジョン、あなた、覚えていてくれたの！」

「もちろん」

「じゃあ、ジョージ・ワシントンがどうだとか――」

「ちょっとからかっただけだよ」

ハリエットの眼に涙が浮かんだ。

「開けないのかい？」

プレスコットは慎重にプレゼントを選んだ。金のブレスレット。

「わあ、きれい、ジョン！」不意に声音が変わった。「でも、もちろん受け取れないわ」

プレスコットは声をひそめて言った。「そんなことをレストランじゅうの人に聞かせなくてもいいよ」隣のテーブルの老夫婦が興味津々でこちらを見ている。

「ダーリン」ハリエットは大きな声で言った。「あなたって本当にすてき！」そして身を乗り出し、額に軽くキスして、ブレスレットを手首にはめた。

＊

カーフェリーの上で、雨と霧の中に消えゆくサウサンプトンをあとにしながら、ふたりはブレスレットについて話し続けていた。

「言ったでしょ、ジョン、わたしはあなたと結婚するつもりはないって」

「結婚はそれを受け取る条件じゃない……つけていてくれ」ハリエットがブレスレットをはずそうとすると、プレスコットは重ねて言った。「今日だけでも」

ハリエットはまたはめ直した。「あなたがちゃんとわかってるなら、いいわ」

「それと、きみは言ってたね」プレスコットは言った。「ぼくがきみの兄貴を殺したと信じてるって。本当じゃないだろ?」

ハリエットは手首のブレスレットを右に左に回している。「そうね、本当じゃないわ」言葉少なに認めた。

「じゃあ、どうして——」

「何も訊かないで」

しかし、いまが訊くチャンスだった。「アラン・スタッドレーと結婚するのか」

「まさか!　アランは全然、そんなんじゃないわ。ただ、ノーという答えを受け入れようとしないお馬鹿さんなだけ」

「なら、何が問題なんだ?　ノラか?　あいつはきみとくらべものにならー—」

ハリエットは振り向いて、プレスコットと向きあった。「黙ってくれる?」荒々しく言った。「もう終わったの、あなたとわたしは。これ以上、どうはっきり言えっていうの?」

＊

シェルブールの港には遅れて到着した。税関を抜けた時には五時半を過ぎていた。もう真っ暗で、雨はまだしとしと降り続けている。

「右側通行よ《トゥネ・ア・ドロワット》」波止場から出ながら、ハリエットが言った。

「わかったよ、ダーリン《ウィ・マシェリ》」

ほどなくして車は、シェルブールの町を出て南に向かう急な坂をジグザグにのぼっていた。プレスコットは大きくハンドルを切っておんぼろのシトロエンを追い抜いた。

「そんなにスピードを出さないで、ジョン！」ハリエットが言った。

「フエナンまでどのくらいだ？」

「五百キロくらい」

「それじゃ、ぐずぐずしているひまはないぞ」

「なにも今夜着く必要はないのよ」

しかしプレスコットは無言でアクセルを踏みこんだ。突然、どうしても急がなければならないという衝動に駆られたように……

ハリエットがどうしてもと言い張ったので、クータンスの町で食事休憩を取ることになった。広場で、有名な大聖堂の真向かいにある、感じのいいホテルを見つけた。

「ここに一泊しない？」食事がすむとハリエットは、ホテルで飼われている小さなダックスフントをなでながらそう言った。

誘っているのか？　プレスコットが今夜じゅうにフェナンに着きたいと思っているのと同じくらい、ハリエットは気が進まない様子だった。

「いや」そう言って、彼は勘定書きを持ってこさせた。

ハリエットはしげしげとプレスコットを見た。「ジョン、今日はものすごく頑固ね。あなた、変わったわ」

「そうだよ」

「虎さんはやっと起きたの？」

「吼えているよ」

給仕が勘定書きを持ってきた。プレスコットは支払うと、ひとことふたこと交わした。給仕はにやにやしながら立ち去った。

「それも変わったわね」揃ってホテルを出ながらハリエットは言った。「あなたのフランス語は悲惨だけど、全然、気にしないで喋ってるじゃない。いつから他人の目が気にならなくなったの？」

「先週、法廷できみが証言した時からだよ」

「わ、わたしが証言した時から？」

「そう。きみがぼくを愛してるって事実以外、何も気にしないって決めた」

彼はエンジンをかけると、広場を出て、アヴランシュの港町に向かう急な下り坂にはいった。

「右側通行だってば」ハリエットは機械的に注意した。そして言った。「ジョン、そうやって自分をごまかしても無駄よ。わたしはあなたとは結婚しないから。絶対に」

プレスコットは答えなかった。ハリエットにとって何が問題なのか、なぜ彼をかたくなに拒むのか、わかっている。難問だが、克服できなくはない。

ああ、全部わかっているんだ——犯人が誰なのか、動機は何なのか、手口はどうだったのか。ほぼすべてを知っていると言っていい。パズルの些細なピースがひとつ、ふたつ、どうしてもうまくはまらないが。時が来れば、きっとすべてわかる。

アヴランシュ、ディナン、ルデアック、ポンティヴィ。いくつもの町を切り裂くように通り抜け、その間の距離を次々に呑みこんでいった。人も車もほとんどいない道路を雨が叩いている。

ハリエットは長いこと黙りこんでいた。眠ってくれていればいいが、とプレスコットは思った。しかし、対向車が一台現れ、ヘッドライトをまたたかせてから威勢よく水を撥ね飛ばして通り過ぎていくと、急に口をきいた。「どうしてああするの?」

「ああするって?」

「こっちに向かってライトをつけたり消したり」

「ぼくらに文句を言ってるんだよ、白いヘッドライトは雨だと見えにくいって。黄色いフィルターをはめとけばよかった」

「わたしはむしろスピードを落としてほしいわ、ジョン」

彼はほんの少し、メーターの針を戻した。

ハリエットが言った。「ここは夏がとてもきれいなのよ。果樹園や、針葉樹の森や、川もたくさん……」

川のひとつを渡った。標識がある。〝カンペルレ　十二キロ〟。そこからさらに四十五キロ先。いまは十一時二十分だ。零時までに着くのは難しいだろう。プレスコットはこの道路を走ったことはないが、前の晩のうちに、地名も、道路の番号も、区間の距離も予習して、全行程を暗記していた。彼は地図を読むのが得意だった。

ハリエットは不安を隠すようにずっと喋っていた。プレスコットは半分聞き流し、音楽のようにその声を愉しんでいた。

彼女はピーターの思い出にひたっていた。ところどころ、言葉が聞き取れた。「婚約パーティー……兄さんがお客さんを出迎えて……」情景が目に浮かんだ。

曲がり角に気づいた時には遅かった。土手に乗りあげると、ハリエットが悲鳴をあげた。プレスコットがハンドルを勢いよく回すと、フェンダーの右側がフェンスをこすり、車は斜面をずり落ちて道路に戻り、五十メートル先でがたがたと震えながら止まった。

「怪我はない?」ハリエットが言った（〝だから言ったでしょう〟とは言わないんだな、と、こんな時だったがプレスコットは気づいた）。

「大丈夫だよ」外に出て、破損の具合を調べた。バンパーにへこみがひとつ、フェンダーに長いひっかき傷がひとつ。運がよかった。

「ごめん」プレスコットは言った。

ハリエットがこちらをじっと見ている。明かりを消したくて、彼はドアを閉めた。ハリエットも彼女の言葉に気を取られて、いまの事故を起こしたのを勘づかれただろうか。

あの重大さに気づいたのか？　いや、まさかそんなはず……

しかし、いまやプレスコットにはすべてが明らかだった。彼は間違った道に誘導されたのだ。わかっていたくせに、またこの敵を見くびったからだ。粟粒《あわつぶ》ほどの違和感に、もっと注意を払っていれば……

深夜、零時四十分に、コンカルノーの町の曲がりくねった通りからまっすぐな道路にはいった。

「この先がフエナンよ」ハリエットが言った。「標識のところで左折して」

標識には〈旧街道〉とあり、葉の屋根がかかった狭い並木道を示していた。プレスコットはその道に乗り入れた。

「もう一キロもないわ」ハリエットは言った。

道は曲がりくねり、ところどころ水たまりに沈んでいる。ヘッドライトが時おり、並木の間から家を照らしだした。

「右手に見える次の門よ。気をつけて。すごくはいりにくいの」

プレスコットがうまい具合に門を通り抜けた時、ハリエットがはっと息を呑むのが聞こえた。短い私道を進み、白っぽい田舎家らしき建物のすぐ外に車を停めた。

「ここ?」彼は訊いた。

ハリエットは答えなかった。プレスコットはもう一度、訊いた。

「ジョン」彼女は怯えた声で言った。「いまの見た? 車でここにはいる時――」

「何を?」

「門のそばの、あそこの木のうしろ。誰かがいたの」

プレスコットは何も見ていなかった。「ダッシュボードに懐中電灯がはいってる」

ハリエットは懐中電灯を渡した。「気をつけてね」

彼は懐中電灯をつけずに、私道を歩いて引き返した。テールランプだけで光は十分だった。雨はもう上がっていたが地面はぐっしょりと濡れそぼり、足の下でぐちゅぐちゅと音をたてる。大気が針葉樹の香りを運んできた。

こんもりした生垣が道路を隔てていた。門のすぐ内側、私道の左手に大きな木が一本、立っている。

プレスコットは懐中電灯のスイッチを入れ、用心深く木のまわりを一周した。誰もいない。しかし、泥の上には跡のようなものがあり、見ようによっては足跡に見えなくもなかった。門の外に出て、道路の遠く右から左まで照らしてみた。何も見えない。

「わたしの勘違いね、きっと」戻ると、ハリエットが言った。「中にはいりましょう。ここ、不気味だわ」

## 5

家にはいると暖かく、空気も爽やかだった。半年間も閉めきられた家のかびくささがまったくない。前日の朝、ハリエットが隣人に電話をかけ、窓を開けて、暖房を入れておくように頼んだのだ。

マダム・ルルーは頼まれた以上のことをしてくれていた。家の中は埃を払われ、掃き清められ、玄関ホールのテーブルにはスノードロップの小さな鉢植えまで置かれている。

「いい家だね」プレスコットは、次々にドアを開けて、照明のスイッチを入れていきながら感想を言った。明るい色に塗られた壁と、磨かれた木の床と、現代的な調度品だらけのモダンな家だとは想像していなかった。台所に冷蔵庫があり、浴室はシャワーがついている。

「サンドラがねだったんでしょ、きっと。お父さんの好みじゃないもの」ハリエットは寝室にはいっていった。「まあ、嬉しい！」彼女は叫んだ。「ベッドメークまでしてくれたんだわ」

プレスコットは覗きこんだ。大きなダブルベッドだ。

ハリエットはその視線に気づいた。「ジョン、あなたはね、別の寝室よ。わたしの寝袋を貸してあげる」

「ご親切にどうも」彼はそう言うと、車のトランクの荷物を取りに外に出ていった。

プレスコットが戻ってくると、ハリエットはネスカフェの粉をカップに入れていた。

彼女は大きなあくびをした。「もうぐったり」弱々しい声だった。

電気ポットの湯が沸いた。ハリエットはスイッチを切って、カップに湯を注いだ。

「緑の買い物袋にビスケットが——」

「腹は減ってない」彼は言った。

「わたしも……ブラックでいい？」

「ありがとう。ハリエット、お父さんはどこに書類をしまってるんだ？」

ハリエットはまたあくびをした。「今夜はやめましょう、ジョン」彼女は疲れているようには見えなかった。そわそわしているように見えた。

「そんなに時間はかからない……」

「今夜はだめ。どこから手をつけていいかわからないんだもの」

プレスコットはあきらめた。

コーヒーを飲み終わると、ハリエットはスーツケースを開けて、青い寝袋をプレスコットに押しつけた。

「おやすみなさい、ジョン」彼女は身震いした。

「寒いのかい？」

ハリエットはうなずいた。しかし、寒がっているというより、怯えているように見える。

「ぼくはかなり優秀な湯たんぽだよ」

「知ってる。いいから、あっちに行って！」

「いまさらだろう、ハリエット。つまり、初めてならわかるけど……もう――」

「この前とは違うわ。あの時は結婚すると思っていたんだもの」

プレスコットは彼女を放した。ハリエットはスーツケースを持つと、自分の部屋にはいってドアを閉めた。

プレスコットは客用寝室を見つけると、シングルベッドのマットレスの上に寝袋を広げ、上着と靴を脱いでもぐりこんだ。

ベッド脇のランプを消す。あまりにも心地よすぎて枕をはずした。眠ってしまってはいけない。

この連続殺人事件のジグソーパズルのピースを新たに組み直すことに集中した。すべてのピースがすいすいとはまり、今度はただのひとつも余らなかった。どうして何も見えていなかったのだろう。思考を怠けた、それだけだ。事実の九五パーセントだけが当てはまる仮説で満足してしまっていた。アインシュタインがこんなずさんな思考をしていたなら、相対性理論は生まれていなかっただろう。

もちろん彼はアインシュタインではない。それでも、明快で論理的な思考をする人間だと自負してきた。能力を発揮できなかったのは性格の問題で、自分の判断に自信が持てないからだった。だめなのだ、道をピーターに照らしてもらわなければ、そしていまはハリエットに……

うとうとしかけて、心のままにハリエットのことを想像した。彼女の黒い、くるくるした髪、いつも笑っているような眼……

あやうく聞き逃すところだった。ドアノブが回る音、床をひたひたと近づいてくる足音。彼女がかがみこんできたのだろう。ふわり、と香り、気配がした。

「起きてる、ジョン？」ハリエットはささやいた。

プレスコットはてのひらに爪が食いこむほど握りしめ、眼を閉じたまま、深く静かに息をした。

彼女はしばらく様子をうかがっていたが、そっと離れていった。ドアが静かに閉まり、鍵穴で鍵が回った。

鍵！　くそっ！　そこまで考えていなかった。寝袋から慌てて這い出すと、ドアに向かって走った。

「ハリエット！」怒鳴って、ドアノブをがちゃつかせた。「ハリエット！」もう一度、怒鳴った。

返事はない。彼女は玄関ホールの向こうの小部屋を歩き回っている。さっきのぞいた時に、物置だと思った部屋だ。

プレスコットはドアを叩いて叫んだ。「だめだ、やめろ！　きみは間違ってる、思い違いしている！」

かちり、という音に続いて、金属の軋《きし》る音がした。たぶん金庫を開けているのだ。

破れかぶれで寝室のドアに、肩から乱暴に全身を叩きつけた。開かない。鍵穴のあたりで何かが壊れる音がした。二度目で鍵はついに堪えられなくなり、ドアが勢いよく開いた。ハリエットは着替えもせずに、開いた金庫の傍らに膝をついていた。床に置いた金属の灰皿の上で、火のついたマッチを数枚の紙に当てている。

プレスコットは彼女を突き飛ばし、何度も、何度も、何度も、くすぶるのをやめるまで紙を踏みつけた。何枚かはすでに黒焦げだった。

ハリエットは怒り狂って、かぎづめのような指を彼の顔めがけて突き出し、飛びかかってきた。

プレスコットは彼女をつかまえ、身体から引きはがした。「この馬鹿！　どうしようもない馬鹿だ、きみは！」彼は怒鳴った。「やってない！　お父さんはやってない！　きみはいま、それを証明できる証拠を消そうとしたんだぞ！」

ハリエットの全身から力が抜けた。「うそ！」彼女は両眼をおおった。「うそ、そんな！」そして、言った。「ほんとなの、ねえ、本気で言ってる？」

「本気だ。ぼくもきみのお父さんだと思ってた、さっき、事故を起こすまでは……」

「じゃあ、誰なの？」

プレスコットは教えた。ハリエットは彼にすがりつき、がたがたと震えた。

その両手を彼は自分の手で包んだ。「こんなに冷えて」

彼女は弱々しく微笑んだ。「いまなら湯たんぽが欲しいわ……」

プレスコットは片手で灰皿を取りあげ、もう片方の腕をハリエットの身体に回し、居間にいざなった。電気ヒーターのスイッチを入れて、正面にハリエットを坐らせた。

「少しは暖まったか?」彼は訊ねた。

「そういう意味で言ったんじゃないんだけど」

プレスコットはにやりとした。「まず、やることをやらないとな……」焦げた紙を丹念に調べ始めた。

ハリエットが声をかけた。「どうしてお父さんじゃないってわかったの?」

彼は質問で答えた。「どうしてお父さんだと思ったんだ?」

プレスコットとだいたい同じ理由だった。ピーターが、事務所で発見したなんらかの不正のせいで夜も眠れないほど悩んでいたなら、単なる顧客より父親が関わっていると考えるのが自然だ。加えて、ピーターの死後、アーサー・リースの行動はとても怪しかった。ノラに手伝わせて遺書をすり替え、ただちに弁護士と監視の指示の契約をした。それに、プレスコットの裁判で、本物の遺書は破棄したと、なぜ嘘をついた?

さらに第二の殺人では、サンドラ・ウェルチがアーサー・リースを脅迫していたとわかっている。彼女に死んでほしいと思っている人物として、真っ先に候補に挙がるのは誰だろう?

「それに殺人の夜には」ハリエットが言った。「お父さんはわたしを文字どおり、家の外に押し出したの。そのあと電話をかけたら、誰も出なかったのよ」

実際には、アーサー・リースというのはただの喧嘩っぱやい年寄りで、変人の域にまで達したどうしようもない頑固者というだけだ。一度、疑いの目を向けられると、やることなすことが怪しく見えてしまう損なタイプだった。

「だけど、フランク・ホーンビーの指摘が、いちばん大きかった」プレスコットは言った。「サンドラ・ウェルチはきみのお父さんと同棲していたんだから、お父さんの秘密を発見するのは簡単だっただろうが、殺人犯の証拠なんてどこで見つけたんだ、ってね。きみのお父さんが殺人犯でないのなら……」

「サンドラはどこで証拠を見つけたの？」

「たぶんこの中から」プレスコットは一枚の紙を燃えがらの山からそっとすくいあげた。「これが、例の遺書だ」彼は言った。「というか、その残りだな」

それは、タイプで打った手紙の最初の数行だった。

〝父さんへ
父さんとノラのことを聞いて、ぼくは……〟

「たぶんこの中に、犯人がぼろを出すようなことが書いてあったんだろう」プレスコットは言った。「でなければ――」

ハリエットが止めた。「何か聞こえなかった？」切迫した声で言った。

ふたりは坐ったまま身を硬くし、耳をすました。が、じっとするのが長すぎた。何も聞こえなかったが、プレスコットの視界の隅で、半開きのドアの前を影が横切った。

プレスコットはハリエットを床に突き飛ばし、猛然と部屋を突っ切った。二度、闇が砕け散る轟音がしたあと、まぎれもない人間の身体にぶち当たり、銃を持つ腕をつかんだ。腕の力はすさまじく強かったが、プレスコットも負けていなかった。力いっぱい、その腕をうしろ向きにねじりあげると、苦痛のうめき声がして、銃が床に落ちた。

プレスコットは相手にまたがり、たまりにたまった憤怒のすべてで、情け容赦なく、その顔を滅多打ちにした。

はるか彼方で誰かの声が呼んでいた。「もうやめて、ジョン！　死んじゃう！」顔めがけて、何度もこぶしを叩きつける彼の首に、ハリエットは両腕を回してすがりついた。

プレスコットはゆっくりと身を起こした。「こいつの身体がたるんでなきゃ、ぼくは負けてた。ぼくたちはふたりとも殺されてた」そして、見おろした。ぐちゃぐちゃで血にまみれて意識のない、フランク・ホーンビー医師の顔を。

## 6

「ご婦人にしちゃ、なかなか運転が上手だね、きみ」プレスコットは言った。

「すくなくとも、わたしは土手に乗りあげたりしないわ。腕はどう？」

「痛いよ」あの時にはまったく気づかなかったが、二の腕に銃弾を一発、受けていた。

日曜の午後、フランスに着いてから四日がたっていた。現実離れした日々だった。困惑した地元警察による、地獄の責苦のような取り調べ。パリ警視庁の刑事たちによる事情聴取。とどめに、飛行機でやって来た不機嫌丸出しのレイシー警部の到着。

レイシー警部はホーンビーが真犯人であると、なかなか納得しなかった。が、ようやく不承不承に謝罪した。まったく小さい男だ……

「土手で思い出したけど」ハリエットは言った。「あの時、なんで事故を起こしたの？　わたしの言ったこと？」

「うん、ピーターが婚約パーティーで客を迎えていたって言ってただろう、覚えてるか？」ハリエットのその言葉は、プレスコットの記憶野に触れ、すっかり忘れていたピーターと老パリー医師の交わしていた会話のかけらをよみがえらせた。あのふたりは日曜の午後に会おうと約束していたのだ。その日曜にピーターは死んだ……

それ自体はちっぽけで、たいしたことのない手がかりである。しかしほかの手がかりを水面に向けて押し出し、プレスコットが無意識につのらせていたフランク・ホーンビーに対する疑惑を洪水のごとくあふれさせた。もし、アーサー・リースが怪しいと誘導されていなければ、プレスコットはもっと早く真相にたどりつけたはずだった。

みぞれまじりの雨が降りだした。ハリエットはワイパーのスイッチを入れた。「ほんと、お天気に恵まれてないのね、わたしたちって」

「ふたりで夏に戻ってこようよ」

〝ふたりで〟は観測気球だ。ハリエットは無視した。

「あの人、どうしてあんなことしたの？」

「フランク・ホーンビーかい？　小さな罪の積み重ねが大きな罪につながったんだよ。あいつは収入以上の暮らしをしていた。そして借金をすることになった。たぶん、かみさんも原因だと思うよ。むかしっから金づかいの荒い女だったからな。とうとう、共同経営者の目をごまかして横領するようになったのを見つかって、にっちもさっちもいかなくなったんだろ」

「兄さんが見つけちゃったってこと？」

「そうだよ。ピーターは共同経営口座の会計監査をした時に、おかしな点を見つけたんだ。パリー先生はもともと商売のセンスがまったくない人だったし、歳を取ってもうろくの気が出てきていた。ホーンビーの奴、きっと個人的に診た患者から受け取った報酬を、そのままふところに入れてたりしたんだろう。たぶんね。ついでに言えば、パリー先生は引退する時に、騙されたんじゃないかな。先生の奥さんが、財布の具合を言ってただろう。ほら、財産がまったく残らなかったって」

「でも、先生が引退したのは兄さんが亡くなったあとでしょ？」

「うん。ピーターが見つけた横領の額なんて、はした金程度だったと思うよ」

仕事となると、ピーターは非常に細かく、妥協することがなかった。横領の証拠を軽々しく受け入れるはずがない。だから毎夜、会計事務所に居残って、何度も、何度も、計算をし直した。そしてまた、ホーンビーの診療所に何度も行った――数字の食い違いを、内密に話しあうために。

ホーンビーの説明に満足しなかったピーターは、あの日曜の午後にパリー医師を会計事務所に招いた。老医師の返答を聞いたピーターはとうとうフランク・ホーンビーが横領していると確信せざるを得なかった。彼は警察にすべての事実を提出することにした。

「だけど、ピーターはやっぱりピーターだから」プレスコットは言った。「先にホーンビーに会って、自分の決断を伝えたんだよ。ピーターにとっては易《やさ》しいことじゃなかっただろう、親友のキャリアを自分の手で壊してしまうとわかっているのだから。ホーンビーはピーターの決意が固いのを見て、殺そうと決意した。ピーターが出ていってすぐ、ホーンビーは会計事務所の中にはいり、遺書をタイプで打って――」

「どうやって事務所にはいったの？」ハリエットが口をはさんだ。

「ノラの鍵だ。数日前に盗んでおいたんだよ。覚えてるかい、ノラはあの週、具合が悪くて寝こんでいた。ホーンビーはあいつの主治医だ」

「それって、前から殺す気で計画していたってこと？」

「そうだよ。ピーターの決断次第で、ね」

ハリエットは身震いした。「そんな……なんて、冷酷な人なの」

冷酷、それはホーンビーの本性だった。プレスコットは車の事故を思い出した。あの時のホーンビーがとっさに取ろうとした行動は、同乗者に罪をなすりつけることだった。

「どうして兄さんがまっすぐ警察に行かないって確信できたのかしら？」ハリエットは不思議がった。

「たぶん、思いきったことをする前に、弁護士としてのぼくに相談するように約束させたんじゃないかな。ぼくがきみの家に、九時に行くことをあいつは知っていた。だからそれよりも前に殺さなければならなかったんだ」

「どうやって？」ハリエットの手の甲がハンドルの上で白くなっている。

「あいつは八時四十五分に来て、きみの家の裏口のドアをノック――」

ハリエットが口をはさんだ。「あの時、わたしがドアを開けていれば……」

そうすればあいつは思いとどまっただろうか？　それとも、ハリエットも殺していただろうか？

なんにしろ、ピーターが出ていった。ホーンビーはうまいこと言いくるめて庭の斜面に誘いだし、カラテでピーターを気絶させると、〝遺書〟をポケットに仕込み、ロープで吊るした。使ったロープは――椅子も――物置から持ち出したものだった。

「兄さん、かわいそう」ハリエットがぽつりと言った。そしてしばらく無言で、ますます悪くなる天候の中、車を走らせ続けた。

ふたりはジョスランのカフェで休憩を取り、コーヒーとペルノー（フランスのリキュール）を飲みながら、みぞれが雪に変わっていく様を眺めていた。空は黄色くなってきた。

「ノラとは離婚する」プレスコットは言った。

ハリエットには聞こえていないようだった。「あの人、ものすごく運がよかったのね」

「どうして？」

「もし検死審問でパリー先生が、兄さんにいろいろ訊かれたことを喋っていたら……でも、そうよ、どうして、先生は言わなかったのかしら」

「先生は本心では疑っていたものの、世間の笑い者になるのが怖かったんだろう。だんだん頭がはっきりしなくなってきていたし、誤診を繰り返すようになってきて、判断力に自信を無くしていた。そんな、先生の自分を疑う気持ちにつけこんで思いどおりに誘導するくらい、他人の心理を読む達人のホーンビーには朝飯前さ。それと、ピーターの首に巻かれたロープでついた以外の傷痕を発見してしまったなら、パリー先生はホーンビーに相談して、判断をあおいだはずだよ――警察を相手にする時はいつもそうしてきたんだ。だが、ホーンビーの奴、ここでひとつ間違いを犯した」

裁判の最中、プレスコットはおや、と粟粒《あわつぶ》ほどの違和感を覚えたのだ。ひとつの矛盾する証言に、つく必要のない嘘に……。はっきりとそれがよみがえったのは、ずっとあとになってからだった。ホーンビーはこう証言した。「検死を担当した私の同僚が、ほかに傷はなかったと私に保証してくれました」しかし、それよりも前に、ホーンビーはプレスコットに言ったのだ、パリー医師はこの事件について全然、自分に相談しようとしないのだと――「ひとことも口にしたことはなかった」

「それがなんで問題なのか、わからないんだけど」ハリエットは言った。

「矛盾している。そのことが問題なんだよ。一度、嘘をつき始めると、整合性を保ち続けるのはとても難しいんだ。もちろん、パリー先生はあいつに事件のことを相談したさ――ずっとそうしてきたんだから。だけどホーンビーがぼくに話した時には、何も相談してくれないと言う方が話の流れで自然だった。あとになって裁判で証言する時に、あいつは自分が前に嘘をついたことを忘れていたんだよ……」

「あなたならやってくれると思ってたわ」ハリエットが言った。

「えっと、どういう意味？」

「あなたの推理能力だかなんだかはすごいって意味」

「それ、本気でほめてくれてるのかい……」

ハリエットはペルノーを飲み干した。「もうそろそろ行った方がいいわ」外の寒々とした光景を、あまり熱のこもらないまなざしで見ながら言った。

「急ぐ必要ないさ」プレスコットは自分たちに給仕してくれた、黒ジーンズの憂鬱そうな青年を呼び寄せた。

「あんこーる・でゅー・ぺるのー・しるぶぷれー」彼は言った。

ハリエットはころころと笑った。

「一応、あの坊やにはちゃんと通じたよ」そして付け加えた。「またきみの笑顔が見られるのはいいもんだね。言ったことあったかな、きみが笑うと片えくぼが――」

笑顔がすっと消えた。「フランク・ホーンビーの話に戻るけど」ハリエットは言った。「もし兄さんが――自殺したと信じさせたかったなら、どうしてあんな、ありそうもない話を――ほら、お父さんとノラがどうこうって――遺書に書いたの？」

「あいつにとっちゃ、それがいちばんいい考えだったんだろ。でも、きみのお父さんだって、世間は信じると思いこんだじゃないか——だからこそ、遺書をすり替えたんだし」

アーサー・リースはもともとの遺書を処分しなかった。フエナンの家の金庫に保管しておいたのだが、やがて愛人のサンドラ・ウェルチがそれを見つけたのだ。

のちに別れることになると、サンドラは遺書の写しを英国に持ち帰った。現物は持ち出さなかった。リースに気づかれるからだ。その時はまだ、利用のしかたをわかっていなかった。彼女が知っていたのはただ、ピーター・リースの死には、検死審問で明らかになった以上の何かがあるに違いないということだけだった。

クロムリーに戻ってから、サンドラはクライド&サンズ法律事務所に就職し、ティム・レイヴンは内情を知っているはずと当たりをつけて関係を深めた。

突破口は、サンドラが記者のふりをして故パリー医師の老夫人に電話をかけたことで現れた。夫人は、しつこく訊ねられて、ピーター・リースが実は殺されたのだと認めるも同然の答えを返したのだろう。しかも、どのように殺されたのかというヒントもちらりと漏らしてしまったに違いない。

サンドラは、アーサー・リースが犯人に違いないと確信し、二、三通、脅迫状を送りつけた。それで彼はフランスから戻ってきたのだ。

しかし、ある時、彼女は真相に気がついた。

「どうやって?」ハリエットは訊ねた。

「ティム・レイヴンと話したかぎりじゃ、遺書に書いてある内容が決め手だったみたいだ。ホーンビーはぼろを出したんだろうな。きみが燃やしたから、もう知るすべはないけど……。でなければ、パリー先生の奥さんが言ったことから、賢く推理を展開させたんだろう。ともかく、手段はわからないけどサンドラは、ピーターを殺した真犯人はフランク・ホーンビーだと知ったんだよ」

　サンドラ・ウェルチはアーサー・リースに圧力をかけ続けた。彼は遺書をすり替えたことの口止め料として五百ポンドを渡した。しかし、彼女はホーンビーも恐喝し、かくして、自分の死刑執行令状にサインをしてしまったのだ。ホーンビーはサンドラを始末すると決心した。

「あなたに罪をなすりつけようとしたの？」ハリエットは言った。

「そうだよ。もうピーターの死を自殺のままにしておくのは得策じゃなくなった。だから、ホーンビーは疑惑を広めた――それどころか、このぼくにまで、〝ピーターは殺された〟と信じさせようとした。そして、サンドラ・ウェルチをまねて、匿名の手紙を警察に送ったんだ。パリー医師の奥さんから話を聞くようにというアドバイスを書いた手紙を……」

　舞台の準備が整うと、ホーンビーは恐喝者のふりをして、プレスコットに手紙を送りつけた。ホーンビー自身がサンドラと会ってから三十分後の時刻に、指定の場所に来るように。

「そして、死体をあなたに抱きかかえさせて、自分は逃げちゃったわけ？」ハリエットは言った。

「そういうことだね」

「どうして、あなたが指示どおりに来るって自信があったのかしら」

「言っただろう――あいつは他人の心理を読む達人だって。ぼくという人間をよく知ってたんだ」

そしてまた、策を弄《ろう》する達人でもあった。プレスコットが無罪放免されたのなら、真相にたどりつくのは時間の問題だ。そう考えたホーンビーは、アーサー・リースとフエナンの家に疑いの目を向けるように、さりげなく誘導した。プレスコットの眼に砂を投げつけ、罠を張り終えるまでの時間を稼いだのだ……

「もし、うまくいって」ハリエットが言った。「フエナンでわたしたちふたりとも殺せたとしても、どう言い抜けるつもりだったのかしら。警察は、あの人があそこにいたことを突き止めるでしょう」

「ちゃんと言い抜けるための嘘は用意してたさ。ぼくらふたりがあの家に行くと聞いて、きっとぼくがよからぬことを企んでいると思ったから、あとをつけてみたら一歩遅かった、ってね。ぼくがきみを撃って自殺したと。あのころ警察はまだぼくが本当は有罪だと信じていたからな。わかるだろ?」

ハリエットは身震いした。「もう行きましょう」

プレスコットが支払うと、ふたりはカフェを出た。いっそう寒くなったのをはっきり感じる。道路はすでに湿った雪にうっすらおおわれていた。

「運転できるか?」プレスコットは、運転席に乗りこむハリエットに声をかけた。

「してみせるわよ」翌日シェルブールの港を出るカーフェリーに間に合いたかった。二車線道路の短い直線で、トラックを追い抜く時に後輪がスリップした時も、ハリエットは慌てなかった。彼女はブレーキのかわりにアクセルを踏んでやり過ごした。大都会レンヌでは、混雑した車の間を地元の人間のようにすいすいと抜けていった。

そんな彼女を見ているだけで、プレスコットは大満足だった。極上の横顔。その完璧な美しさは、眉の上でいたずらに揺れ動くひと房の髪のおかげで、いっそう魅力を増している。こらえきれずに、彼はまた言った。「ノラとは離婚する……結婚してくれないか？」

ハリエットは視線を道路からはずさなかった。「あとで話しましょう」

何日も、彼女はその話題を避け、プレスコットからの問いをいなしてきた。先週、ハリエットが拒否した理由ならわかっている。自分が殺人者の娘だと信じていたからだ。しかし、その障害が取り除かれたいまも、ハリエットはやはり壁を作っている……

六時前にアヴランシュに着いた。晴れて、雪がタイヤの下でばりばりと音をたて、路面のあちこちに氷が張りだした。ハリエットはスピードを落とした。五十キロしか離れていないクータンスまで一時間半かかった。

フランス初日と同じホテルで夕食をとった。あの小さな犬がホテルのレストランに現れ、ハリエットの足元にじゃれついていた。

窓の外の広場で一台の車が、輝く雪の上で華麗なワルツを舞い、市役所の壁に激突するのが見えた。

「今夜はもう進めないよ」プレスコットは言った。

ハリエットはうなずいた。

いまこそチャンスが来た。天から贈られたとしか思えない舞台セットも整っている。窓の外はクリスマスカードさながらの景色。レストランの柔らかな照明と暖かな雰囲気。ふたりきりでゆっくりと愉しむ食事。壜のワイン。

それなのにハリエットはまだはぐらかし続けた。「あなた、ほとんど証拠なんて持ってなかったでしょ」

「え？」

「フランク・ホーンビーが真犯人だって確定する証拠」

「そんなことはどうでもいいじゃないか、ハリエット。ほら、もう少しワインを」

「ううん、もういい」彼女はグラスに手でふたをした。

そして続けた。「兄さんがパリー先生と会うつもりだったってことだけ？　そのことだけで、全部を推理したって言うの？」

「きみはとてもきれいだよ、ハリエット」そう言って、彼女の手の上に手を重ねた。ハリエットは振り払った。

プレスコットはため息をついた。「いや、それだけじゃない。裁判であいつがした証言だ」

「ちょっと口をすべらせた、あれのこと？」

「うん、まあ、それもそうだけど、あいつの証言全体のニュアンスだ。つまりね、あいつはぼくの味方のはずだっただろう……」

ホーンビーの証言は、プレスコットを擁護《ようご》するように見せかけながら、その実、巧みにおとしめる言葉であった。特に、いかにも不本意そうな口ぶりで、まるでピーターがジョン・プレスコットの裏切りに怒り狂っていたかのような絵を描いてみせた。

その絵はローソンとレイヴンの証言と合致した。だが、嘘だ。とは言いすぎなら、恐ろしく偏り、歪《ゆが》んで強調された事実だ。しかし、なぜホーンビーが嘘をつく？　プレスコットを有罪にしたいと思っているのでなければ……

「もうひとつある」プレスコットは付け加えた。「きみが見せてくれた手紙を覚えてる？　きみのお父さんのところに来た脅迫状を？」

「ええ」

「なんて書いてあったか覚えてるかい？」

「兄さんは自殺してない、殺されたって。頭を殴られて――」

「〝頭〟。それが実際に書かれていた言葉だったね？」

「ええ……でも傷があったのは、首っていうか、うなじだったことを、サンドラは知らなかったんだもの」

「問題はそこじゃない。ぼくはホーンビーにその手紙のことを話した時に、自分が〝頭〟でなく〝後頭部〟と言ったことをはっきり覚えているんだ。医者と話す時って、ちょっと知ったかぶりしたくなるものだろ。あとになってからぼくが受け取った、脅迫者から来たと見せかけて実際は殺人犯から送られてきた手紙にも、ピーターの死の有様が書かれていたけど、使われていた言葉は〝後頭部〟だった……」

給仕がコーヒーを運んできた。質問が尽きて、ハリエットはついに黙りこんだ。

プレスコットは口を開いた。「もう一度、訊くよ。ぼくと結婚してくれる？」

ハリエットは悲しそうに彼を見た。「あなたは変わったわ、ジョン。もうわたしなんか必要ないでしょ。目を覚ました虎さん」

「かもね」プレスコットは言った。「ま、ぼくはきみにとっちゃ、おじさんすぎるよな」

ハリエットがきっとなった。「全然そんなことないわ」

「九歳差だ。離れすぎているよ」

彼女はプレスコットをにらんだ。

「しかたがない、もういっぺん、ノラを口説くとするか」

またも、ハリエットは挑発にひっかかってきた。「ジョン・プレスコット、そんなことしたら、許さな……」そこで彼の表情を見て、真っ赤になると、声をたてて笑いだした。「もうなんなの、最低、あなたのユーモアセンスって」

「ぼくの質問に、まだきみは答えてくれてないよ」

ハリエットは静かに答えた。「ほかの人と結婚なんてできないわ……」

広場の向こうで大聖堂の鐘が九時を鳴らしている。

ハリエットが言った。「ねえ、そろそろ部屋を頼んでよ」

〝部屋〟。曖昧《あいまい》な言い方だ。ひとつ？　それともふたつ？

プレスコットが躊躇《ちゅうちょ》していると、ハリエットがさらに続けた。瞳に光を躍らせながら。「それと、わたしのために熱い湯たんぽを用意してもらえる？」

# 解説

大山誠一郎

本作『運命の証人』で、D・M・ディヴァインの邦訳は十二冊目（創元推理文庫では十冊目）となる。ディヴァインの長編は全十三作だから、未訳は一作を残すのみで、日本における人気ぶりがうかがえる。これまでの邦訳の解説で何人もの方がディヴァイン作品の特徴を述べているが、私なりにまとめれば、以下のようになる。

（1）意外性のあるフーダニット。
（2）シリーズ探偵が登場しない。
（3）地方コミュニティでの、友人・恋人・家族といったプライベートな関係と職場の人間関係が微妙に重なり合った半身内《みうち》的サークル（『悪魔はすぐそこに』解説での法月綸太郎氏の言葉）が舞台。警察官がその半身内的サークルの一員であることもある。
（4）恋愛・不倫関係や家族間の葛藤・不和・スキャンダルを含む濃密な人間ドラマと、それを支える丹念な人物描写。
（5）失意の、あるいは窮地にある主人公の自己発見と再生。

ディヴァインと同じ一九二〇年生まれでほぼ同時期にデビューした英国のミステリ作家にP・D・ジェイムズがいる（ディヴァインの第一作『兄の殺人者』は六一年、ジェイムズの第一作『女の顔を覆え』は六二年）。ジェイムズはアダム・ダルグリッシュという警察官のシリーズ探偵を作り出したが、ディヴァインはその方向に進まなかった。ディヴァインの人物造型の力量があれば魅力的なシリーズ探偵を作ることもできただろうし、作った方が執筆に便利なことも確かである。しかしそうせず、半身内的サークルの一員である一作限りの主人公が、濃密な人間ドラマの渦中で、事件の解決を通して自己発見と再生に至るという物語を描き続けた。それはなぜだろうか。

半身内的サークルにおり、濃密な人間ドラマの渦中にあるということは、さまざまな思い込みや対人バイアス（法月氏の前記解説より）に囚われているということだ。そしてそれらが真相を覆い隠す役割を果たす。主人公は事件の調査を通してそうした思い込みや対人バイアスから解放されることにより、自己発見と再生を遂げるとともに事件を解決する。一方、シリーズ探偵の場合、毎作異なる半身内的サークルや人間ドラマの舞台を外部から訪れることになり、その分、囚われる思い込みや対人バイアスは少ないので、フーダニットの切れは劣ることになる。

つまりディヴァイン作品では、「半身内的サークル」、「濃密な人間ドラマ」という要素に加え、「シリーズ探偵が登場しない」ことが「意外性のあるフーダニット」に貢献しているのだ。

そして、思い込みや対人バイアスからの解放は、「主人公の自己発見と再生」をもたらす。これが、ディヴァインが手にしたフーダニットの技法である。P・D・ジェイムズも、半身内的サークルや濃密な人間ドラマという点では共通しているが、シリーズ探偵による外部からの視点によって思い込みや対人バイアスがある程度は相対化される分、意外性は減らざるを得ない。

では、ディヴァインはこの技法をどのようにして得たのだろうか。明確な根拠があるわけではないが、アメリカの作家、パトリック・クェンティンから学んだのではないかという気がしてならない。クェンティンには『わが子は殺人者』（五四年）、『二人の妻をもつ男』（五五年）、『愚かものの失楽園』（五九年）といった傑作・秀作がある。これらではクェンティン作品のシリーズキャラクターであるトラント警部が（『わが子は殺人者』ではさらに、別のシリーズキャラクターであるピーターとアイリスのダルース夫妻も加わって）事件を解決するが、主人公は彼らではなく、一作限りの登場人物である一人称の語り手である。どの作品でも、主人公は職場の人間関係と友人・家族関係が微妙に重なり合った「半身内的サークル」での「濃密な人間ドラマ」の中、失意の状態、あるいは窮地に立たされた状態にあるが、事件を解決しようと動き回り、（自分の力によるものではないが）解決とともに「自己発見と再生」を遂げる。そして、「半身内的サークル」や「濃密な人間ドラマ」による思い込みや対人バイアスが、意外な犯人を隠している。これらの作品を読んだディヴァインは、さらに事件解決も一作限りの主人公に担わせることで、前述の技法に至ったのではないか。

実際、ディヴァイン作品にしばしば登場する、二人の女性を巡る主人公の葛藤はクェンティンの『二人の妻をもつ男』を思わせるし、『ウォリス家の殺人』（八一年）における主人公と息子の不和（息子の側の誤解）は『わが子は殺人者』を思わせる。人称に着目すると、クェンティンの『わが子は殺人者』、『二人の妻をもつ男』、『愚かものの失楽園』は一人称視点であり、ディヴァインのデビュー作『兄の殺人者』、第二作『そして医師も死す』（六二年）、第三作『ロイストン事件』（六四年）、作者没後の刊行だが作中の年代から見てデビュー作とほぼ同時期に書かれたと推定されている『ウォリス家の殺人』もやはり一人称視点である。三人称多視点に移行するのは第四作『こわされた少年』（六五年）からだ。ここから、ディヴァインは初期にはクェンティン作品に人称の点も含めてまるごと影響を受け、その後、独自のスタイルを確立していったと見ることもできる。また、パトリック・クェンティンというのはリチャード・W・ウェッブとヒュー・C・ホイーラーの合作ペンネーム（途中からホイーラー独りが執筆。前述の三作はホイーラー単独になってからの作品）だが、二人ともアメリカに渡った英国人であり、その点でも英国人ディヴァインになじみやすかったのかもしれない。

主人公は一作限りにするとしても、クェンティン作品のトラント警部のように脇役をシリーズキャラクターにすることもできるわけだが、ディヴァインはそうしていない。これは、ディヴァイン作品の舞台が、クェンティン作品のニューヨークのような大都市ではなく、小さな地方コミュニティだからだろう。脇役をシリーズキャラクターにしたら舞台は毎作同じになるが、同じ小さな町で毎作異なる主人公が窮地に陥るのは不自然である。だから、ディヴァイン作品の舞台は毎作異なり、脇役も再登場しない（例外は、大矢博子氏が『そして医師も死す』解説で指摘しているように、同作と『跡形なく沈む』（七八年）で舞台となったシルブリッジのみである。両作ともマンローという警察官が登場するが、大矢氏が書かれているように、年齢や階級の違い、そしてファーストネームの違いから見て別人だろう）。

それでは、本作『運命の証人』に目を向けてみよう。本作は一九六八年の発表で、七作目の長編に当たる。本作から名義が本名と同じD・M・ディヴァインからドミニク・ディヴァインに変わったが、それを記念するかのように迫力に満ちた作品だ。

まず感嘆するのはその語りの巧みさ。第一部はいきなり法廷場面で始まる。主人公のジョン・プレスコットが殺人罪（しかも被害者は二人）で裁かれているというショッキングな出だしだ。だが、誰を殺したとされているのか読者には伏せられたまま、六年前の回想が始まる。第一部の回想の最後で一番目の被害者は判明するが、二番目の被害者は第二部の回想に入っても依然としてわからない。現在、裁判にかけられている以上、回想の中のプレスコットはいずれ逮捕されるはずだが、どういう経緯で逮捕されるのかも不明のままだ。読者は、未来に待ち受ける破滅に向かって進む彼の姿を固唾を呑んで見守ることになる。また、第二部の回想は第一部の回想の五年後を描いており、第一部の回想で描かれた人物たちがその後、どう変わったかを知って、読者はさまざまな感慨に浸ることだろう。第二部の終わりで二番目の被害者が明かされ、そして迎えた第三部、物語はついに現在の裁判に追いつく。現在と過去を往還し、起きた出来事を少しずつ明かすというテクニックが、読者を物語に引き付けて離さない。ディヴァイン作品はどれも語りが巧みだが、本作はその中でもずば抜けている。ちなみに、本作は

『こわされた少年』以降の三人称多視点ではなく三人称一視点（実質的に一人称）を採用しているが、これは、プレスコット以外の視点を入れないことで、追い詰められた彼の四面楚歌ぶりを際立たせるためだろう。

そして、「半身内的サークル」、「濃密な人間ドラマ」、「主人公の自己発見と再生」という要素は、他作にも増してはっきりと現れている。特に、主人公の自己発見と再生は、裁判という苦境にあるため、かつてないほどの迫力を持つ。誰もに有罪だと思われ、審理に対して無関心だったプレスコットが、ある人物の証言で戦う気力を取り戻す場面は感動的である。思い込みと対人バイアスが意外な犯人を隠す役割を果たしていることは言うまでもない。

ディヴァイン作品では犯人を特定する推理や手がかりはどちらかといえばシンプルなものであり、本作も例外ではない。だが、それまでの丹念な人物描写が伏線として働き、犯人はその人物でしかあり得ないという圧倒的な説得力を真相に与えている。ディヴァイン作品では、真相を覆い隠す人間ドラマは丹念な人物描写によって支えられているが、その人物描写は同時に、真相に説得力をもたせる伏線としても機能しているのだ。

小説の力を活かし切った最良の本格ミステリ、それがディヴァイン作品である。未訳は残り一作、*Death Is My Bridegroom*（六九年）のみ。その邦訳と、かつて社会思想社の現代教養文庫で出されたきりの『ロイストン事件』と『こわされた少年』の創元推理文庫での復刊を願ってやまない。

**訳者紹介**　1968年生まれ。1990年東京外国語大学卒。英米文学翻訳家。訳書に、ソーヤー『老人たちの生活と推理』、マゴーン『騙し絵の檻』、ウォーターズ『半身』『荊の城』、ヴィエッツ『死ぬまでお買物』、クイーン『ローマ帽子の謎』など。

検印
廃止

# 運命の証人

2021年5月28日　初版
2021年12月10日　再版

著者　D・M・ディヴァイン

訳者　中《なか》村《むら》有《ゆ》希《き》

発行所　(株)東京創元社
代表者　渋谷健太郎

162-0814/東京都新宿区新小川町1-5
電話　03・3268・8231-営業部
03・3268・8204-編集部
URL　http://www.tsogen.co.jp
フォレスト・本間製本

乱丁・落丁本は、ご面倒ですが小社までご送付ください。送料小社負担にてお取替えいたします。



ISBN978-4-488-24012-7　C0197

永遠の光輝を放つ奇蹟の探偵小説

THE CASK◆F. W. Crofts

# 樽

**F・W・クロフツ**
**霜島義明 訳** 創元推理文庫

◆

埠頭で荷揚げ中に落下事故が起こり、
珍しい形状の異様に重い樽が破損した。
樽はパリ発ロンドン行き、中身は「彫像」とある。
こぼれたおが屑に交じって金貨が数枚見つかったので
割れ目を広げたところ、とんでもないものが入っていた。
荷の受取人と海運会社間の駆け引きを経て
樽はスコットランドヤードの手に渡り、
中から若い女性の絞殺死体が……。
次々に判明する事実は謎に満ち、事件は
めまぐるしい展開を見せつつ混迷の度を増していく。
真相究明の担い手もまた英仏警察官から弁護士、
私立探偵に移り緊迫の終局へ向かう。
渾身の処女作にして探偵小説史にその名を刻んだ大傑作。